ESPERANÇA E PAIXÃO

NO AMOR E NAS CORRIDAS, VALE TUDO

NÚMERO DO LIVRO UM

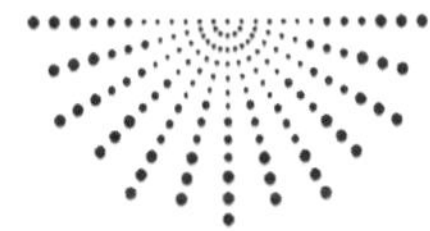

SOFIE DARLING

Traduzido por

TANIA NEZIO

OLIVERHEBERBOOKS

CAPÍTULO UM

SUFFOLK, INGLATERRA, MARÇO DE 1822

Gemma olhou discretamente para o letreiro desgastado pelo tempo que balançava acima da entrada da pousada, com o peso do irmão apoiado em seu ombro, e não pôde deixar de se maravilhar com o fato de que após vários meses de fuga os haviam levado até ali — uma pousada chamada The Drunken Piebald, localizada nas regiões remotas de Suffolk.

Não foi o nome da estalagem que a desanimou, mas sim o sorriso malicioso e cúmplice na boca do cavalo enquanto ele bebia de uma jarra e parecia fazer um brinde alegre.

Enervante, o sorriso daquele cavalo.

"Quem já ouviu falar de cavalo bêbado, afinal?" ela disse para puxar assunto com o irmão, cujo rosto estava contorcido em uma careta de dor.

Liam bufou secamente. "O velho Featheringham dá biscoitos e vinho das Ilhas Canárias aos seus cavalos puros-sangues no dia da corrida." Ele estremeceu quando ela o conduziu cuidadosamente pela porta da pousada. "Cuidado por onde anda, irmã", resmungou ele baixinho, com uma gota de suor escorrendo pela bochecha. Na apertada área de recepção, o cheiro da taverna da pousada os atingiu em cheio — bebidas azedas e cerveja rançosa misturada ao suor de corpos sujos, tanto do passado quanto do presente. Era um cheiro que Gemma e Liam conheciam bem ao longo do último ano, enquanto se mudavam de uma pousada ou estábulo após o outro.

Eles nunca ficavam muito tempo no mesmo lugar. Era por isso que não eram pegos.

Mas logo essa vida ficaria para trás.

Em breve, eles seriam capazes de firmar os pés no mesmo lugar — que fora o que os trouxera a Suffolk.

Liam franziu a testa e tentou aliviar um pouco o peso de Gemma enquanto ela enxugava o suor da testa. Andar com um irmão mancando cuja perna estava quebrada acima do joelho era mais difícil do que ela esperava, para ser sincera.

De seu lugar atrás de uma alta mesa de carvalho, o proprietário do The Drunken Piebald sentava-se, impassível e imóvel, observando os dois estranhos irmãos ruivos enquanto eles se aproximavam, passo a passo.

Quanto mais desconfiado ele ficaria se soubesse que o irmão magricelo com duas pernas boas era, na verdade, uma irmã.

Bem, ele não saberia.

Gemma havia descoberto há muito tempo que era para isso que serviam calças, faixa no peito e um chapéu de aba larga.

Ainda assim, se ela estivesse vestida como mulher, ele não teria tido escolha a não ser ajudá-los. Mas dois rapazes hospedados no quarto mais barato do térreo? Eles tiveram que se virar sozinhos.

Ela enfiou a mão no bolso do casaco marrom e tirou uma bolsa, que fez um barulho abafado ao atingir a superfície de carvalho.

"Metade, como combinado", disse Liam com os dentes cerrados, como se as palavras lhe custassem mais do que o que havia naquela bolsa.

Ele sempre falava por eles, facilitando para Gemma passar despercebida em locais públicos. Naquela noite, um leve brilho de suor cobria a pele que empalidecera com a viagem de Londres. Ele precisava se deitar.

"E a outra metade no final do mês", concluiu.

A boca do estalajadeiro se alargou gradativamente — o que se passava por um sorriso naqueles lábios finos e mesquinhos, Gemma supôs — enquanto ele testava o peso da bolsa antes de examinar seu conteúdo. Satisfeito, ele assentiu e a guardou.

A tensão nos ombros de Gemma diminuiu um pouco. Um obstáculo superado. The Drunken Piebald era a pousada mais próxima do local onde precisavam estar — e a mais barata.

O proprietário contornou a recepção. "Se me seguirem", ele disse com um tom de voz tão seco e eficiente quanto seus passos.

Gemma e Liam se olharam com as sobrancelhas arqueadas. Não precisavam de muito mais do que isso para se comunicar. Sempre fora assim desde que saíram do ventre da mãe, com sete minutos de diferença — Gemma sendo a mais velha, como gostava de lembrar ao irmão quando precisava.

"Você pensaria que *ele* está *nos* pagando", murmurou Liam enquanto Gemma colocava o ombro debaixo da axila dele.

"Pronto?" ela perguntou, o peso do corpo alto e magro dele se acomodando em seu corpo mais esguio, embora ela também fosse magra. Magra o suficiente para se passar por um rapaz de dezessete anos.

"Em direção à promessa de uma cama?" ele perguntou cambaleando para frente. "Sim."

Um passo de quinze centímetros de cada vez, eles abriram caminho pelo saguão apertado. "Você sabe que vai ser duro e cheio de caroços", ela disse tentando parecer despreocupada.

Ele bufou. "Nada a que eu já não esteja acostumado."

Agora, foi Gemma quem bufou.

Liam não estava reclamando — e ela também não. Eles podiam estar dormindo em camas duras e cheias de caroços, mas viviam uma vida que eles mesmos haviam criado.

Atravessaram o bar quase vazio, dando passos desequilibrados em direção a um corredor — *felizmente* — curto, no final do qual estava o proprietário com uma expressão exasperada, segurando a chave do quarto com relutância. Ele parecia estar tendo dúvidas sobre acomodar essa dupla heterogênea de rapazes. Gemma arrancou a chave antes que ele pudesse mudar de ideia.

"Se isso for tudo", ele disse enquanto se afastava as palavras se perdendo no ar.

Sozinhos, Liam ergueu uma sobrancelha, e Gemma soltou uma gargalhada enquanto, juntos, observavam o quarto. Uma única estreita ocupava um canto, e o suporte para uma jarra e uma bacia ocupava o outro. Uma mesa e uma cadeira estavam posicionadas sob o que parecia ser uma janela de tamanho considerável. Graças a Deus por pequenos milagres, já que aquele painel de vidro proporcionaria a Liam a única vista além daquelas quatro paredes pelo próximo mês.

"Ah, cama abençoada", ele disse cruzando a distância com alguns pulos curtos antes de se abaixar e colocar primeiro sua perna boa na superfície dura e irregular, e depois a perna quebrada com mais cuidado.

O cirurgião lhe dissera que ele tinha tido sorte de a queda do cavalo puro-sangue não ter quebrado o osso completamente. Pelo que o homem conseguiu perceber ao pressionar e sondar o ferimento com os dedos, o osso estava fraturado, o que ainda precisava de bastante tempo para sarar, mas Liam não ficaria permanentemente manco — contanto que ele não usasse a perna e não a lesionasse ainda mais. Uma diretriz que Gemma vinha se esforçando para impor.

Enquanto Liam se acomodava ereto na cama, Gemma se dedicou a transformar o quarto na casa do irmão em um futuro próximo. Ela arrastou o jarro e o suporte da bacia e colocou-os em um local de fácil alcance. O mesmo valeu para o penico debaixo da cama. Tudo o que ele precisava fazer era se inclinar para alcançá-lo.

Liam era alto para um jóquei. Todos comentavam sobre isso, mas ainda assim ele vinha se destacando como cavaleiro com suas mãos sensíveis e toque leve com o bridão [1]. Até que foi arremessado por uma fera particularmente mal-humorada e caiu em um ângulo errado o suficiente para quebrar a perna.

Errado o suficiente para quase destruir todos os sonhos deles.

Só que Gemma não ia deixar isso acontecer.

Então, eles viajaram para as terras selvagens de Suffolk de qualquer maneira — para ficar perto da famosa propriedade de corridas do Duque de Rakesley, Somerton, como estavam sendo pagos para fazer. Mesmo que Liam não pudesse exatamente tentar uma posição de jóquei nos estábulos de Rakesley com uma perna quebrada.

Era um problema.

Mas não um obstáculo intransponível.

Gemma estava determinada.

Ela arrastou a única cadeira do quarto para perto da cama e se sentou. "Tudo pronto?" perguntou.

"Tanto quanto possível", reclamou o irmão, movendo o traseiro um centímetro para um lado e para o outro, até finalmente se acomodar. Seu olhar pousou em Gemma, e uma luz teimosa surgiu em seus olhos — uma luz que ela conhecera bem na última semana. Ela se preparou para uma batalha.

"Agora, Gemma", ele começou.

Ela ergueu a mão para conter as palavras. *"Não."*

Mas claro que ele continuou. "Não vejo o propósito de estarmos aqui."

---

1. Bridão é um tipo de embocadura usada em cavalos. Muitos treinadores recomendam que ela seja a primeira a ser utilizada, principalmente em potros no inicio do processo de doma. Pode ser feito de ferro, material emborrachado ou ainda em aço inoxidável (preferencialmente). A maioria tem apenas uma articulação central, a qual gera uma pressão no palato (céu da boca) nas barras e nas comissuras labiais, sendo assim favorece que o cavalo levante a cabeça, porém é muito usado para realizar flexões de nuca.

Isso... *de novo*. "Fomos contratados para um trabalho —"

"*Eu* fui contratado para um trabalho", ele corrigiu.

"— e", ela continuou como se ele não tivesse falado nada, "estamos aqui para levar isso adiante."

"Deverill *me* contratou, Gemma."

Ela deu de ombros. Um detalhe sem importância. "Deverill quer informações sobre os estábulos de Rakesley." Ela abriu bem as mãos. "*Eu* vou fornecê-las." Ela se inclinou para frente, rígida de determinação. "Essa é a nossa chance, Liam. Não podemos recusar o dinheiro que Deverill está oferecendo."

50 libras.

Era uma quantia que só aparecia uma vez na vida — se a pessoa tivesse sorte.

Dinheiro que mudaria suas vidas... e ambos sabiam disso.

Mas somente se a pessoa tivesse a coragem e a determinação para aproveitá-lo.

"Há muito em jogo para desistir", ela disse.

Liam queria acreditar nela. Ela viu isso em seus olhos.

Mas ele não acreditou.

Ela viu isso também.

Ele balançou a cabeça lentamente, como se quisesse decepcioná-la. "O chefe dos cavalariços de Somerton, Wilson, não vai te contratar. Ele é conhecido por ser um cara durão."

"E por que não?" ela falou quando quis levantar a voz. "Ninguém entende de cavalos melhor do que eu. Nem mesmo você."

A última frase tinha sido para provocá-lo.

Liam permaneceu indiferente e impassível. "Porque você é mulher, Gemma."

Ela apertou as calças e puxou o chapéu que sempre usava. "Ninguém sabe disso quando estou usando isso."

Ele soltou um suspiro exasperado. "Você não os enganaria por muito tempo, e moças não conseguem emprego em estábulos. Você sabe disso."

Gemma sabia — e isso a frustrava profundamente. Mas ela

havia considerado a possibilidade de Liam estar certo, e outra ideia para se infiltrar na casa de Rakesley lhe ocorrera — relutantemente.

Uma ideia da qual ela não gostava — nem um pouco.

"Eu sei como posso conseguir um emprego."

Com os membros subitamente como chumbo, ela pegou sua mala e tirou uma peça de roupa que não usava há um ano.

"Você sabe que é a mais teimosa —"

Gemma segurou a peça de roupa e a deixou se desdobrar.

Um vestido.

E interrompeu o resto da frase de Liam em sua boca.

"Eu poderia conseguir trabalho como copeira", ela disse.

A testa de Liam se enrugou de preocupação. "Fizemos um pacto, Gemma."

"Eu sei, mas —"

"Nosso pacto era que nenhum de nós jamais trabalharia como criado, e muito menos como copeira." A intensidade repentina do olhar dele a manteve imóvel. "Você não estará segura."

"Eu sei como ficar segura."

Liam balançou a cabeça, sem se convencer. "Mas, *Lordes*, Gemma. Eles não sabem o que significa a palavra *não*."

Gemma também não gostava da ideia. Mulheres em serviço eram vulneráveis aos caprichos e desejos de um lorde. Ambos entendiam isso muito bem.

"Eu vou ficar bem, Liam."

"Droga de perna quebrada", ele exclamou em uma repentina explosão de frustração.

Gemma colocou uma mão tranquilizadora sobre a dele e olhou fixamente para seus olhos, da mesma cor avelã que os dela. "Apenas um mês, então você estará curado, e teremos o dinheiro de Deverill para ir a Nova York com nossos primos Cassidy, como temos planejado." Ela sentiu a resistência do irmão diminuindo — ou talvez ele estivesse simplesmente exausto da viagem. "Só mais algumas semanas", ela sussurrou, pressentindo uma oportunidade.

Ele deslizou para baixo da cama e se deitou de costas. "Conversamos mais sobre isso amanhã", ele disse com um bocejo, os olhos se fechando.

Gemma se levantou e foi até a porta. "Vou perguntar se eles têm um tapete e um cobertor para mim."

"Mmm", foi tudo o que ela ouviu atrás de si quando a porta se fechou com um clique.

Em vez de retornar à recepção, porém, ela examinou a taverna — que havia conquistado mais alguns clientes — e localizou a porta lateral que levava aos estábulos. Ela puxou o chapéu para baixo da testa, curvou os ombros e foi direto para lá, tomando cuidado para não chamar atenção. Ela tinha se tornado boa nisso no último ano.

Lá fora, uma brisa soprava forte ao seu redor. Ela respirou fundo e longamente. A vida em Londres não proporcionava um ar como aquele. Quase a fez sentir saudades da propriedade rural onde passara a infância.

Quase.

Não havia nenhum motivo real para ela se aventurar nos estábulos. Ela e Liam não tinham um cavalo próprio para hospedar. Mas se houvesse um estábulo — qualquer estábulo — por perto, ela gostaria de dar uma espiada e ver como os cavalos estavam sendo cuidados. Embora em uma estalagem como a The Drunken Piebald, provavelmente estivesse cheia de cavalos de carruagem, descansando para a próxima etapa da jornada. E talvez uma ou duas charretes para os lordes que estariam viajando para Newmarket [2].

---

2. Newmarket é um centro global de corridas de cavalos puro-sangue, treinamento de cavalos de corrida, reprodução e saúde equina. Duas corridas clássicas e três corridas da British Champions Series são realizadas em Newmarket todos os anos. A cidade tem laços reais estreitos desde a época do Rei James I, que construiu um palácio ali, e também foi base para os reis Charles I, Charles II e a

Newmarket... corridas de cavalos...

O motivo dela e de Liam para estarem ali.

No último ano, eles passaram por vários estábulos em Londres. Liam vinha subindo na hierarquia constantemente — começando como tratador de cavalos, depois como cavalariço e, mais recentemente, como jóquei. Como o "irmão" mais novo e silencioso de Liam, Gemma conseguia acompanhá-lo a todos os lugares — estábulos, hipódromos e até mesmo ao Tattersalls.

E tudo isso porque ela usava calças, prendia os seios, prendia o cabelo e mantinha a boca fechada.

Mas o que ela notara — como mulher — sobre ser um rapaz...

Ela se sentia mais segura no mundo sendo um rapaz.

Além disso, ela adorava cavalgar e nunca se importou com toda aquela bobagem de sela lateral.

Ela não era uma dama.

Mesmo que o pai deles fosse um conde — um acidente de nascimento, isso sim —, a mãe deles tinha sido uma cozinheira da Irlanda.

Em outras palavras, ninguém dava a mínima se a Srta. Gemma Cassidy usava calças e se dizia rapaz.

"Um casal estranho", ela ouvira sussurros sobre os dois.

Mas nenhum deles se importava. Ela e Liam sempre estiveram juntos — e sempre estariam.

---

maioria dos monarcas desde então. A rainha Elizabeth II visitava a cidade com frequência para ver seus cavalos em treinamento. Newmarket possui mais de cinquenta estábulos para treinamento de cavalos, duas grandes pistas de corrida, a Rowley Mile e a July Course, e um dos mais extensos e prestigiados campos de treinamento de cavalos do mundo. A cidade abriga mais de 3.500 cavalos de corrida, e estima-se que um em cada três empregos locais esteja relacionado às corridas de cavalos. A Palace House, o Centro Nacional de Patrimônio para Corridas de Cavalos e Arte Esportiva, o Museu Nacional de Corridas de Cavalos, a casa de leilões de cavalos de corrida Tattersalls e dois dos principais hospitais equinos do mundo para a saúde equina estão localizados na cidade, que é cercada por mais de sessenta haras de criação de cavalos. Devido à sua posição de liderança no setor multibilionário de corridas e criação de cavalos, a cidade também é um importante centro de exportação.

No estábulo aquecido pelo calor dos cavalos, tudo era como ela suspeitava. Nas primeiras baias, cavalos de carruagem sobrecarregados estavam em vários estágios de escovação, alimentação e hidratação após a jornada. Um baio de Cleveland estendeu a cabeça sobre o portão da quarta baia que ela encontrou. Ela enfiou a mão no bolso para pegar um pedaço de cenoura. Ela sempre carregava um pedaço de cenoura, nabo ou maçã. O baio gentilmente o tirou da palma da mão dela, e ela acariciou sua crina preta e sussurrou bobagens em seu ouvido. Para todos, esses cavalos eram maltratados, e suas vidas úteis totalizavam não mais do que três anos. A maioria era vendida para trabalhos em fazendas depois disso. Ela mal conseguia suportar ver isso.

Um barulho repentino e alto veio da última baia. Gemma olhou ao redor para os rapazes do estábulo. Eles pareciam estar se desafiando para ver como estava o animal — e nenhum deles parecia disposto a aceitar a aposta.

Embora fingisse ser um rapaz quieto ela não conseguiria dar a eles a bronca que tanto mereciam. Em vez disso, com a curiosidade aguçada, ela seguiu sozinha pelo corredor central para investigar,. A cada passo que dava, o barulho continuava. O cavalo parecia bastante decidido a derrubar a porta da baia com um chute. Quando chegou à última baia e espiou lá dentro, prendeu a respiração.

Diante dela estava um cavalo de pelo cinza-malhado, com mais de um metro e meio de altura. Pelo tamanho e musculatura evidente, ela calculou que o garanhão tinha cerca de cinco anos. "Você não é um rapaz orgulhoso e bonito? Tenho certeza de que todas as potras do Hyde Park relincham quando você passa trotando."

Ele deu um passo à frente o suficiente para que sua cabeça se arqueasse sobre a porta da baia. Ele cutucou o ombro dela com o focinho. Aquele sujeito orgulhoso e bonito queria um agrado. "Era por isso que você estava fazendo birra?"

Ela enfiou a mão no bolso em busca de um pedaço de

cenoura. Enquanto ele o pegava, ela acariciou a estrela branca em sua testa. Sua mão se moveu até a crina preta dele, um contraste marcante com sua pelagem cinza-claro. Ela nunca havia conhecido um cavalo que não conseguisse conquistar, e sua sequência de vitórias não terminaria hoje com um garanhão cheio de energia e com uma boa dose de sangue puro-sangue em suas veias.

Apesar dos preguiçosos cavalariços do The Drunken Piebald, esse era um animal muito bem cuidado, mesmo que não fosse tão dócil quanto poderia ser.

Ela balançou a cabeça.

Garanhões.

Ela tirou outro petisco para ele — um nabo. Quando ele o pegou delicadamente de sua palma, ela experimentou a familiar emoção do triunfo — mas não da conquista. Cavalos não foram feitos para serem conquistados, mas sim para se tornarem família. Por que tantas pessoas não conseguiam entender isso?

"Ele não permite que qualquer um faça isso", disse uma voz masculina atrás dela.

Gemma não se assustou. Não se demonstrava grande emoção perto de um cavalo. Eles precisavam de um ambiente calmo e tranquilo.

Antes de se virar, ela já sabia alguns fatos sobre o dono da voz. Com o tom profundo e culto e a entonação particular de suas sílabas, ele era um cavalheiro. Um lorde, até.

E ele era o dono daquele cavalo.

Lentamente, ela se virou, tomando cuidado para manter o rosto voltado para o chão. Lordes esperavam isso. Botas pretas polidas até brilharem como espelho, foi a primeira coisa que ela notou naquele lorde. Incapaz de não notar, seu olhar continuou para cima, sobre as calças de montaria de pele de gamo bege — e notou as coxas musculosas por baixo. Mais acima, seu olhar não pôde deixar de percorrer sua figura alta e esguia — paletó verde-escuro perfeitamente ajustado aos ombros largos... gravata de seda branca perfeitamente atada ao pescoço... queixo quadrado e covinhas no queixo... maçãs do rosto angulosas que refletiam a luz bruxuleante do lampião... cabelo preto e espesso que se enrolava nas pontas por baixo do chapéu preto.

Mas foram os olhos negros e profundos dele que a atraíram e a mantiveram presa. Aqueles olhos podiam ver o interior de uma alma — se a pessoa não tivesse o cuidado de protegê-la.

Ela precisava baixar o olhar. Era uma impertinência para um rapaz humilde como ela encontrar os olhos de um nobre, para começo de conversa.

Uma única sobrancelha negra se ergueu em uma pergunta silenciosa, e o feitiço se quebrou. Seu olhar caiu para os pés — onde pertencia.

Por que seu coração disparava tanto no peito?

Não era como se ela nunca tivesse conhecido um nobre.

Mas... ela nunca tinha encontrado um nobre tão devastadoramente magnífico quanto aquele que naquele momento estava levantando o trinco do portão e preparava seu cavalo para montar.

Verificando as correias da sela, ele disse por cima do ombro: "Eu pensei que todos os rapazes dessa pousada se mantivessem longe de Moonraker."

"Moonraker", ela se viu repetindo quando tudo o que se esperava dela era um grunhido evasivo. Sério, que nome maravilhoso para esse cavalo com sua pelagem cinza-claro.

O lorde lançou um olhar especulativo em sua direção. "Gostou do nome?"

Ela assentiu, com o olhar fixo nos pés, e murmurou: "Gostei."

Então, ocorreu-lhe: ao contrário do que Liam pensava, ela podia se passar por homem sem ele. Pois esse lorde claramente a considerava um rapaz. Uma frágil possibilidade se levantou...

"Rakesley", disse outra voz culta.

A cabeça de Gemma se virou bruscamente para encontrar outro lorde alto e impecavelmente vestido entrando no estábulo.

Mas onde o que estava à sua frente era moreno e esguio, esse era loiro e enorme. Como um viking, ela não conseguia parar de pensar. Mas um viking com olhos gentis e risonhos, ela podia ver dali.

No entanto, não era isso que fazia seu coração disparar.

Rakesley.

O lorde viking havia chamado este lorde de... *Rakesley.*

Um fato repentino e irrefutável atingiu Gemma na cabeça: ela estava conversando com o Duque de Rakesley.

Cuidando para não ser observada, ela se afastou até que suas costas encontrassem o portão da baia do outro lado do corredor, enquanto os lordes preparavam suas montarias para partir. Por baixo da aba do chapéu largo, ela avaliou Rakesley.

Ali estava o homem com a propriedade de corridas mais renomada de toda a Inglaterra.

Ali estava o homem que ela sendo paga para espionar por uma quantia que mudaria sua vida.

Ela havia formado uma ideia de Rakesley com base nos lordes donos de puro-sangue e obcecados por solos orgânicos que encontrara nos estábulos de Londres e na Tattersalls no último ano. Homens nem de longe tão deslumbrantes quanto os animais que possuíam, para dizer o mínimo.

Mas *esse* Rakesley...

Ele era deslumbrante — ponto final.

Ali não havia um lorde desajeitado e inepto, mas sim um duque muito capaz.

Ela não conseguia deixar de se perguntar se Deverill entendia isso.

Ela não conseguia deixar de pensar que ele não entendia.

Rakesley e o lorde viking — Rakesley o chamara de Julian — conduziram seus garanhões para fora das baias, e Gemma se apressou. Ali estava a oportunidade escapando dela... conduzindo sua montaria pelo corredor central até o pátio dos estábulos.

Não, não, não.

"Sua Graça?" ela gritou, tomada pelo desespero enquanto seus pés se apressavam em correr para alcançá-lo.

Sem responder, Rakesley montou em Moonraker antes de se virar para que homem e montaria a encarassem, expressões arrogantes gêmeas em seus rostos — se um cavalo pudesse ser arrogante.

O homem certamente era.

"O que foi?", ele perguntou, seus olhos escuros e profundos se estreitando sobre ela. Rakesley não gostava de ficar esperando.

Um fato útil para se saber sobre um homem — principalmente se alguém estivesse sendo pago para espioná-lo.

A mente de Gemma ficou repentinamente em branco. "Será que... será que...", ela gaguejou, procurando as palavras que estavam suspensas na ponta da língua há poucos segundos. "Seus estábulos precisariam de um tratador de cavalos?"

Sua pergunta não foi recebida com a menor surpresa. "E quanto ao seu emprego aqui?" perguntou ele, completamente indiferente.

Gemma deu de ombros. "Não trabalho aqui."

O que era verdade. Ela não era trabalhava no The Drunken Piebald.

Na verdade, trabalhava para o rival de Rakesley.

Tudo isso, ela guardaria para si.

Um nervosismo a percorria. Ele certamente veria com aqueles olhos de escuridão infinita que ela não era um rapaz. "Eu não contrato qualquer um para trabalhar nos meus estábulos", ele disse. "Você tem experiência além de cuidar de cavalos de carruagens quebradas em uma pousada de terceira categoria?"

Não foi a grosseria dele que fez Gemma hesitar. Foi o modo como ele era totalmente inflexível — arrogante e condescendente.

A questão era: ninguém iria querer esse homem como inimigo.

E se ela, de alguma forma, conseguisse uma posição nos estábulos dele, era exatamente isso que ela faria dele.

Um inimigo.

O lorde chamado Julian interrompeu. "Qual é o problema, Rake? O rapaz claramente entende de cavalos e tem jeito para lidar com eles."

A esperança brilhou em Gemma. Ela estava certa em pensar que o lorde viking tinha olhos gentis.

O olhar de Rakesley avaliou Gemma com frieza, como se estivesse avaliando um cavalo de qualidade duvidosa. Ela não ficaria nada surpresa se ele pedisse para verificar seus dentes.

Agora, ela estaria em apuros, pois não era um rapaz de dezessete anos, mas uma mulher de vinte.

Quando ela se convenceu de que ele não cederia, ele disse: "Esteja nos estábulos de Somerton às sete horas da manhã de amanhã — pontualmente. Não tolero retardatários. Pergunte por Wilson."

Todos os nervos controlados dentro de Gemma se soltaram de repente: "Estarei lá às seis."

O lorde viking riu, e Rakesley disse, sem sorrir: "Não vamos nos empolgar. Sete horas da manhã está ótimo."

Os lordes saíram do pátio dos estábulos, deixando Gemma sozinha, o *clip-clop* dos cascos dos cavalos desaparecendo na noite. Um arrepio amenizou a sensação de triunfo que a percorria. Assim que pisasse nos estábulos de Rakesley, ela se tornaria inimiga daquele duque magnífico e capaz.

Mas que escolha ela tinha?

Seu futuro, e o de Liam também, estavam em jogo.

E não havia nada que ela não fizesse para garanti-lo.

Liam resistiria, é claro.

Mas ela prevaleceria.

Principalmente porque Liam estava confinado a uma cama.

Bem, era preciso aproveitar a sorte quando ela aparecia.

Ela tinha tudo sob controle.

Exceto... ninguém controlava o Duque de Rakesley.

Não importava. Ela não planejava controlá-lo. Ela apenas reuniria informações sobre o funcionamento de seus renomados estábulos e as enviaria a Deverill em correspondências regulares.

Visto por esse ângulo, era praticamente um crime sem vítima. Ninguém se machucaria. Era simplesmente a transmissão de informações. Se ela não fizesse, outra pessoa faria.

E outra pessoa receberia aquelas cinquenta libras que mudariam sua vida.

Ela atravessou o pátio do estábulo, e o vento batia em seu chapéu, com uma mecha de cabelo escapando por baixo. Quando ela entrou na pousada, a fechadura defeituosa já estava bem fechada antes de ela parar para pegar um cobertor e um travesseiro extras. Não seria a primeira vez que dormia no chão.

Nem a última, suspeitava.

Dentro do quarto, cutucou Liam para acordá-lo e contou-lhe os acontecimentos da última meia hora, sem omitir um único detalhe.

Ele a deixou terminar e disse: "Não vai funcionar."

Ela soltou um suspiro irritado. "Por quê?"

Liam não se levantou. "Olha só para você, Gemma."

"Eu sei como sou."

Seus olhos se voltaram para o teto. "Você é uma mulher", explicou lentamente. "Sério, o homem deve ser cego." Outro pensamento pareceu lhe ocorrer. "Ou um completo idiota, como a maioria dos lordes."

Era apenas um fato estabelecido. A maioria dos lordes eram idiotas egocêntricos.

Mas Rakesley...

Ela não tinha certeza do que ele era — homem ou mitologia —, mas de uma coisa tinha certeza de que ele não era.

Esse duque não era um idiota.

Ela balançou a cabeça. "Ele não é cego nem idiota."

Liam não gostou da resposta.

"Sabe, eu sou bem do tamanho de um rapaz", ela continuou. "A faixa no meu, hã, peito o mantém plano o suficiente, e aprendi a esconder meus hábitos íntimos pelos estábulos de Londres."

Liam apontou um dedo acusador para o rosto dela. "Nem um pingo de pelos no seu buço."

"Alguns rapazes só têm pelos mais tarde." Ela só podia esperar não soar tão desesperada quanto se sentia. "Vou sujar a minha pele. Ninguém vai notar."

"Seu cabelo", afirmou Liam, como se essas duas palavras já tivessem sido ditas o suficiente.

"E o meu cabelo?"

"Prendê-lo funciona quando estou por perto para te defender. Mas eu não estarei lá, Gemma."

A preocupação era evidente em seus olhos. Eles sempre se protegeram, e ela em Somerton e ele ali com uma perna quebrada, ele não poderia protegê-la.

"Seu disfarce pode ser suficiente por dez minutos, no escuro, mas não a qualquer hora do dia. Seu cabelo é sedoso. Como o de uma mulher."

"Suponho que eu seja uma mulher", ela admitiu a contragosto. "Por baixo de tudo."

"E o Duque de Rakesley não saberá disso?"

Gemma tirou o chapéu e se olhou longamente no espelho. Uma profusão de cachos grossos ruivos e dourados. Aquele era seu cabelo indomável — uma força a ser reconhecida. E em combinação com os traços delicados de seu rosto...

Liam estava, é claro, certo.

Rakesley, com seus olhos negros insondáveis que a penetravam e a avaliavam, a enxergaria mais cedo ou mais tarde.

Uma ideia surgiu. Uma ideia ousada...

Quem disse que ela precisava manter todo esse cabelo, afinal?

Ela não era uma ingênua prestes a ser apresentada a sociedade com a intenção de garantir um lorde como marido.

Era uma bastarda em fuga, tentando garantir um futuro sem medo para si e para o irmão.

Havia algo que aquela mulher não faria?

Certo.

Ela se virou e foi direto para a porta.

"Aonde você vai agora?" Liam gritou para ela.

"Procurar uma tesoura."

CAPÍTULO DOIS

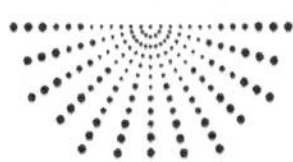

SOMERTON MANOR, NA MANHÃ SEGUINTE

Rake entrou na sala de café da manhã banhada pelo sol precisamente às sete horas — como fazia todos os dias.

O primeiro a chegar, também — todos os dias.

Sua vida era organizada. Era a mesma para qualquer homem que administrasse um estábulo bem-sucedido. Cavalos — especialmente os puro-sangue — prosperavam com estrutura e tinham uma forte aversão à desordem.

Ele assumiu seu lugar habitual à cabeceira da reluzente mesa de mogno com doze modestas cadeiras — afinal, aquela não era a sala de jantar — e se recostou na cadeira, permitindo que os criados realizassem seus trabalhos: um criado colocando os jornais da manhã e a correspondência à sua esquerda, outro servindo café à sua direita e outro servindo o café da manhã à sua frente — um prato com frutas, dois ovos cozidos e uma tigela de mingau com mel. A mesma refeição todas as manhãs.

Rake colocou o jornal sobre material orgânico para o fundo da pilha e começou a folhear a correspondência enquanto tomava seu café, à procura de uma carta em particular. Não estava lá.

Aliás, este era o quinto dia consecutivo em que ele esperava a carta e ela não chegava.

A Duquesa Viúva de Acaster estava brincando.

Um estratagema que ele respeitava.

Seu falecido marido, o Duque de Acaster, possuía o segundo melhor estábulo de corrida da Inglaterra — atrás apenas do de Rake, é claro. Um ano se passara desde a morte do velho libertino, e Rake não gostava da ideia de todos aqueles excelentes puros-sangues parados e engordando — ou pior, sendo vendidos em um leilão da Tattersalls [1], algo que as viúvas costumavam fazer com os estábulos de seus falecidos maridos loucos por cavalos.

Rake escreveria para ela novamente naquele dia. Ela tinha uma égua de cinco anos chamada Silky Sadie, que ele estava ansioso para ter em Somerton. Silky Sadie descendia da linhagem Darley e vencera em Doncaster aos três anos. Independentemente da linhagem, Rake só criava éguas vencedoras de corridas, e era assim que ele mantinha a excelência de seu haras.

Pelo menos, essa seria a base de sua carta à duquesa. Na verdade, ele estava considerando tomá-la como esposa. Os dois eram da mesma idade, e ela era uma mulher bonita, além disso. Fora um azar para ela ter um pai ambicioso, disposto a vendê-la para um velho duque decrépito, desesperadamente necessitado de um herdeiro legítimo após uma vida inteira de libertinagem. O velho libertino não tivera sucesso, o que era um ganho para Rake. Ele não teria que se preocupar em criar o duque de outro duque.

O mais importante, no entanto, era considerar que a duquesa possuía o segundo melhor estábulo da Inglaterra. Independentemente disso, ele e ela só haviam se falado uma vez — mais de uma década antes, em um baile, quando ela era uma debutante em

---

1. A Tattersalls é a principal leiloeira de cavalos de corrida do Reino Unido e da Irlanda.

busca de um duque e ele era um duque sem interesse em ser pego.

Não depois do erro que cometera com Felicity.

Mas dez anos era muito tempo, e ele estava em um momento diferente na vida. Como um homem se aproximando dos trinta — a apenas seis meses de distância, na verdade —, ele tinha herdeiros a considerar e uma linhagem a continuar. Uma aliança com uma mulher como a Duquesa de Acaster era a solução ideal. Nenhum deles teria ilusões sobre a necessidade de amor no casamento. Duas pessoas não poderiam ser mais perfeitamente compatíveis.

Um movimento na porta chamou sua atenção, no momento em que uma voz familiar soou animada: "Bom dia para você, irmão."

Sua irmã, Lady Artemis, entrou na sala de café da manhã com um largo sorriso no rosto. Um ano mais nova que ele, Artemis era a pessoa mais alegre que ele conhecia. "Artemis", ele respondeu em tom de cumprimento.

Ela sentou sua figura alta e esguia na cadeira enquanto seu prato de café da manhã era servido à sua frente. Todos os dias, ela comia o café da manhã inglês completo, com ovos, morcela [2], cogumelos, figos cozidos e torradas. Ela espetou um cogumelo e pegou o jornal sobre material orgânico. Era tão louca por cavalos quanto Rake. "Sobre Dido", ela disse. Determinação brilhou em seus olhos.

Isso, de novo. "Você sabe o que penso sobre colocá-la para correr", ele disse.

Ela inclinou a cabeça e mergulhou uma rodela de linguiça na gema de ovo. "Preocupada que ela ganhe?" perguntou com um

---

2. Morcela é um tipo de chouriço, que se serve geralmente assado, feito com sangue e miúdos de porco, comprimidos numa tripa também de porco.

sorriso. "Ela tem três anos agora. Bem a tempo para a Two Thousand Guineas [3]."

Rake balançou a cabeça. Ele achou que eles já tinham superado isso. "Espere até o final da temporada", disse sensatamente. "Você vai conseguir mais dela. Ela continua imatura e propensa a sustos."

Artemis abriu o jornal sobre material orgânico entre eles e cravou o indicador no centro da página. "Mas eu a classificaria para a Corrida do Século o mais rápido possível." Ela se recostou e tomou um gole de seu chá matinal. "Nunca vi uma garota mais preparada do que Dido. Ela pode levar o prêmio. Eu *sinto* isso."

Rake conhecia essa sensação. Como certos cavalos entravam na mente de alguém e se tornavam uma obsessão. Não haveria como convencer sua irmã.

Embora compartilhassem os estábulos de Somerton, Artemis fazia o que bem entendia. Assim como ele era filho de um duque e também era um duque, ela era filha de um duque e irmã de outro. Ela não só sabia o que queria pensava, como podia fazer o que bem entendesse e ninguém ousaria contrariá-la — nem mesmo seu irmão.

"Por que você pelo menos não a testa em uma pista diferente?"

Artemis o encarou como se tivesse nascido outra cabeça nele. "E deixar o Ring descobrir a existência dela?" ela perguntou completamente atordoada. "Eu teria que montar uma cama dobrável e dormir no estábulo todas as noites para manter os Blacklegs [4] longe."

---

3. Two Thousand Guineas Stakes é uma corrida plana do Grupo 1 na Grã-Bretanha, aberta a potros e potras puro-sangue de três anos. É disputada na Rowley Mile, em Newmarket, com uma distância de 1,6 km, e está programada para ocorrer todos os anos no início de maio. É uma das cinco corridas clássicas da Grã-Bretanha e, atualmente, é a primeira a ser realizada no ano. Também serve como a etapa de abertura da Tríplice Coroa, seguida pelo Derby e pelo St. Leger, embora o feito de vencer as três tenha sido raramente tentado nas últimas décadas.
4. Blacklegs: vigaristas, ladrão, velhaco.

Ela tinha razão, mesmo que estivesse sendo dramática. Os Blacklegs estavam a serviço do Ring, e o Ring tinha um interesse muito sério e particular em garantir que os cavalos com as melhores chances de ganhar, ganhassem.

Em vez de minimizar o risco protegendo suas apostas contra um cavalo cobiçado, o Ring era conhecido por usar métodos mais seguros para impedir que esse cavalo vencesse — como subornar jóqueis, ferir cavalos e envenenar bebedouros com arsênico. Os Blacklegs não mediriam esforços para ver seu cavalo favorito vencer — e receber as dezenas de milhares de libras em jogo.

A bolsa vencedora em uma corrida não era nada comparada às quantias obscenas de dinheiro arrecadadas e distribuídas — mas principalmente arrecadados — pelo Ring.

"Com o temperamento dela, algumas largadas falsas a arruinariam no dia da corrida", continuou Rake. Largadas falsas eram outro método favorito que o Ring usava para assustar os cavalos. "Leve-a para a Two Thousand Guineas, mas não a coloque para correr. Acostume-a ao ambiente e, no dia seguinte, corra com ela na One Thousand [5]."

Artemis balançou o dedo e balançou a cabeça com um sorriso cúmplice. "Você simplesmente não quer que ela derrote o seu Hannibal, já que One Thousand Guineas é só para potras e ele não pode correr."

Rake soltou um suspiro resignado — Artemis faria o que quisesse, é claro — e mudou de assunto. "Você já enviou suas cores para o Jockey Club?"

"Já enviei."

---

5. One Thousand Guineas Stakes é uma corrida de cavalos de corrida plana do Grupo 1 na Grã-Bretanha, aberta a potrancas de três anos. É disputada na Rowley Mile, em Newmarket, com uma distância de 1.609 metros, e acontece todos os anos no final de abril ou início de maio, no domingo seguinte a Two Thousand Guineas Stakes. É a segunda das cinco corridas clássicas da Grã-Bretanha e a primeira de duas restritas a potrancas. Também pode servir como etapa de abertura da Tríplice Coroa das Potrancas, seguida pela Oaks e pela St. Leger, mas o feito de vencer as três raramente é tentado.

"E quais são elas?"

"Açafrão intenso e cinza claro."

Rake bufou. "Amarelo e cinza não são poéticos o suficiente para você?"

"De jeito nenhum." Ela espetou um figo cozido. "E você vai ficar com o verde primavera e o azul meia-noite?"

"Sim, verde e azul."

Artemis sorriu. "Sabe, irmão, um dia, algo ou alguém vai inspirar poesia em você com tanta força que será tudo o que você conseguirá dizer."

Rake balançou a cabeça. "Eu reconheço uma maldição quando ouço uma."

Uma figura enorme preencheu a porta. "Que história é essa de poesia?" perguntou Julian, ocupando seu lugar à mesa.

Rake optou por ignorar a pergunta. "Alguma notícia interessante essa manhã?"

Julian tomou um gole de café para testar. "Sim, o local da Corrida do Século foi anunciado."

"E?" perguntou Artemis, avançando na cadeira.

"Epsom", disse Julian.

Rake assentiu. "Eu esperava que fosse Goodwood." Era, na opinião dele, o melhor hipódromo do país.

"A corrida está sendo promovida para toda Londres, então a proximidade de Epsom com a cidade provavelmente é o motivo do local." Julian bufou. "Além disso, não consigo imaginar o Duque de Richmond tolerando uma multidão sujando sua amada Goodwood."

"Por que está sendo chamada de Corrida do Século, afinal?" Artemis parecia estar se preparando para uma de suas discussões quase filosóficas.

"Tinha que ter um nome grandioso, eu acho", disse Julian.

"Exceto", começou Artemis, com o queixo apoiado no polegar e o indicador batendo na bochecha, "que estamos apenas no vigésimo segundo ano do século. Como se pode saber se será a

Corrida do Século?" Ela se recostou e abriu bem as mãos. "Ainda faltam setenta e oito anos."

Os homens responderam à sua observação com um silêncio absoluto.

Julian deu de ombros. "De qualquer forma, meu Filthy Habit vencerá." Ele não era de discussões filosóficas. Era mais um homem de ação.

"Ele vai ter que passar pelo meu Hannibal primeiro", disse Rake, com um tom leve e as palavras sérias.

"Você já encontrou alguém que ele deixe cavalgar?"

Rake grunhiu, evasivo. Este era um ponto sensível no momento. Hannibal. O que ele faria com a maldita fera?

"De qualquer forma", disse Artemis, "todos nós teremos que vencer Little Wicked do Clifford." Seus olhos se estreitaram para o teto. "Ah, espere, ela não pertence mais ao Clifford. Aquele aproveitador do Deverill a conquistou depois de uma noite em Macau." Ela arqueou as sobrancelhas. "Dizem que era o plano diabólico dele o tempo todo."

"Quem é esse Deverill?" perguntou Julian.

"Ninguém com quem devemos nos preocupar." Rake foi recebido com olhares de descrença. "O quê?"

"Ah", disse Julian com um sorriso cúmplice.

"Ah?" perguntou Rake.

"Ainda chateado com isso, não é?"

Não era segredo que Rake vinha tentando convencer Clifford a lhe vender Little Wicked desde que ela tinha um ano. E agora isso tinha acontecido: a potranca tinha ido para um homem que não tinha o direito de ser dono dela, tudo por causa de uma dívida de jogo.

"O que um homem que fez fortuna com a fabricação de máquinas a vapor sabe sobre cavalos?" reclamou Rake.

"Ao contrário de um homem que fez fortuna nascendo nela?" perguntou Artemis, em tom de conversa.

Julian riu baixinho. "Ela te pegou, meu velho."

"Little Wicked vem da linhagem dos Godolphin. Ela pertence a um estábulo de verdade."

Pronto. Fato indiscutível.

Artemis inclinou a cabeça. "Little Wicked gosta de gatos?"

As sobrancelhas de Rake e Julian se ergueram em questionamento.

Artemis suspirou. "Todo mundo sabe que Godolphin nutria profunda afeição por um gato de estábulo chamado Grimalkin."

Os dois homens assentiram lentamente, e Julian a encorajou com um "Ah".

"De qualquer forma", continuou Artemis, "aquele Deverill é alguém em quem se deve prestar atenção. Ele está com fome de vitória. Vou escrever para Beatrix para conseguir mais informações sobre ele."

Lady Beatrix St. Vincent era a única filha legítima do perdulário Marquês de Lydon e amiga íntima de Artemis desde sua apresentação a sociedade anos atrás. Ela passava mais tempo em hipódromos do que Rake — se é que isso era possível.

Enfim, Rake tinha uma manhã cheia pela frente. Levantou-se e se dirigiu a Julian: "Você vai voltar para Nonsuch hoje?"

O Castelo de Nonsuch era a sede da família do marquesado de Ormonde. Como Somerton e Nonsuch ficavam a pouco mais de oito quilômetros de distância, não era difícil cavalgar entre as propriedades.

"Sim." Julian colocou um último pedaço de bacon na boca. "Vejo você em breve, sem dúvida."

"Boa viagem", disse Rake, já a caminho. Em qualquer dia, ele não passava muito tempo sentado.

Enquanto caminhava pela casa — que seria melhor chamada de palácio ou castelo, dada sua grandiosidade — e em direção à ala leste que se abria para o lado dos estábulos, Hannibal estava em sua mente.

Sério, o que ele faria com o animal?

Ele havia comprado o cavalo em um leilão da Tattersalls,

depois de ouvir histórias sobre a velocidade estonteante do potro. E tudo tinha corrido conforme o planejado até Rake receber o animal. *Espirituoso,* essa era a palavra usada para descrevê-lo. Uma palavra que não o desanimou. Quem não queria um puro-sangue com um pouco de espírito? Ele só conseguia ver isso como uma boa qualidade.

Então, outras palavras começaram a ser sussurradas. *Temperamental.* Essa veio depois que Hannibal mordeu dois rapazes do estábulo.

Ainda assim, Rake não se deixou abater. O cavalo tinha acabado de ser transferido para Somerton. Ele precisava de tempo para se acostumar.

Então, uma semana depois, outra palavra começou a circular.

Incontrolável.

Hannibal não permitia que ninguém o montasse.

Isso era um problema.

E, como Rake não era adepto de métodos de treinamento que subjugassem os cavalos, era um problema considerável.

No entanto, Rake não havia comprado Hannibal apenas para colocá-lo para reprodução. Ele tinha planos para o potro de três anos nessa temporada de corridas. Planos que estavam muito em dúvida agora.

Maldição.

Hannibal devia estar levemente drogado na venda. Essa era a única explicação para o animal dócil que Rake havia comprado no mês anterior.

Lá fora, a manhã estava suave com o orvalho e o sol brilhava com um suave tom alaranjado através de um bosque de carvalhos, animando o ar e a luz. Suas botas faziam um barulho seco ao passar pelos paralelepípedos enquanto ele passava sob a entrada em arco do pátio do estábulo, com o relógio da torre marcando sete e meia. Ele acenou um bom dia na direção dos cavalariços e tratadores dos cavalos que corriam de um lado para o outro com várias tarefas matinais, e um pensamento aleatório passou por sua mente.

Será que o rapaz do The Drunken Piebald havia chegado?

Se fosse assim, Wilson já teria colocado o rapaz à prova para ver se ele estava à altura, pois Rake só permitia rapazes com certo temperamento entrassem em seus estábulos. *Calmo. Paciente. Firme. Seguro.*

Mesmo que o próprio Rake não possuísse exatamente essas qualidades em abundância, qualquer pessoa que trabalhasse com seus cavalos possuía.

Ainda assim, ele supôs que não importava se o rapaz havia chegado ou não. Somerton tinha perto de trinta tratadores e cavalariços. O que era um rapaz a mais?

No entanto, por algum motivo que ele não conseguia entender, aquele rapaz havia ficado gravado em sua mente.

Havia um brilho diferente em seus olhos. *Determinação* e... algo mais.

Algo que intrigava Rake.

Algo que ele queria identificar e não conseguia...

Desespero.

Esse era o algo mais.

O rapaz estava desesperado por uma posição em Somerton.

O que não era muito difícil de entender. Quem não preferiria trabalhar no estábulo de um duque do que no The Drunken Piebald?

Em Somerton, um futuro poderia ser alcançado para um rapaz com talento e uma mão firme com um cavalo — o que o rapaz certamente demonstrara com Moonraker.

Wilson acompanhou Rake e imediatamente começou a atualizá-lo sobre o estado de cada cavalo no estábulo — como fazia todas as manhãs.

A consideração por um único e solitário rapaz foi deixada de lado enquanto Rake se aprofundava na confortável familiaridade e rotina de seu dia.

CAPÍTULO TRÊS

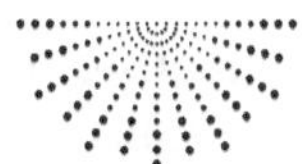

*L*impar uma baia era uma arte.

Um fato que a maioria dos rapazes do estábulo não apreciava.

E, como a maioria das artes, exigia paciência e método.

Primeiro, o cavalo tinha que ser colocado ao lado do estábulo e com um pouco de feno para mantê-lo ocupado. Em seguida, o estrume e a palha molhada eram removidos antes que a palha limpa restante fosse armazenada abaixo da manjedoura para que as tábuas nuas pudessem ser varridas adequadamente. Após um balde de água ser jogado sobre a superfície, a cama fresca era recolocada e empilhada contra as paredes da baia. Um pouco de lixo no chão incentivava o cavalo a urinar — o que também seria removido — e, assim, a baia ficava limpa.

Por enquanto.

O processo seria repetido à noite.

E Gemma não se importava nem um pouco.

Ela adorava os sons e os cheiros de um estábulo — especialmente um administrado com tanta rigidez como Somerton. Cada cavalo tinha um tratador designado, e sua única função era cuidar das necessidades do seu cavalo, desde escovar, alimentar e dar água até limpar a baia e verificar se havia pedras nos cascos. Ao longo de um dia, um único cavalo tinha inúmeras necessidades.

Limpar a baia era a única tarefa que Wilson, de olhar aguçado e língua afiada, confiaria a ela até que ele falasse diretamente com seu mestre. Se ela provasse seu valor, seria permitida na mesma baia que Moonraker.

Na opinião de Gemma, era justo. Wilson ainda não sabia se o rapaz magro e esguio que trabalhava no estábulo, que puxava o chapéu sobre a testa, se recusava a olhar nos

Gemma estimou que Somerton abrigava cinquenta cavalos, entre os de carruagem, cavalos de passeio e os para caças, com os puros-sangues alojados em uma ala exclusiva e separada. Espaçoso e arejado, com seus tetos altos de madeira e janelas grandes e altas que deixavam entrar uma luz digna de uma catedral, a glória desse estábulo certamente não tinha igual em toda a Inglaterra. Até mesmo a baia que ela estava limpando era maior do que a maioria, e servia apenas para um cavalo de carruagem. Ela só conseguia imaginar como seriam as baias dos Puro-Sangue — só que não seriam baias, mas sim boxes. Ela tinha certeza disso.

Magníficas.

Como tudo relacionado ao Duque de Rakesley, ela estava começando a entender.

Como o próprio homem.

"Então, você é o novo rapaz, eu acho?" perguntou uma voz. "Gem, certo?"

Gemma olhou ao redor e encontrou um cavalariço encostado com o ombro indolente em um poste, mastigando um pedaço de palha.

"Sim", ela resmungou e se ocupou em dobrar um cobertor.

Aqui estava seu primeiro teste genuíno de autenticidade como Gem. Ela só conhecera Rakesley em um estábulo escuro, e Wilson mal a olhara, mas estaria trabalhando com os cavalariços e tratadores o dia todo. Era melhor estabelecer uma reputação de trabalhador esforçado e taciturno desde o início.

"Sou Cal", continuou o cavalariço. "Qualquer coisa que você quiser saber, pode me perguntar."

Gemma assentiu e grunhiu — como se houvesse alguma chance de isso acontecer.

Então Cal se foi, e o coração de Gemma pôde desacelerar.

O disfarce estava funcionando.

É claro que o fato de ela ter cortado o cabelo com uma tesoura na noite anterior ajudou. Por segurança, ela queria cortá-lo alguns centímetros mais curto em toda a volta da cabeça, mas Liam protestou tão veementemente que, em vez disso, ela cortou logo acima dos ombros, de modo que conseguiu prender a espessa massa em um rabo de cavalo na nuca.

Outra tática para escapar de um exame minucioso lhe ocorrera na caminhada de três quilômetros até Somerton naquela manhã. *Sujeira,* espalhada generosamente. Tanta sujeira que qualquer par de olhos potencialmente curiosos desviaria imediatamente o olhar com desgosto. Por isso, ela estava considerando não se lavar enquanto estivesse ali.

Ninguém suspeitaria de uma mulher sob um chapéu desleixado e uma densa camada de sujeira.

Sua cabeça se inclinou ao som de vozes se aproximando. Não vozes altas, mas vozes em uma conversa tranquila. Diretrizes dadas com autoridade e aceitas com deferência. Rakesley e Wilson. Num piscar de olhos, eles passaram resolutamente pela baia. Ela supôs que um homem como Rakesley — um duque — não saberia andar de outra maneira.

Mas naquele piscar de olhos, uma ocorrência aconteceu. A cabeça de Rakesley se inclinou e seu olhar profundo encontrou o dela por um instante.

Um instante longo o suficiente para fazê-la prender a respiração.

Então, num piscar de olhos, ele se foi, e Gemma pôde respirar novamente.

Intuitivamente, ela entendeu que era um erro encarar aquele homem. E ainda assim...

De alguma forma, ela não conseguia *não* olhar.

O olhar do duque era intenso. Exigia reconhecimento — e a pessoa permanecia impotente diante dessa exigência.

Ela balançou a cabeça, irritada. Que absurdo. Não se podia ser impotente diante de *um olhar*.

Ela voltou ao trabalho, agora concentrando seus esforços no próprio cavalo da carruagem. Pegou um limpador de cascos e sua mente divagou enquanto cuidava dos cascos do cavalo.

Este trabalho serviria por enquanto, fornecendo informações suficientes sobre a administração de Somerton para algumas cartas a Deverill. Mas ela precisava se virar para entrar na ala dos Puros-Sangues. Só lá encontraria as informações que proporcionariam dinheiro que mudaria sua vida e a de Liam.

Uma figura surgiu na periferia de sua visão e se fixou na abertura do portão. Antes que sua mente pudesse registrar a identidade da pessoa, seu corpo o fez. Seu coração disparou a todo vapor, e sua boca ficou seca, enquanto seu olhar sutilmente deslizava e confirmava a identidade da figura alta e imponente.

O Duque de Rakesley.

Observando-a em ação.

Não, não *ela*.

Gem.

Ela faria bem em se lembrar disso.

Alguns segundos de silêncio se passaram, e Gemma soltou a pata do cavalo e se endireitou. Ele poderia ver através das camadas de lã, algodão e linho que cobriam seu peito, descendo até a pele, passando pelos ossos e pelas próprias células de seu ser.

Uma mulher... não um Gem.

Com os olhos inescrutáveis, ele abriu a boca e disse: "Siga-me."

E ele se foi.

Gemma piscou e sua respiração se soltou. O significado por trás de sua ordem finalmente a penetrou, enquanto seus pés se esforçavam para alcançá-lo. Talvez ele tivesse visto através de seu disfarce e quisesse levá-la para fora de seus estábulos e de sua propriedade.

Mas se fosse esse o caso, eles estavam marchando na direção errada.

Não. Ele a conduzia pelo corredor central e para dentro dos estábulos, depois através do pátio de paralelepípedos, com o sino da torre do relógio batendo nove horas.

De repente, ocorreu-lhe para onde estavam indo.

Para a ala dos Puro-Sangue.

Ela tentou não ficar boquiaberta quando eles entraram, mas isso se mostrou impossível. Ela ficara extremamente impressionada com o estábulo dos cavalos de carruagem, mas não era nada comparado ao local onde os Puro-Sangue estavam alojados. Do piso de tijolos vermelhos, erguiam-se divisórias de carvalho polido e colunas de pedra que sustentavam o teto abobadado. Como ela suspeitava, não havia baias naquele estábulo, mas boxes, cada um maior do que qualquer um dos alojamentos londrinos que ela e Liam haviam compartilhado no último ano.

Bem, os Puro-Sangue do Duque de Rakesley jamais teriam que suportar alojamentos apertados em todos os seus dias de vida.

Seguindo o duque a uma distância de uns três metros, Gemma enfiou a cabeça em todos os box. Para todos, fossem pretos, baios ou cinzas, os puro-sangue do duque impressionavam. Não era de se admirar que Deverill quisesse informações sobre a operação em Somerton. Gemma não tinha certeza se os estábulos reais estavam mais bem equipados.

Rakesley parou em frente ao último box da fileira. Gemma se

aproximou apenas o suficiente para poder colocar a cabeça ao redor do poste do portão.

A alguns metros de distância, Wilson e Cal se posicionaram de cada lado de um deslumbrante puro-sangue preto que balançava a cabeça e batia a pata dianteira. Pelo suor escorrendo pelas bochechas dos homens, eles estavam se divertindo muito com aquele cavalo que facilmente media 4,8 metros de altura.

"Hannibal", disse Rakesley, firme e direto.

As orelhas do cavalo se ergueram para frente, e ele ficou imóvel, embora suas narinas se dilatassem e seus olhos estivessem brancos, enquanto avaliava o novo intruso.

"Nem consigo passar um curry comb [1] nele para tirar a sujeira do campo", disse Cal, balançando a testa.

Preocupação misturada a uma boa dose de raiva tomou conta de Gemma, e palavras impensadas e impetuosas saíam de sua boca. "Que tipo de operação você está conduzindo aqui? É evidente que esse cavalo foi maltratado."

A baia ficou em silêncio absoluto, as palavras de Gem pairando no ar e se tornando desconfortáveis. Com os olhos arregalados e confusos, Wilson e Cal encararam o novo cavalariço. Até Hannibal se aquietou.

Por que, oh, por que ela havia falado? Ela estava ali para manter sua boca atrevida fechada, observar e reportar a Deverill. Só isso. Agora ela certamente perderia o emprego que teve a sorte de conseguir.

E Rakesley... O duque a encarou com uma sobrancelha arqueada. "Qual é o seu nome?" Ele não pareceu particularmente ofendido, mas sim levemente surpreso.

"*É*, Gem", ela disse o mais bruscamente possível.

"*Gem*, esse é Hannibal, e ele é uma aquisição recente. Foi só depois que ele chegou a Somerton que conseguimos apreender as

---

1. Currycomb é um pente quadrado composto de linhas de dentes pequenos, usados para a limpeza dos pelos dos cavalos.

particularidades de sua natureza", ele disse. "Nenhum cavalo criado desde o nascimento em Somerton se comporta assim."

Este era um claro motivo de orgulho para o duque.

Gemma acenou com a cabeça, envergonhada, mas sua atenção permaneceu fixa em Hannibal. Ele estava tomado pelo medo e reagindo com raiva. Esse cavalo estava sofrendo.

Instintivamente, ela entrou no estábulo.

"Cuidado, rapaz", disse Wilson em tom de advertência.

Ela estendeu a mão para Cal. "Eu fico com o curry comb."

Wilson abriu a boca novamente, e Rakesley balançou a cabeça de forma quase imperceptível. "Devo alertá-lo sobre a aproximação do animal."

"Ele não é um animal", respondeu Gemma. "É um cavalo com dor."

"Desde que ele chegou aqui, ele só me deixou chegar perto", disse Rakesley sem demonstrar emoção. "E esse é o problema."

"Por que isso é um problema além do óbvio: ele está em crise?" perguntou Gemma sem pensar.

Ela era a filha ilegítima de um conde, não uma verdadeira filha — não uma dama. Ela não tinha o direito de questionar um duque.

E, no entanto, esse duque não parecia se importar.

Estábulos tinham um jeito de colocar tudo em um plano mais ou menos igual.

"Porque pretendo correr com ele."

Gemma deu mais um pequeno passo à frente e deixou esse fato em mente para referência futura. Por enquanto, sua preocupação era com esse animal — *Hannibal* — que não apresentava danos físicos, mas sim mentais.

Dos dois, era o último ferimento que poderia ser mais debilitante. Ela o vira muitas vezes em vários estábulos e hipódromos de Londres.

Ela ficou em silêncio enquanto se aproximava, lenta e cuidadosamente, com as mãos respeitosamente abertas à frente do corpo. "Viu?" ela disse em um tom baixo. "Não há nada a temer aqui."

Cautelosamente, Hannibal permitiu que ela entrasse em seu espaço até que ela estivesse perto o suficiente para estender a mão e tocá-lo na cernelha [2]. Mas ela não o fez — ainda não. "O que fizeram com você, meu amigo?"

Ela sempre se referia aos cavalos como seus amigos. Eles sentiam sua sinceridade e respeito. Conheciam-na como uma amiga.

Ela guardou o curry comb no bolso. Não o usaria agora. Seu único objetivo no momento era que Hannibal permitisse que ela colocasse a mão nele. Era por ali que começaria. Talvez em toda a sua vida ninguém jamais tivesse tocado aquele animal com uma mão gentil ou reconfortante. Ele precisava saber que estava seguro.

Calmamente, ela ficou a centímetros dele, sussurrando coisas sem sentido, até que ele inclinou a cabeça em sua direção. Gemma ficou imóvel. O momento podia ser qualquer um. Ele poderia morder o ombro dela e deixá-la saber que não ia tolerar aquilo — ou poderia cutucar o braço dela, deixá-la saber que estava tudo bem o que ela estava fazendo.

E foi o que ele fez.

Delicadamente, ela colocou a palma da mão na curva forte do pescoço dele, sentindo o calor e a força acumulada através de sua pelagem de ébano brilhante, permitindo que uma conexão se formasse entre eles naquele único ponto de contato. Sua mão se moveu, acariciando lentamente a curva muscular. "No seu peito bate um coração bom e valente, não é, meu amigo?"

---

2. A cernelha, garrote ou cachaço é a região proeminente nos grandes quadrú-pedes onde se unem as espáduas em forma de cruz. Nos equinos de exposição, considera-se uma importante característica ter a cernelha alta e pouco carnosa. A altura de alguns animais quadrúpedes é medida a partir deste ponto, ou seja, medindo a distância da base da pata até a extremidade da cernelha, não se consi-dera a altura da cabeça do animal.

Ela sentiu a última gota de tensão se dissipar em Hannibal e tirou o curry comb do bolso. Colocou-o na cernelha dele, passando-o levemente por seu pelo, que ficaria brilhante quando ela terminasse de escová-lo — *se* ele deixasse.

Todos os olhares, silenciosos e observadores, a observavam terminar de escová-lo e usar o pente para remover a poeira levantada pelo pente. Depois, passou para a escova e o pano de linho. Era um processo demorado, mas todos entendiam a necessidade de seguir cada passo. Esse era o primeiro passo para a cura de Hannibal. Os outros homens naquele box talvez não vissem dessa forma, mas Gemma via.

"Esse sujeito pode ganhar uma série de corridas", ela disse terminando com a crina. "Que glória que ele é."

"É", concordou Rakesley. "Mas primeiro, ele precisa deixar alguém montá-lo."

Ah.

Então era esse o problema.

Rakesley via Hannibal como um potro de três anos cuja melhor temporada estava a apenas alguns meses de distância. Ele o via apenas como um investimento — e um que poderia não dar certo.

Gemma não conhecia aquele homem além das poucas palavras que haviam trocado, mas entendia que seria um fracasso vergonhoso se ele não conseguisse fazer Hannibal se apresentar.

E, assim, ela tinha informações para passar para Deverill.

Como se fosse um sinal, um homem compacto que parecia inteiramente composto de músculos densos e que só poderia ser o jóquei destinado a Hannibal entrou na baia com arrogância. Ele tinha o jeito calmo, mas nervoso, característico de todos os jóqueis.

O problema era que, no instante em que Hannibal viu o homem, ele ficou tenso. Gemma pareceu ser a única que notou enquanto os homens se cumprimentavam.

Wilson lançou um olhar para Gemma. "Isso é tudo, *erm*—" Seu olhar procurou as vigas como se fosse encontrar o nome dela ali.

"Gem", ela respondeu.

"Cal, leve a Gem para —"

"Gem fica aqui", disse Rakesley.

Todos pararam. Teria sido cômico se todos os olhares não tivessem se desviado e pousado diretamente em Gemma. Os dela encontraram os pés, o coração na garganta, enquanto ela desejava que os homens olhassem para outro lugar — *qualquer lugar* —.

"Coloquem o rapaz no box de Hannibal. Ele claramente tem jeito com o animal." O duque parecia mais animado do que ela já o vira.

Wilson assentiu. "Você ouviu Sua Graça", ele disse ao lado do rosto de Gemma. "Você pode limpar o box enquanto eles levam Hannibal para passear."

Gemma soltou um resmungo incoerente e se afastou. Aqueles homens agiam como se ela tivesse resolvido o problema de Hannibal, e ela entendia que não funcionava dessa forma.

Debaixo da aba de seu chapéu, ela observou o desastre inevitável se desenrolar enquanto Cal tentava colocar uma sela no dorso de Hannibal. Como recompensa, ele recebeu uma mordida no ombro.

Batendo a cabeça, Gemma foi até a sala de ferramentas buscar uma pá. Pelo que observara, Rakesley administrava um estábulo tranquilo, então não estava acostumado com esse tipo de puro-sangue. Gemma, por outro lado, vira muitos em vários estábulos e hipódromos no último ano. Os vendedores davam-lhes sedativos leves para a exibição, apenas o suficiente para enganar potenciais compradores, fazendo-os pensar que o animal possuía um bom temperamento, o que não poderia estar mais longe da verdade. Quando o novo dono descobria esse fato, o problema era dele.

Gemma certamente tinha algo a relatar em sua primeira carta

a Deverill. Rakesley pretendia participar da Corrida do Século —
com um cavalo incontrolável.

E, no entanto...

Enquanto estava em Somerton, Gemma sabia que não conseguiria deixar Hannibal. Na verdade, ela já estava elaborando um plano de ataque e como cortejá-lo.

Uma boa forma de conquistar um cavalo irascível começava com um torrão de açúcar.

CAPÍTULO QUATRO

UMA SEMANA DEPOIS

Era pouco antes do nascer do sol, e o mundo estava parado e silencioso no cinza desbotado do ar que antecede o amanhecer, quando Gemma pegou as rédeas de Hannibal e o conduziu para fora do estábulo.

Como fizera nas últimas cinco manhãs.

O único som era o bater de cascos ferrados ecoando pelo corredor de tijolos vermelhos enquanto ela o conduzia para fora do estábulo e para o cercado sul. Somerton tinha alguns cercados, mas ela escolhera este por um bom motivo.

Não podia ser visto da mansão.

O duque não olharia para fora de uma das cem janelas e a encontraria roubando tempo com o potro premiado da propriedade.

Na verdade, Hannibal ainda não era visto dessa forma, mas seria.

Gemma estava determinada.

Uma pessoa, no entanto, notara o que ela fazia todas as manhãs: Wilson. Assim como ela, o homem acordava cedo e a vira devolver Hannibal ao seu estábulo três dias antes — o dia em que o potro permitira que ela colocasse uma sela em seu lombo.

Wilson teria notado, e ela suspeitava que era por isso que ele a estava permitindo prosseguir. Uma sela no lombo de Hannibal era o tipo certo de progresso. Revelava a confiança que ela havia construído com o animal.

E hoje ela ganharia mais confiança.

Hoje era o dia em que ela montaria aquele esplêndido Puro-Sangue. Não como uma conquista. Era aí que tantos donos e jóqueis erravam. Eles queriam domar e conquistar o animal para que ele obedecesse às suas ordens. Mas esse tipo de tratamento brutal não era apenas desnecessário; ia contra o que eles estavam tentando alcançar.

Não, era uma questão de confiança. Conquistar a confiança de um cavalo — e honrar essa confiança — e ele caminharia pelo fogo por seu dono.

Gemma conduziu Hannibal até o cercado e imediatamente viu que não estavam sozinhos. Na outra ponta estavam Lady Artemis e sua potranca, Dido. O vínculo estreito que as duas compartilhavam era evidente para qualquer um ver. Dido era uma égua doce, isso era certo. Um reflexo de sua dona também, embora Gemma só tivesse visto Lady Artemis de longe. Uma dama de alta linhagem não teria notado um humilde cavalariço como Gem.

Gemma sempre teve uma boa opinião dos proprietários com cavalos dóceis.

E o oposto dos proprietários quando o oposto era verdadeiro.

O que a deixou em dúvida sobre Rakesley. O duque administrava um estábulo indiscutivelmente bom. No entanto... ele parecia determinado a conseguir o que queria de Hannibal.

O que Gemma não gostava.

Hannibal tinha limites que precisavam ser respeitados e respeitados antes que ele pudesse ser o cavalo de corrida que fora criado para ser.

"Você é o rapaz chamado Gem?" gritou Lady Artemis.

Gemma ergueu os olhos por baixo da aba deformada de seu

chapéu e encontrou a dama a observando com expectativa. Ela simplesmente não podia ignorar a pergunta, mas, ah, como queria. Nada de bom viria de "Gem" conversando com a irmã do duque.

"Sim", ela murmurou o olhar voltado para as pontas das botas marrons.

Quando o silêncio se manteve por alguns instantes a mais do que o estritamente necessário, Gemma arriscou outro olhar para Lady Artemis, que agora se aproximava com Dido. "Meu irmão sabe que você anda levando Hannibal para passear de manhã cedo?"

"Não sei dizer", foi tudo o que Gemma murmurou. Ela vinha mantendo suas respostas curtas e diretas desde uma semana atrás. Se fosse descoberta como mulher, estaria perdida.

E ela não estava pronta para ir embora. Ainda não havia conquistado suas cinquenta libras.

Também havia Hannibal a considerar.

Ele precisava dela.

Um sorriso surgiu nos olhos castanho-escuros de Lady Artemis. Olhos tão parecidos com os do irmão. Mas onde os dele eram duros e insondáveis, os dela eram suaves e gentis. "Seu segredo está seguro comigo, Gem. Você já fez maravilhas por Hannibal. Você tem um dom raro se conseguir alcançar a harmonia com essa fera", ela concluiu rindo.

Embora Lady Artemis tivesse dito as palavras com humor em vez de crueldade, a língua de Gemma não conseguiu se conter — e ela não conseguiu evitar falar um pouco do que pensava. "É aí que pensamos errado sobre cavalos. Quando sofrem de uma doença física, fazemos tudo o que podemos para curá-la. Mas quando é uma doença mental, chamamos os cavalos de bestas e os descartamos como inúteis."

Lady Artemis inclinou a cabeça para o lado enquanto ouvia, seu olhar se estreitando não para Hannibal, mas para... *Gem.*

Ah, por que ela abriu a boca?

"E você vê tudo isso?" perguntou Lady Artemis, lentamente, com um sorriso impressionado se espalhando pelo rosto. "Você tem a paciência e a habilidade de curar uma doença dessas, não é, Gem?"

O olhar de Gemma voltou-se para os pés, um rubor certamente aquecendo suas bochechas. Ela nunca soubera o que fazer com elogios. "Eu não gostaria de exagerar minhas habilidades."

"Por que não?" riu Lady Artemis. "Não esconda seus próprios talentos. Não é assim que funciona?" Ela não tinha terminado. "É essa a sua missão, Gem? Ajudar cavalos com problemas mentais?"

"Sim", murmurou Gemma. Lady Artemis era uma mulher bastante curiosa.

Curiosa demais para o gosto de Gemma.

Os olhos de Lady Artemis brilharam de repente. "Ah, eu sei", ela exclamou. "Você poderia criar um santuário para cavalos."

Gemma quase bufou. *Nobres.* Tão absortos em seus próprios mundinhos.

Nenhum deles sabia o custo de nada?

"Não tenho dinheiro para isso", ela disse suavemente. "Mas eu gostaria de viajar por aí um dia. De estábulo em estábulo, onde eu fosse necessária."

"Que maravilha, Gem." Lady Artemis sorriu com sinceridade. Embora a senhora fosse uma nobre, ela era uma nobre muito gentil. "Quando estiver pronta para embarcar em tal empreendimento, por favor, me procure. Tenho um pouco de dinheiro e adoraria contribuir para a reabilitação de animais."

Gemma assentiu em agradecimento, humildemente, como um humilde cavalariço faria com seus superiores, e apertou as rédeas de Hannibal. Ela podia senti-lo ficando inquieto com a proximidade de Dido e a inatividade, e precisava que ele se acalmasse quando tentasse montá-lo.

Lady Artemis deu um aceno de despedida e se afastou com Dido. "Você é a minha garota perfeita, não é?"

A sós com Hannibal, Gemma permitiu que o ar se acalmasse

ao redor deles, de modo que os únicos sons e movimentos fossem a respiração dele e a dela. Ela passou a mão sobre a cernelha dele e a deixou descansar no punho da sela. Não sentiu nenhuma flexão tensa dos músculos dele, então enfiou a bota no estribo.

Ainda assim, sem tensão.

A questão era que Hannibal não era um cavalo indomável. Ele já havia sido montado e cavalgado antes, isso era evidente. Mas aqueles que o fizeram usaram força e crueldade. O que Gemma queria era que ele aceitasse um cavaleiro com disposição. Saber e confiar que, quando ele estava montado, sentiria o vento em sua crina e experimentaria alegria — que aceitar um cavaleiro era liberdade, não prisão.

Ela respirou fundo e, num movimento ágil e familiar, colocou sua bota no estribo e se impulsionou para cima daquele imponente cavalo de mais de 1.62 metros. No momento seguinte, ela se viu montada, e teve que se conter para não soltar um grito eufórico. Foi o presente mais doce — ter conquistado a confiança de Hannibal.

Ela se inclinou para frente e acariciou sua crina. "Ah, somos realmente amigos, não somos?"

Ela se endireitou e vislumbrou Lady Artemis observando do outro lado do pasto, com um largo sorriso no rosto.

Mas Gemma não estava ali para impressionar. Ela estava ali por Hannibal. Para isso, começou a testá-lo, para ver quais sinais ele captava. Ela apertou levemente os joelhos, e ele começou a andar. Ele tinha um andar suave e fácil, ela já havia percebido. Uma excitação que ela ainda não se permitira sentir a invadiu. Ele seria um sucesso. Não era óbvio apenas pelo seu tamanho e pedigree, mas também pela maneira como andava.

"Você tem tanta coisa dentro de você, não é, meu amigo?" ela sussurrou em seu ouvido.

Ele também ansiava por isso. Uma conexão com alguém que o entendesse.

E ele queria correr. Ela podia sentir isso enquanto o controlava e resistia a instigá-lo a trotar.

Ele confiara nela até então; ainda teria que confiar nela.

"Ah, vamos correr, meu amigo, mas ainda não. Vamos nos conhecer hoje", ela disse, com crescente expectativa por aquele momento futuro.

Eles haviam circulado pelo pasto algumas vezes quando as orelhas de Hannibal se moveram para frente e uma tensão repentina tomou conta de seu corpo. Ele tinha visto algo. Ela o silenciou e acariciou sua crina, mesmo enquanto seu olhar percorria o ambiente.

Então ela o viu além do portão do pasto.

Uma figura, quieta e imóvel.

Rakesley.

Ela sabia disso com uma certeza que não compreendia.

Ele entrou na luz que se tornava mais brilhante aos poucos, com seu olhar intenso e sombrio sobre ela.

Ele estivera observando o tempo todo.

Ela poderia ser demitida por insubordinação.

Um arrepio percorreu sua coluna.

Mas algo mais — algo *mais* — deslizou junto com esse arrepio.

O algo *mais* que sua intensidade sombria provocava dentro dela.

O algo *mais* que ela não queria entender...

Mas entendia.

Era um *algo mais* que poderia levar a problemas muito além da simples demissão.

* * *

RAKE HAVIA PEDIDO ao seu criado para acordá-lo uma hora mais cedo do que o habitual naquela manhã.

Como vinha fazendo nos últimos quatro dias.

No início da semana, Wilson o informara que o cavalariço

Gem estava acompanhando Hannibal até o cercado sul antes que todos acordassem. Rake instruíra Wilson a não fazer nada e deixá-lo continuar. Claramente, rapaz e cavalo tinham afinidade um pelo outro, e Rake era um cavaleiro experiente o suficiente para saber que não devia interferir. Esses laços eram úteis, principalmente com um cavalo temperamental.

Na manhã seguinte, Rake sentiu-se compelido a ver rapaz e cavalo com os próprios olhos, e foi como Wilson descreveu — Gem guiando Hannibal pelo cercado algumas vezes e depois de volta ao estábulo.

Rake começara a ansiar por acordar todas as manhãs para ver o progresso de Gem. Alguns dias antes, Gem até conseguira colocar uma sela no dorso do animal. Então, hoje, o rapaz conseguiu — convenceu Hannibal a deixá-lo montar.

Embora não tivesse nada a ver com isso, uma genuína sensação de realização tomou conta de Rake.

Finalmente.

Agora ele poderia começar a chegar a algum lugar com um animal que ainda o irritava por ter sido enganado ao comprá-lo. Não era todo dia que alguém conseguia enganar o Duque de Rakesley.

Agora, Rake se aproximou, recusando-se a desviar o olhar do rapaz, que queria se desviar. Um longo momento se estendeu entre eles.

O que havia com esse rapaz, afinal?

Algo intangível pulsava entre eles.

Algo que deixava Rake ligeiramente desconfortável.

"Irmão", disse uma voz feminina.

Relutantemente, Rake lançou um olhar para Artemis, que se aproximava com Dido.

"Dá para acreditar?" ela perguntou explodindo de entusiasmo, enquanto observavam Gem circulando o cercado com Hannibal.

"Dificilmente."

"Ele pode não ser uma causa perdida, afinal", gritou Artemis para Gem.

"Nenhum cavalo é uma causa perdida", ela respondeu.

Um rapaz tagarela, sem dúvida.

"Milady", ele acrescentou com aquela voz baixa e rouca, como se só agora percebesse a quem se dirigia.

Artemis não notaria — ou se importaria, se notasse — que um rapaz do estábulo estivesse falando com ela fora de hora. Todos eram iguais no gramado, ele a ouvira dizer mais de uma vez.

"Gem", começou Artemis, com a cabeça ligeiramente inclinada, o olhar brilhando de avaliação.

Os pelos de Rake se arrepiaram. Melhor tomar cuidado quando aquele olhar específico cruzasse os olhos da irmã.

"Você já pensou em ser jóquei?" ela perguntou.

E o simples fato despertou Rake na cabeça. Como ele não tinha percebido isso antes?

Gem...

Um jóquei.

Bem, Artemis tinha percebido e agora estava tentando roubar o rapaz.

Por sua vez, Gem parecia completamente perplexo. "Eu já, mas —"

"*Mas?*" Artemis incitou. "*O quê?*"

Rake percebeu que ele também queria saber, *mas... o quê.*

O olhar de Gem deslizou para o chão. "A oportunidade nunca se apresentou."

Artemis sorriu parecendo muito contente. "Bem, você tem a oportunidade agora."

A cabeça de Gem se ergueu de repente, seus olhos arregalados como placas de vitória. "Como assim?" ele perguntou cauteloso.

"É simples", disse Artemis, feliz em explicar. "Você poderia montar Dido na Two Thousand Guineas. Vocês vão se dar bem como irmãs siamesas."

Não, gritou cada célula do corpo de Rake.

Com Gem na sela, seria Hannibal quem não só venceria Two Thousand Guineas, mas também a Corrida do Século.

E aqui estava Rake à beira de perder Gem para um de seus maiores rivais — sua irmã.

Isso não estava prestes a acontecer.

"Receio que não seja possível, Artemis."

Dois pares de olhos surpresos e questionadores se voltaram para ele.

"E por que não, irmão?" perguntou Artemis, desconfiada.

Ela nunca conseguira suportar que as coisas não acontecessem do seu jeito.

"Porque Gem montará *Hannibal* na Two Thousand Guineas."

O maxilar de Artemis se apertou e relaxou. Seus olhos lhe diziam que ela ainda não havia cedido Gem para ele. "Você não acha que o rapaz tem voz ativa no assunto?"

Gem se remexeu desconfortavelmente na sela. Ele não queria ter voz ativa no assunto, isso era evidente.

O rapaz pigarreou e passou a língua pelo lábio inferior carnudo. Rake se viu acompanhando o movimento, e novamente aquela sensação desconfortável o percorreu.

Gem olhou do irmão para a irmã algumas vezes antes de seu olhar pousar...

Em Rake.

"Eu monto Hannibal", disse o rapaz.

Rake não conseguiu evitar um sorriso irônico para Artemis, que ergueu as mãos. "Você não precisa cavalgar para ele, sabia?" ela disse. "Eu te pago o dobro."

De sua sela nas costas de Hannibal, Gem lançou a Artemis um sorriso de desculpas. "Hannibal precisa de mim."

E assim o assunto foi resolvido.

Artemis exalou um suspiro forte de irritação e levou Dido embora sem dizer mais nada, deixando Rake e Gem sozinhos.

Agora que o sol havia rompido completamente o horizonte, Rake notou algo em Gem. Seus olhos. Verdes com manchas douradas, emoldurados por longos cílios que brilhavam como morangos à luz do amanhecer.

Algo mais chamou a atenção de Rake.

Nunca em sua vida ele havia notado as sutilezas da cor dos olhos de um tratador de cavalos.

Rake também notou as manchas de sujeira nas bochechas de Gem. "Você nunca se lava?" ele perguntou.

Gem deu de ombros, sem se incomodar com a pergunta.

Certo.

"Temos uma coisa para resolver", murmurou Gem.

"O que é?"

Um brilho astuto surgiu nos olhos do rapaz. "Meu pagamento."

Rake deveria ter previsto isso. Ele não podia pagar a um jóquei o salário de um cavalariço.

"E", continuou Gem, "qual é a minha parte quando Hannibal vencer?"

Audacioso. Essa certamente era uma palavra para descrever aquele jóquei recém-formado.

Rake apreciava sua posição. Hannibal não venceria um grupo talentoso de puros-sangues com um imbecil como jóquei.

Ele não hesitou. "Dez por cento da bolsa [1], se você aceitar."

Os olhos de Gem se arregalaram. "Duzentas libras?" Sua cabeça se inclinou, a suspeita estampada no ângulo. "Por que você faria isso?"

"A corrida Two Thousand Guineas é um trampolim. Vamos ganhar a temporada." Rake deixou isso se dissipar no ar. "E uma bolsa de dez mil libras na Corrida do Século."

---

1. Em corridas de cavalos, dez por cento da bolsa refere-se à porcentagem dos ganhos totais que é alocada ao jóquei vencedor. Por exemplo, se a bolsa total for de US$ 30.000, o jóquei vencedor receberá US$ 3.000 dessa bolsa. Essa distribuição pode variar com base em fatores como os termos da corrida e o acordo entre os proprietários e os treinadores.

Gem assentiu, pensativo. "Acho que você não me deixaria ficar com dez por cento dessa bolsa?"

Um instante depois, Rake percebeu que o sisudo Gem tinha feito uma piada e deixou escapar uma risada. "Tenho certeza de que podemos negociar uma compensação justa quando chegar a hora."

Mas Gem não respondeu com humor ou concordância. Ele assentiu sem se comprometer.

Curioso isso.

"Sobre Hannibal", disse Rake, chegando ao cerne da questão. "Você acha que ele estará pronto para a Two Thousand Guineas?"

"Quando será?"

"Em três semanas e meia."

Gem mudou de posição e desmontou com um movimento suave e eficiente. O rapaz estava bem acostumado com cavalos do tamanho de Hannibal. Ele passou a mão pela cernelha do cavalo e ao longo do dorso até o flanco e a garupa, captando cada detalhe pela vista e pelo tato, como se já não soubesse tudo sobre o animal.

"O condicionamento físico será fundamental", ele afirmou avaliando a situação. "Felizmente, ele está em boa forma. Acredito que ele pode conseguir."

O rapaz encontrou o olhar de Rake, e novamente Rake se viu notando um par de olhos que seriam considerados bonitos em uma mulher.

"Hannibal quer correr", continuou Gem.

Rake reagiu rapidamente. "Você ainda não o colocou na pista. Como pode saber disso?"

"Eu pude sentir agora mesmo. Ele é um candidato, sem dúvida. E se ele não estiver pronto para Two Thousand Guineas, estará para o Derby."

E Rake vislumbrou um brilho nos olhos verdes e salpicados de dourado de Gem. Um pouco selvagens... um pouco imprudente...

Um pouco confiantes e competitivos.

Gem também era uma pessoa ativa.

A certeza de que havia tomado à decisão correta se solidificou dentro de Rake. "Quando podemos colocá-lo na pista?" Não fazia sentido ficar enrolando.

"Vamos esperar mais alguns dias", respondeu o rapaz prontamente, como se já esperasse a pergunta. "Vou alimentá-lo e escová-lo agora, depois o levarei para passear pela propriedade novamente esta tarde. Farei isso amanhã também. Então, no dia seguinte, vou levá-lo para passear pela pista de treino e dar a ele um pouco de liberdade para ver o que acontece. Ele saberá o que fazer em uma pista, então teremos que ver se ele quer fazer isso."

Com isso, Gem assentiu e levou Hannibal embora. Rake, um pouco perplexo, observou a dupla partir. Gem não sabia que deveria esperar para ser dispensado por um duque?

Mas não era só isso que incomodava Rake. Era que seu olhar tinha deslizado para baixo e se demorado por um instante a mais do que deveria nas costas de Gem. Com roupas largas e coberto de sujeira, o rapaz praticamente nadava em suas roupas, do chapéu ao casaco e às calças de montaria. Mas Rake havia percebido um movimento sob aquelas roupas largas e sujas. Um balanço sutil...

Dos quadris.

A testa de Rake se franziu numa expressão de dor.

Essa observação dos olhos de um tratador de cavalo e do balanço de seus quadris era... *algo novo*.

E... *inesperado*.

CAPÍTULO CINCO

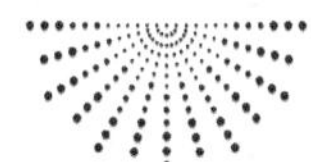

TRÊS DIAS DEPOIS

Gemma respirou fundo o ar da manhã — ar fresco o suficiente para dar um toque especial ao sangue e prepará-lo para o dia seguinte.

Era o seu tipo de ar favorito.

Hannibal a cutucou com o focinho enquanto ela verificava se o freio e a rédea estavam presos corretamente. Ele sentiu a energia irritada que emanava dele e sabia que hoje seria diferente.

E, de fato, era.

Ela acariciou seu focinho. "Hoje você vai correr livre, meu amigo."

Ele relinchou quando ela passou a palma da mão em sua cernelha antes de verificar a sela para se certificar de que todas as correias estavam devidamente presas e apertadas o suficiente. Esta sela seria testada hoje.

Na verdade, todos seriam testados hoje — sela... Hannibal... *ela.*

Hoje não era apenas um teste de cavalo, mas também de cavaleiro.

A ideia deixou suas palmas molhadas de suor e seu coração batendo forte no peito.

Com as rédeas na mão, ela conduziu Hannibal para fora do estábulo e, em seguida, pelo corredor central de tijolos vermelhos, o *clip-clop* de seus cascos convidando os outros Puros-Sangues a colocarem a cabeça para fora dos estábulos em um cumprimento matinal com os olhos turvos.

Cal apareceu no final do corredor, com um grande sorriso no rosto. "Você vai correr com essa fera hoje, hein?"

Gemma assentiu.

Ela não era a única explodindo de expectativa.

"Eu e os outros rapazes estaremos lá na pista, torcendo por vocês. Nunca vi um rapaz pular de limpar baias para ser jóquei tão rápido." Sua cabeça inclinou-se para o lado, uma expressão perplexa cruzando seu rosto. "Ou de jeito nenhum, pensando bem."

Gemma grunhiu como era de costume para "Gem", mas não conseguiu conter o sorriso que se formou nos cantos da boca. De fato, Cal nunca vira um rapaz como ela — se ao menos soubesse a verdade.

"Aposto que você está gostando dos seus novos aposentos." Um fio de inveja entrelaçava-se nas palavras de Cal.

Gemma deu de ombros, como se lhe fosse indiferente, quando na verdade não era.

No instante em que se tornara jóquei de Hannibal, seu status em Somerton ascendera. Um homem extremamente ciente dessas questões, Wilson providenciara um quarto para seu uso exclusivo, perto do celeiro. Ela se contentaria em dormir em uma cama de lona na baia de Hannibal, e havia expressado isso, mas Wilson não aceitaria.

E, de qualquer forma, ela não havia colocado muita paixão no protesto, pois havia garantido um luxo muito além de ocupar um espaço só para ela — e a requintada extravagância de desamarrar os seios todas as noites antes de dormir.

Um luxo que ela nunca mais daria como garantido.

Ela e Hannibal saíram para o pátio. O ar não estava limpo,

mas sim cinzento com a névoa que se dissiparia na próxima hora. Ela colocou um pé no estribo antes de se içar para cima e para a sela.

Com uma leve pressão dos joelhos, eles começaram a se mover, passando sob o amplo arco do portão e sua impressionante torre do relógio para seguir em direção à pista de treino de Somerton. O sol nascente brilhava nebuloso e dourado por entre as árvores, impregnando a névoa fresca que se erguia do chão com um brilho onírico. A cavalgada deu a Gemma alguns minutos para se recompor interiormente — para convocar a coragem que nunca havia sido testada antes. Ela respirou fundo novamente.

A pista apareceu e ela sentiu Hannibal puxar o freio sutilmente. Ele era um puro-sangue de três anos entrando na sua melhor fase e queria correr.

Ela queria que ele corresse também.

Ela queria que ele provasse a si mesmo — que provasse seu valor para Rakesley.

E para que isso acontecesse, ela precisava estar em sua melhor forma.

Para isso, ela havia escapado para visitar Liam na noite anterior no The Drunken Piebald. Como de costume, seu irmão havia tirado o melhor proveito de uma circunstância ruim, começando por ter seduzido uma das copeiras da pousada, usando o charme herdado de sua mãe irlandesa.

Charme que Gemma invejava, pois não possuía nem um pouco. Geralmente, as pessoas a encaravam e não viam um brilho, mas uma seriedade resoluta. Geralmente desviavam o olhar imediatamente.

"Converse comigo sobre a cavalgada de amanhã", ela disse a Liam quando a porta se fechou atrás dela.

Ela puxou a única cadeira do quarto para perto da cama, sentou-se na beirada e esperou.

O sorriso de Liam desapareceu, e ele a observou. "Você já me viu fazer isso centenas de vezes nos campos de treino, Gemma", ele disse. "Você sabe o que fazer."

As dúvidas que ela vinha reprimindo vieram à tona. "Eu sei cavalgar, sim, mas nunca fiz o papel de jóquei." O que ela sabia sobre cavalgar e correr daria um grande verbete na enciclopédia, mas ela nunca colocara a parte das corridas em prática. "Não como o que esperam de mim amanhã."

"Você é um talento natural." Ele ficou sério. "Você não vai usar um chicote?"

Gemma balançou a cabeça. "Claro que não. Você sabe que eles não são necessários quando um cavalo quer correr."

Liam assentiu lentamente. "É, mas alguns donos querem vê-los pelo show. O espetáculo. Você sabe disso."

"Sem chicote", ela repetiu. "Eu não vou usar chicote ou espora. Hannibal quer correr."

"Você vai montar no estilo Chifney?"

"Como você faz", ela o lembrou.

"E você se sente confortável com um freio simples e rédeas soltas?" Liam inclinou a cabeça. "Você confia em Hannibal?"

Gemma engoliu qualquer dúvida remanescente. "Estou confiante nele."

"E a pressa no final?"

A corrida era a chave do estilo de montaria Chifney. Esperar até a última reta e, então deixar o cavalo correr livremente até a linha de chegada. Era chamada de Chifney Rush e exigia paciência e estratégia.

"Hannibal é grande e forte", ela disse. "Acho que ele vai ter a coragem de ir até o final."

Liam ficou tão sério quanto Gemma jamais o viu. "Mas você é pequena, irmã. Uma coisa é vencer uma corrida na liderança, mas outra completamente diferente é passar a corrida no pelotão e conseguir uma vantagem no final. Não é só paciência e estratégia. Requer força e uma boa dose de maldade. Você passará a maior parte da corrida lutando pela sua posição."

Gemma entendia isso, mas não conseguia ver outra maneira de cavalgar e fazer o certo por Hannibal. Ela tinha que tentar. "Bem, amanhã não é a corrida."

"Comece devagar", disse Liam. "Permita que ele encontre seu caminho na corrida. Isso mostrará a ele a sua melhor forma possível. Diga a Rakesley que você não vai testar largadas, mas sim sentir a ação de Hannibal."

As sobrancelhas de Gemma se ergueram em direção ao teto, incrédula. "Eu dizendo ao Duque de Rakesley o que fazer?" Ela bufou. *Não era muito provável.*

Liam inclinou a cabeça. "É assim que os jóqueis falam com os donos. A maioria deles precisa ser informada, porque não sabe distinguir direito uma ponta de um cavalo da outra."

"Não esse dono."

Liam não piscou. "Você precisa estabelecer isso desde o início, Gemma."

Ela assentiu em concordância com o conselho, enquanto uma parte dela se retraiu em ceticismo.

Mesmo agora, enquanto se dirigia para a pista com Hannibal, ainda sentia aquele traço de apreensão, aquele nervosismo familiar percorrendo-a.

Na verdade, ela fizera tudo o que podia para evitar Rakesley nos últimos três dias. Toda vez que ele entrava nos estábulos, ela se escondia — entrando despercebida na sala de arreios ou encontrando uma baia para limpar na ala das carruagens.

Não era simplesmente que ela estivesse espionando a operação dele e não quisesse chamar atenção para si mesma. Algo mais a fazia evitá-lo.

Algo que acontecia quando seus olhares se encontravam.

Algo que ela intuitivamente entendia que precisava evitar.

No entanto, havia mais.

Rakesley não era bobo. Seu disfarce não resistiria ao escrutínio minucioso do olhar insondável daquele homem. Principalmente quando ela continuava inserindo suas opiniões em todas as conversas.

Ela balançou a cabeça para clarear. Estava ali apenas para relatar os acontecimentos do estábulo de Somerton para Deverill. Esse era o seu verdadeiro trabalho. Aquele que lhe pagaria uma quantia que mudaria sua vida após a conclusão.

Mas o dinheiro que Deverill ofereceu não era o único que mudaria sua vida.

Três dias antes, ela tivera a coragem de pedir uma recompensa ao duque.

Mas por que não?

Quando Liam cavalgava, recebia um salário base por montaria — *e* uma parte da bolsa por vencer. Um lorde grato e bêbado até a morte chegou a lhe dar uma bolsa inteira, pois ele só estava ali para se gabar.

Assim como Rakesley, presumivelmente. Mas...

Duzentas libras.

Ela não conseguia imaginar ter tanto dinheiro pois duzentas libras significavam muito para ela.

Sua mente não conseguia compreender.

Mas com a oportunidade vinham apostas mais altas.

Mais dinheiro transformador em jogo.

Dinheiro transformador estava sendo jogado em sua direção de todas as direções.

Tudo o que ela precisava fazer era se equilibrar e pegá-lo.

E o poderoso cavalo abaixo dela desempenhava um papel importante, pois de alguma forma, improvável, ela se tornara seu jóquei.

Não valia a pena negar que parte dela apreciava aquilo, mas outra parte — a parte sensata — compreendia como tudo poderia facilmente terminar em desastre. Por enquanto, em vez de evitar o escrutínio de Rakesley, ela estava firme... *sem dúvida*... no centro de tudo.

Mas que escolha ela tinha naquele momento, três dias atrás?

Recusar Lady Artemis e Rakesley? Não parecia uma opção. Que motivo a humilde Gem teria para recusar? Ela ainda não conseguia pensar em nenhum.

E a escolha entre Lady Artemis e Rakesley?

Não tinha sido grande coisa.

Embora preferisse cavalgar para Lady Artemis, estava ali para coletar informações sobre as corridas de Rakesley. Não podia perder isso de vista.

Hannibal entrou na pista de treino e a tensão percorreu seu corpo. Não para fugir, mas para chegar mais rápido. Essa tensão não era sobre angústia, mas sim sobre disposição.

Apesar de todo o nervosismo, Gemma mal podia esperar para testar Hannibal na grama. Verde e argilosa, era firme, mas tinha elasticidade. Eles haviam dado algumas voltas ontem, e Hannibal mostrara que sabia exatamente o que fazer. Ele queria correr. Mas ela segurou as rédeas com força e não permitiu que ele não fosse mais rápido do que um trote.

Essa era mais uma parte do seu treinamento. Ele aceitaria instruções das quais não gostava?

A resposta fora *sim* — e que alívio.

Uma colmeia de atividade, concentrada no silêncio da manhã, fervilhava pela pista. Mulheres locais, contratadas para limpar a grama, preenchiam buracos e cavidades. Assim como tratadores e cavalariços, reunidos em pequenos grupos, tentando parecer ocupados, mas na verdade estavam ali para ver Hannibal correr. O potro preto tinha um carisma que fazia os olhos quererem observá-lo.

Mas será que ele conseguiria dar um show de verdade? Essa era a principal preocupação de todos.

Hoje eles saberiam a resposta.

O olhar de Gemma se fixou nas duas figuras imóveis dentro da cerca branca do interior da pista — uma dando ordens para todos os lados; a outra apoiada na grade, absorvendo tudo pacientemente. Para os não iniciados, Rakesley poderia parecer relaxado, até lacônico, tamanha era a facilidade do homem em seu corpo. Mas sob aquele exterior despreocupado, havia uma intensidade focada que seria um erro subestimar.

Por um instante, ela se perguntou se deveria passar essa informação para Deverill.

Não, foi sua resposta instintiva.

Ela deveria relatar a administração de Somerton, não sobre seu dono. Por alguma razão, essa informação pareceu um passo demasiado longo... como uma traição.

O olhar de Rakesley desviou para a esquerda e pousou nela e em Hannibal. Um arrepio a percorreu — do que ela não tinha certeza. *Medo? Excitação? Expectativa?*

Tudo.

Mas também algo mais.

O *algo mais* que sempre a percorria quando o olhar dele a observava.

"Gem", disse a voz pragmática de Wilson. "Leve Hannibal pela pista e faça-o trotar lentamente até a metade do caminho."

Gemma assentiu, obedecendo apenas porque concordava com a ordem.

Uma energia de expectativa iluminava o ar enquanto todos observavam Hannibal. Mas Gemma só sentia um par de olhos — os de *Rakesley.*

Absorvendo tudo... sem perder nada... tirando conclusões.

Esse duque era um pensador. Mas não de uma forma imparcial. Em vez disso, ela sentia um fogo dentro dele que afetava tudo o que ele fazia. Ela não conseguia deixar de gostar disso nele — mesmo que isso a enchesse de um frio na espinha.

Que Deus a ajudasse se ele alguma vez se propusesse a decifrá-la.

Hannibal balançou a cabeça, puxando-a de pensamentos inúteis e trazendo-a de volta ao momento. "Impaciente para mostrar a eles o que você sabe fazer, meu amigo?"

Ele balançou a cabeça novamente como se estivesse lhe dando uma resposta.

Com uma risada, ela aliviou um pouco as rédeas para testar sua sensibilidade.

Imediatamente, ele acelerou para um trote.

Oh, ele era um cara pronto, sem dúvida.

Hoje seria divertido.

Depois de completarem a volta, pararam diante de Wilson e Rakesley. Gemma só percebeu que estava sorrindo de orelha a orelha quando encontrou os olhares sérios dos dois homens. O sorriso desapareceu e ela deslizou das costas de Hannibal.

Mais uma vez, foi Wilson quem falou e Rakesley quem observou. "Sem largadas hoje."

Gemma assentiu, aliviada. "Você vai querer entender as ações de Hannibal."

Wilson assentiu, com um brilho de respeito em seus olhos. "Sim."

Rakesley inclinou a cabeça. "Você parece entender bastante de corridas de cavalos, considerando que era um cavalariço há apenas três dias."

O olhar de Gemma encontrou seus pés, e ela deu de ombros com indiferença. "Você ouve coisas por aí", murmurou.

"Ah."

Esse *"ah"* não ressoava exatamente com convicção.

Wilson apontou para a pista. "Você deve ter notado que o percurso é marcado em furlongs [1]."

Gemma assentiu. "Doze deles." Ela fez uma pausa. "Como Epsom."

Na verdade, era exatamente essa a informação pela qual Deverill estava pagando. Ela incluiria o detalhe quando escrevesse para ele.

---

1. Furlongs - é uma unidade de medida de comprimento que equivale a 220 jardas ou 1/8 de uma milha terrestre. Exatamente o tamanho de um estádio.

Uma pontada de desconforto a incomodou, que ela imediatamente conteve. Na verdade, o ato de espionar não a acalmava.

"Outro conhecimento interessante", disse Rakesley, com os olhos opacos, como sempre.

Gemma se mexeu e foi poupada de ter que reconhecer a observação de Wilson. "Mas Newmarket fica a uma milha e oito furlongs. Então, você levará Hannibal em mais uma volta a um trote, e depois passará para um galope leve. Quatro furlongs na segunda volta, você irá a toda velocidade para um galope completo. Estique-o bem para que possamos ver onde ele alcança seu ritmo."

Gemma gostou da simplicidade e precisão do plano. Mesmo sendo Wilson quem dava as instruções, era óbvio que vinham do duque, cujo olhar não se desviara dela nem uma vez.

"É por isso que o hipódromo foi originalmente marcado em seções?" ela perguntou, encontrando instintivamente o olhar de Rakesley.

Um instante se passou, e ela não tinha certeza se ele se dignaria a responder. Afinal, ele era um duque muito consciente de seu lugar — e do dela.

"Cada cavalo é diferente", ele disse por fim. Cada um tem preferências diferentes, maneiras diferentes de correr, ações diferentes. Alguns começam rápido, outros são lentos. Mas nenhuma dessas diferenças indica necessariamente fraqueza ou falha. Na verdade, elas podem provar o oposto, nos dizendo precisamente onde reside à força de um cavalo. Mas cabe a nós encontrá-la. Hoje, é isso que faremos com Hannibal. Ele é um cavalo imponente, com a linhagem e o físico necessários para corridas. O que ainda não sabemos é o que o torna diferente e o que o torna especial em uma pista de corrida.

Pela primeira vez, Gemma se sentiu bem com essa aventura.

Mais do que bem.

Além disso, sentia um respeito cada vez maior por Rakesley. A maneira como ele encarava os cavalos e as corridas não era inteiramente sobre vencer, embora ela intuísse que o homem gostava de vencer. Talvez fosse até uma compulsão, como tantos outros presos na órbita dos cavalos e das corridas.

Mas não se tratava *apenas* de vencer. Ele queria extrair o máximo de seus cavalos. Havia rigor no processo — como era necessário — mas também havia paciência.

Ele estendeu a mão em sua direção, e a respiração congelou nos pulmões de Gemma. Ela deu um passo vacilante para trás.

O passo fora instintivo, e o sorriso perplexo que se iluminou nos olhos do homem amaldiçoado revelou que ele estava curioso para saber o porquê. Ele não recuou. "Seu casaco."

O choque percorreu Gemma. "Meu casaco?"

Sobre o meu cadáver, estava na ponta da sua língua.

O casaco dela não era simplesmente o seu casaco. Era uma grande parte do que fazia Gem ser *Gem*.

Sem a vestimenta áspera e incrustada de sujeira, ela seria um pouco menos Gem.

O que, invertido, significava uma coisa:

Sem ela, ela seria um pouco mais Gemma.

Ela firmou sua vontade e continuou a resistir à atração pelo inevitável.

Que Rakesley venceria.

Era isso que seus olhos insondáveis lhe diziam.

O homem nunca perdia.

CAPÍTULO SEIS

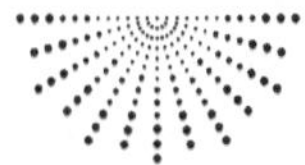

O que começara como um pedido sensato, num piscar de olhos, transformara-se numa guerra de vontades totalmente inesperada e desconcertante.

Pelo olhar acuado de Gem, seria de se esperar que ele fosse forçado a se despir e correr nu pela pista de corrida.

"*Por que* você precisa do meu casaco?" perguntou o rapaz, com os olhos semicerrados de desconfiança.

Talvez um duque já tivesse fugido com um casaco seu cheio de traças e pulgas?

"Está muito largo", disse Rake, com toda a lógica.

Ele estava certo.

"*Muito largo?*" A sobrancelha esquerda de Gem se ergueu em ceticismo. Ele não ia tolerar.

"No dia da corrida", começou Rake, como se tivesse toda a paciência do mundo, "suas roupas serão mais justas."

A cor desapareceu do rosto do rapaz. "Mais *justas?*"

"Quando você estiver usando meu uniforme." Um pensamento lhe ocorreu, e Rake se virou para Wilson. "Procure roupas mais adequadas para o rapaz. Dificilmente posso deixar meu jóquei com cara de maltrapilho."

Wilson assentiu em aprovação. "Sim, Vossa Graça."

Gem rangeu os dentes do fundo, os olhos escuros de revolta.

Já que Rake estava nisso... "E um banho também não lhe faria mal."

Poucos possuíam a temeridade de negar ao Duque de Rakesley o que ele queria. Mas, Rake suspeitava, esse rapaz poderia ser um desses poucos, já que vários segundos se passaram e Gem permaneceu imóvel.

Então, houve um leve movimento de um ombro, seguido pelo outro, e o casaco deslizou pelos braços do rapaz e saiu. Ele empurrou a vestimenta para Rake, que não sentiu tanta satisfação com a vitória quanto imaginara.

Em vez disso, foi a surpresa que o percorreu. Ele havia imaginado que o rapaz era franzino, mas agora podia ver que o casaco ocupava quase metade do seu corpo.

O rapaz deslizou um pé firme em um estribo e montou em Hannibal com alguns movimentos seguros e experientes. Mesmo sem ter vencido a silenciosa guerra de vontades em relação ao casaco, o rapaz parecia satisfeito demais para olhar para Rake do alto da sela.

Wilson deu uma rápida olhada nos cascos de Hannibal em busca de pequenas pedras e rochas soltas. Satisfeito, olhou de soslaio para Gem, pois o sol havia decidido aparecer. "Recebeu suas instruções?"

"Uma volta a trote, depois um galope de quatro furlongs, depois um galope de oito", disse o rapaz, repetindo suas ordens para Wilson.

"Então, faça-o voltar ao galope e ao trote."

Gem assentiu e, novamente, a pergunta atingiu Rake: *Como?*

Como um cavalariço do The Drunken Piebald havia adquirido conhecimento sobre corridas de cavalos?

Um mistério rondava o rapaz, e Rake não conseguia deixar de querer resolvê-lo.

Ele jogou o casaco de Gem por cima da cerca e estendeu a mão. "E seu chapéu."

Ele estava testando Gem, mas queria ver até onde conseguiria pressionar o rapaz.

"Meu chapéu vai ficar na minha cabeça", ele retrucou firme.

"Com Hannibal a todo vapor?" Rake bufou. "Duvidoso."

Ainda assim, ele deu de ombros e deixou o assunto de lado. Um chapéu certamente cheio de piolhos dificilmente valia a pena discutir.

Gem olhou para Wilson. "Será que é só isso?"

Wilson olhou para Rake, que assentiu. Wilson então respondeu: "Sim."

Seu chefe dos cavalariços entendia a hierarquia correta, mesmo que Gem optasse por ignorá-la. Os jóqueis eram as divas conhecidas do mundo das corridas, e Gem não era exceção.

Com isso, o rapaz apertou levemente os joelhos e ele e Hannibal partiram. Com Wilson ao seu lado, Rake caminhou pela grama verde, aparada rente, até a pequena plataforma que oferecia uma vista de todo o percurso.

A energia percorria o ar enquanto os cavalariços e os tratadores se reuniam ao redor da cerca, juntamente com algumas mulheres da aldeia, imbuindo a atmosfera de festividade.

Como Hannibal reagiria à atenção? Rake nutria dúvidas, encarando aquilo como mais um teste para o potro. Na verdade, a única pessoa que acreditava em Hannibal de todo o coração era Gem.

E, no entanto... Foi a fé absoluta de Gem que fez Rake se juntar a ela.

Estranho isso.

Ao longo dos anos, ele viu muitos cavalos como Hannibal. Cavalos dotados de boa linhagem. Cavalos dotados de boa constituição física.

Mas cavalos sem o algo extra que os tornava vencedores.

Cavalos dos quais ele tivera que desistir.

Cavalos que haviam partido seu coração em dois.

Gem incitou Hannibal a galopar. A multidão reunida em volta da cerca havia dobrado nos últimos cinco minutos. A notícia devia estar se espalhando por Somerton, e todos queriam ver como Hannibal se sairia. Poderia não dar em nada. Ou...

Poderia ser alguma coisa.

Poderia ser o início de uma temporada de campeonatos.

E Hannibal... Uma energia nervosa irradiava dele.

Ele queria correr.

Gem estava certo nesse ponto.

E Gem... Rake não sabia o que o rapaz estava dizendo ao cavalo, mas não havia parado de falar com ele durante toda a cavalgada até então.

"O movimento dele parece livre", observou Wilson, com um tom de excitação na voz.

Era isso que eles precisavam saber sobre Hannibal para prosseguir com seu treinamento. Se seus movimentos fossem limitados, redondos ou extravagantes, o potro seria mais adequado para a reprodução do que para as pistas de corrida, pois não venceria nenhuma corrida.

Exceto que esse não parecia ser o caso de Hannibal. Ele tinha passadas longas ao andar, trotar e galopar, o que era um bom presságio para seu galope.

"Certo, vamos lá", disse Wilson, cruzando os braços sobre o peito, o olhar intensamente focado em Hannibal.

Quando Gem e o potro entraram no quarto furlong da segunda volta, o rapaz se inclinou para frente e se ergueu ligeiramente, ficando mais leve na sela, e a expectativa tomou conta de Rake, tomando conta dele enquanto seu maxilar se contraía e suas mãos se fechavam em punhos ao lado do corpo.

Eles cruzaram a linha no quinto furlong e partiram. Ao lado de Rake, Wilson continuou comentando sobre Hannibal — seus movimentos suaves e fáceis; suas passadas baixas e gingadas; o impulso poderoso de seus posteriores; o movimento livre e para frente de seus ombros. Rake ouviu tudo isso e concordou com a cabeça.

Hannibal era um cavalo perfeito. Com ele, venceriam a Two Thousand Guineas em poucas semanas, e mais corridas também. Rake sentia isso até a medula.

Ele se viu observando Gem. A maneira como montava Hannibal sem chicote ou espora, mas com absoluta habilidade e alegria. *Abandono.* Gem possuía a capacidade de se soltar e voar. Garra e determinação transpareciam na firmeza da boca do rapaz, assim como a sombra de um sorriso. Era impossível não se contagiar com a euforia que emanava do rapaz enquanto deixava Hannibal livre e forçava o potro a dar o seu melhor.

A ação estava lá.

A potência e a velocidade estavam lá.

No entanto... algo em Gem preocupava Rake. O rapaz cavalgava como um demônio. Totalmente sem medo. Então... como era possível que o rapaz ainda não tivesse começado a fazer seu nome em Newmarket ou Epsom?

Bem, ele faria isso em algumas semanas. Isso era certo. Ring não saberia o que o atingiu quando Hannibal e Gem invadissem o campo, e todos os donos da Inglaterra tentariam roubar o rapaz. E, no entanto...

Ele era um rapaz tão improvável — praticamente sem substância física. Como um rapaz tão franzino conseguia controlar alguém como Hannibal estava além da compreensão de Rake. Mas ele sabia disso — era exatamente o que um jóquei talentoso podia fazer — e Rake era o tipo de dono que sabia que não devia questionar. Fazia parte da magia deles.

E era isso que Gem tinha com os cavalos. Mais do que qualquer outro jóquei que Rake já tivesse encontrado.

Mágica.

Assim que chegaram ao décimo primeiro furlong — a velocidade de Hannibal só aumentava à medida que se aproximavam do final da corrida — o onipresente chapéu desleixado de Gem voou de sua cabeça, como Rake havia previsto.

Num impulso, Rake correu para recuperar o chapéu. Do meio da pista, ele observou Gem terminar a corrida na reta final, com o chapéu batendo na coxa.

Gem lançou um olhar rápido para trás, com uma auréola de cabelos raiados de sol esvoaçando em sua cabeça. Rake ergueu o chapéu esfarrapado.

Antes desse momento, ele só havia vislumbrado as pontas avermelhadas do cabelo, que se curvavam nas extremidades, aparecendo por baixo do chapéu de Gem. Mas agora, exposto e livre... aquela cabeleira era uma glória suprema.

Mais uma vez, a ideia de que Gem era um rapaz improvável incomodou Rake. Ele poderia facilmente ter entregado o chapéu para Wilson, mas o segurava. Não sabia bem por quê, mas suspeitava que a origem fosse o desejo de fazer o rapaz vir até ele. Fazer com que aqueles olhos verdes salpicados de dourado encontrassem os seus. Gem o vinha evitando nos últimos três dias. Rake não estava particularmente irritado. Sua agenda o mantinha ocupado a cada hora do dia.

Mas ele havia notado a evasão.

Um pensamento lhe ocorreu antes que ele pudesse compreendê-lo enquanto observava Gem começar a desacelerar Hannibal para um galope.

Atraente.

Seu jóquei tinha um traseiro pequeno e redondo e atraente.

Ele nunca, em toda a sua vida, se pegara admirando o traseiro de um jóquei. Ele simplesmente não era esse tipo de homem. Conhecia alguns que eram, mas não ele.

Talvez fosse por isso que ele precisava encarar o rapaz.

Ele precisava entender por que continuava notando características no rapaz que, até então, só havia notado nas mulheres — os pontos dourados em seus olhos verdes... as mechas claras de cabelo que brilhavam como um morango ao sol... seu traseiro atraente...

Wilson se juntou a Rake na cerca, com os olhos brilhando de alegria. Nada como um excelente cavalo galopando na grama para fazer o sangue correr nas veias. "Quem diria que o temperamental Hannibal seria tão dócil." Ele riu e balançou a cabeça. "Você notou que ele só precisou de um ou dois comandos leves?"

"Sim", concordou Rake.

"Você viu o que ninguém mais viu quando combinou cavalo e cavaleiro."

"Ninguém poderia prever que daria certo", Rake falou.

O fato é que ele, de fato, sabia que daria certo.

Ele sentiu isso no fundo de seu ser.

"Existe a magia das corridas, não é?"

"De fato", disse Rake. "Mas..." Como dizer isso... "Você acha que há algo diferente no rapaz?"

Ele teve que perguntar.

Wilson riu baixinho. "É, esse Gem é estranho. Mas é ele quem consegue tirar o melhor proveito desse cavalo."

"E não podemos discutir isso."

Wilson lançou um olhar penetrante para Rake. "Não, Vossa Graça." Pausa. "Não podemos."

E isso foi dito a Rake — da única maneira que alguém ousaria dizer alguma coisa a um duque.

Cavalo e cavaleiro circulavam pela pista. Gem se acomodou na sela, diminuindo pacientemente o ritmo, passo a passo, como era de se esperar. O esfriamento de um cavalo não podia ser apressado.

Mais um conhecimento que o improvável Gem possuía.

Por fim, Gem puxou as rédeas com delicadeza, fazendo Hannibal parar. Ele desceu do cavalo e o conduziu pela curva final, chegando a poucos metros de Rake e Wilson. Os olhos de Gem brilhavam intensamente, suas bochechas estavam vermelhas pelo esforço. O suor brilhava tanto no cavalo quanto no cavaleiro, que ainda não tinham recuperado o fôlego. A alegria que Rake sentira durante a cavalgada ainda ecoava no rapaz.

Não havia dúvida de que ele acabara de fazer o que mais amava no mundo.

Rake sentiu admiração — e uma pitada de inveja.

E mais preocupação.

Em sua experiência, amar demais ou com muita liberdade só trazia problemas — até mesmo desastre.

Wilson deu um caloroso parabéns e imediatamente começou a inspecionar Hannibal de todos os ângulos, fazendo perguntas como: "Como estava o fôlego dele?" e "Você sentiu que ele estava com a perna inclinada?"

Enquanto isso, Rake observava e ouvia Gem responder a cada pergunta, clara e uniformemente. Rake bateu o chapéu de aba larga contra a coxa, chamando a atenção de Gem. O rapaz já havia recuperado o casaco da cerca e o colocado sobre os ombros ossudos. Tudo o que lhe faltava era o chapéu.

O que Rake ainda segurava.

O rapaz estendeu a mão. "Se não se importar." Ele fez uma pausa. "Vossa Graça."

Observando Gem de perto, sem o chapéu, Rake pôde entender por que o rapaz o usava. Cachos ruivo-dourados, banhados pelo sol, caíam descontroladamente sobre sua cabeça, mal tocando os ombros, mal controlados pelo rabo de cavalo na nuca. O ruivo de seu cabelo destacava os fios dourados de seus olhos verdes.

Lá se foi, novamente, uma daquelas observações que ele nunca fizera sobre um jóquei.

Rake soltou o chapéu, que foi imediatamente arrancado e afixado na cabeça de Gem, cobrindo sua gloriosa cabeleira selvagem.

"Se for só isso, Vossa Graça?" disse Wilson, claramente satisfeito com sua inspeção de Hannibal. "Vou mandar os rapazes de volta. Eles parecem achar que é o Boxing Day [1]."

Os cavalariços e tratadores de cavalos exalavam um ar festivo enquanto continuavam a andar por ali e a se divertir uns com os outros. Rake assentiu, e Wilson se virou, dando ordens para o grupo de rapazes que tinham a infelicidade de estarem mais próximos.

Gem deve ter interpretado isso como sua dispensa também, pois começou a conduzir Hannibal pela trilha para seu descanso.

"Você não, Gem", disse Rake, acompanhando o passo do rapaz. Embora tivesse um dia agitado e não tivesse tempo a perder, tinha algumas perguntas para seu jóquei. Melhor começar com aquela que estivera em sua mente a manhã toda. "Como você conheceu cavalos desse jeito?"

Gem deu de ombros. "Pulando entre estábulos aqui, ali e em todos os lugares", murmurou.

Rake balançou a cabeça. "Não dá para conhecer cavalos desse jeito. Tente de novo."

Rake podia ver que cada confissão — cada sílaba — teria que ser arrancada do rapaz, pouco a pouco, relutantemente.

"Passei grande parte da minha vida nos estábulos de um lorde."

Cada sílaba soava pronunciada com grande dificuldade.

"Como Grimalkin [2], o gato do estábulo?"

---

1. *Boxing Day* é o termo utilizado em numerosos para designar um feriado secular comemorado no dia seguinte ao dia de Natal, ou seja, em 26 de dezembro. Atualmente o dia é uma ocasião de liquidações, sendo um dos dias mais movimentados do comércio nos países onde é comemorado. No Reino Unido, o *Boxing Day*, além de ser um feriado bancário e religioso (sendo este o dia de Santo Estêvão, santo muito popular entre os católicos), é também uma data comemorativa em relação ao futebol, sendo que ocorre uma rodada completa de todas as divisões do futebol britânico neste dia.
2. Grimalkin, também conhecido como greymalkin, é um termo arcaico para gato. O termo deriva de "grey" (a cor cinza) mais "malkin", um termo arcaico com vários significados (uma mulher de classe baixa, uma fraca ou um nome) derivado do nome feminino Maud. A lenda escocesa faz referência ao grimalkin como um

Isso provocou uma exalação quase imperceptível que poderia ter sido uma risada.

"Como você foi parar nos estábulos de um lorde?" A paciência de Rake estava começando a se esgotar.

Gem enxugou o suor da nuca. "Minha mãe era a cozinheira do lorde."

Ah.

Isso fazia um pouco de sentido.

Mas a informação só provocou outra pergunta. "Qual lorde?"

"Prefiro não dizer."

"Não vou dizer", o rapaz poderia muito bem ter dito.

A pergunta de Rake tinha sido pouco mais do que uma pergunta ociosa — uma pergunta que não pretendia levar a lugar algum. Não era como se ele fosse investigar a história de Gem. Mas a resposta de Gem transformou a pergunta ociosa em algo totalmente diferente.

Gem não era mais um rapaz de poucas palavras, mas um rapaz que escolhia suas palavras — com cuidado.

Um rapaz que estava escondendo algo.

E havia algo mais em Gem que Rake não conseguira identificar, e que agora o impressionava.

A gramática do rapaz.

As palavras que ele escolhia eram de uma classe social que, no curso geral dos acontecimentos, os rapazes do estábulo não conseguiam alcançar.

Ele falava um inglês perfeito, sem erros.

Uma distinção sutil, mas importante.

Rake lançou um olhar para o perfil do rapaz — bochechas sujas de terra, olhar fixo à frente, boca comprimida em uma linha reta. Rake não receberia mais nenhuma confissão de Gem, seu

---

gato feérico que habita as Highlands. Durante o início do período moderno, o nome grimalkin – e gatos em geral – tornou-se associado ao diabo e à bruxaria. Mulheres julgadas como bruxas nos séculos XVI, XVII e XVIII eram frequentemente acusadas de ter um familiar grimalkin.

comportamento dizia isso. Justo. Ele tinha um dia cheio, de qualquer forma. "Gem", ele disse em despedida e partiu em disparada para o portão seguinte.

Rake podia sentir o olhar aliviado do rapaz em suas costas enquanto saía do campo e se dirigia para a casa, pronto para se sentar com seu secretário e conversar sobre novos telhados para a vila local. No entanto...

Agora ele tinha um quebra-cabeça para resolver.

E ele sabia que sua mente não daria trégua até que todas as peças estivessem no lugar.

Um mais um não somava dois com Gem.

Era um fato óbvio e um sentimento profundo em suas entranhas.

Ele deveria deixar isso para lá.

O rapaz era seu jóquei, e o melhor que ele já conhecera, aliás.

Deixe para lá.

Mas mesmo sabendo que deveria deixar para lá, ele sabia que não o faria.

CAPÍTULO SETE

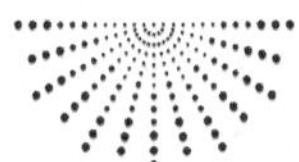

*E*ra o fim do dia, o jantar havia terminado, e Rake se viu com uma rara noite sem rumo. Artemis aceitara um convite para participar de uma assembleia local — à qual ele enviara suas desculpas.

Na verdade, quando estava fora da cidade e residindo em sua propriedade em Suffolk, ele gostava bastante das noites tranquilas. Os dias começavam cedo ali, e as noites tendiam a terminar cedo também. Bem diferente da vida que ele levava em Londres.

Mesmo que alguém pudesse confundi-lo sentado em seu escritório ao lado da lareira como um homem em sua velhice.

O dia havia sido longo e produtivo, como o dia de um duque. Após a bem-sucedida cavalgada matinal de Hannibal, ele se encontrou com seu secretário e discutiu as necessidades de Somerton e de várias outras propriedades. Os novos telhados deveriam começar a ser construídos dentro de duas semanas, para serem concluídos antes da primeira geada. Além disso, havia a mãe para considerar e sua mesada mensal, que poderia atender às necessidades do próprio rei — mas nunca às dela. Claro, Rake aprovou as duzentas libras adicionais que ela havia pedido — alguns poderiam dizer *exigidos* — e deixou o assunto de lado.

Discutir com a mãe era tão inútil quanto discutir com uma tempestade. Rapidamente, localizava-se o abrigo mais próximo e se protegia. O que não se fazia era brigar com ela — ou corria-se o risco de ser atingido por um raio.

Ele bufou, recostou-se em sua confortável cadeira e considerou a carta que vinha adiando a leitura. Nada de notável se destacava em seu nome e endereço estampados na frente. Em vez disso, foi o selo de cera rosa no verso que despertou seu interesse.

Essa carta era da Duquesa de Acaster.

Ele havia começado a aceitar que se enganara sobre ela. Talvez ela fosse o tipo de viúva que não tinha interesse em se acorrentar a outro marido. E ele não a culparia nem um pouco. Pelo que observara ao longo dos anos, as esposas levavam a pior quando se tratava de casamento.

Ele pegou seu canivete e abriu a carta, dando uma olhada rápida em seu conteúdo antes de examiná-lo novamente, com mais cuidado. Um sorriso satisfeito curvou os cantos de sua boca. Ela estava considerando cuidadosamente vender a ele Silky Sadie, mas ainda não estava pronta para assumir um compromisso, pois ainda não havia decidido o preço.

Essa última parte provocou um sorriso. Talvez o preço dela não fosse em moedas.

A Duquesa de Acaster estava flertando com ele.

O que Rake interpretou como um ótimo sinal.

Talvez ela o estivesse encorajando a tratar daquele outro assunto com ela: *casamento.*

Ele deixou a carta de lado. Ela esperaria até amanhã.

Por enquanto, um copo de conhaque o chamava. Uma bebida noturna enquanto lia a última aventura do escocês Sir Walter Scott [1] seria o fim da sua noite.

---

1. Sir Walter Scott foi um romancista, poeta, dramaturgo e historiador escocês, o criador do verdadeiro romance histórico. Aos vinte e dois anos, Walter Scott era já considerado o primeiro poeta nacional, famoso pela "Canção do Último Menestrel".

O que era aquela história sobre a sua velhice?

Atrás dele, ouviu uma porta do terraço ranger ao se abrir. Não precisou se virar para saber quem ousaria entrar em seu escritório por uma porta externa. Sem olhar, ele perguntou: "Quer que eu te sirva uma, Julian?"

"Claro," foi a resposta do amigo.

Rake inclinou a cabeça. Um tom decididamente *estranho* soou na voz de Julian. Uma sílaba arrastada que só alguém que o conhecesse bem detectaria. Rake se virou e olhou o amigo de cima a baixo — cabelo loiro impecável despenteado... gravata solta e torta... queixo coberto de pelos dourados, como se não tivesse visto a ponta afiada de uma lâmina há dias.

Não era apenas que algo estava fora do lugar.

Julian estava bêbado até os ossos.

Rake fechou a garrafa de conhaque. "Pela sua aparência de bêbado, provavelmente você não precisa de um copo de conhaque."

Julian bufou, mas não havia humor naquilo. Ele atravessou a sala e pegou um copo de cristal vazio, estendendo-o com expectativa. "Mas eu aceito um mesmo assim."

Rake não teve escolha a não ser servir. Seu amigo estava determinado a se embebedar essa noite, e quem era Rake para impedi-lo?

Julian obviamente tinha um peso no peito que precisava desabafar. *Kenilworth* podia esperar até amanhã.

Essa noite, Rake tinha um amigo em apuros.

Ele retomou seu assento diante da lareira e indicou a cadeira em frente. Julian se esparramou desajeitadamente no assento oferecido e apontou para a carta na mesa lateral. "Alguma coisa importante?"

Rake deu de ombros, quase indiferente. A carta havia sido esquecida no instante em que a colocara sobre a mesa. "Da Duquesa de Acaster."

Julian assentiu com um lento exagero. "Sobre a égua? Qual é o nome dela?"

"Silky Sadie."

Julian ergueu seu copo meio cheio como se estivesse brindando a égua, depois bebeu todo o conteúdo do copo.

Algo estava errado.

Muito errado.

Julian não era dado a bebidas fortes — ou a qualquer vício que se possa pensar. Mesmo no mundo das corridas de cavalos, ele não participava de apostas ou jogos. Na verdade, ele era contra essas atividades, mesmo aceitando-as como parte da atmosfera. Assim como Rake, seu amor pelos cavalos e pela competição de corridas era simples.

Julian afundou-se ainda mais nas almofadas macias. "Você é um bom amigo, sabia?"

"E você está bêbado."

Julian balançou o dedo, como se estivesse repreendendo Rake. "Muitas pessoas não sabem disso sobre você."

"Obrigado?"

"Mas você é seletivo. Você escolhe quem ama." Julian bateu na têmpora. "*Inteligente.* Mas um dia, meu velho, você vai se ver amando alguém que não escolheu."

Rake bateu na carta da duquesa. "Não se eu tiver alguma coisa a dizer sobre o assunto."

Julian deu uma gargalhada alta, sem nenhum traço de alegria.

"Há algo que você queira discutir?" perguntou Rake, decidindo que era melhor ir direto ao assunto.

A sombra de um sorriso de Julian desapareceu. "Hoje..." Ele olhou de soslaio para o teto artesoado. "Que dia é hoje, afinal?"

"Dezessete de março", disse Rake.

"Ontem, então." Julian balançou a cabeça, confuso. "Ontem foi o aniversário."

Rake não precisou perguntar qual aniversário. Apenas um

aniversário tinha o poder de mergulhar Julian nas profundezas do desespero que Rake estava testemunhando.

O aniversário da morte de sua adorada irmã mais velha, Clarissa, quando ele tinha apenas sete anos...

E o aniversário da morte de seu pai, que havia tirado a própria vida exatamente vinte anos depois...

O terceiro aniversário de Lorde Julian Batchelor se tornando o Marquês de Ormonde.

Ontem.

Julian parecia ter tomado seu primeiro drinque antes de rolar da cama ontem e não ter parado desde então.

"Gostaria de conversar sobre isso?"

Julian olhou fixamente para o fogo e balançou a cabeça. "Não."

Rake não se ofendeu nem um pouco.

Então, ele começou a falar. Começando com quais cavalos seriam candidatos à temporada de corridas, depois falando sobre o Jockey Club e a desordem em que havia caído desde a morte de Sir Charles Bunbury no ano anterior. Ninguém possuía a autoridade ou a retidão moral do Presidente Perpétuo — como ele passou a ser conhecido — em questões relacionadas às corridas. Em breve, seriam os Blacklegs e os agenciadores que estariam organizando as corridas com impunidade.

Julian afastou a ideia. "Bobagem. *Você* deveria se tornar presidente do Jockey Club."

Rake bufou. "Nem pensar."

Isso arrancou uma boa e longa risada de Julian. "A propósito", ele disse com o humor consideravelmente mais leve do que quando entrara na sala uma hora antes, "como está indo o seu novo jóquei? Dizem que Hannibal correu hoje."

"Você tem olheiros espionando Somerton?"

Os espiões enviados pelo Ring para vigiar os cavalos eram implacáveis. Wilson já havia descoberto e derrotado dois nesse ano.

Rake desprezava espiões.

Julian deu de ombros. "Criados gostam de conversar, e nossas propriedades ficam a apenas oito quilômetros de distância."

Rake acreditou no amigo. "É, Hannibal correu."

"Ele é um candidato?"

"Melhor do que o esperado", disse Rake, tenso.

Julian era um amigo fora das pistas de corrida, mas na competição dentro delas... Rake não daria nenhuma informação útil.

Julian sorriu e balançou a cabeça. "Aquele seu novo jóquei... Qual é o nome dele?"

"Gem." Rake também não queria falar sobre Gem. No entanto... "O que você acha do rapaz?"

"Eu só o encontrei uma vez no The Drunken Piebald, mas..." Ormonde girou os últimos goles de conhaque em seu copo.

"Mas?" Rake ficou tenso. Quaisquer que fossem as ideias que Julian pudesse oferecer, Rake queria ouvir.

"O rapaz parecia saber o que estava fazendo, só isso. E ele deve saber, porque você o est deixando montar Hannibal."

"Sério, foi um golpe de sorte encontrar aquele rapaz em uma estalagem", continuou Julian.

Embora Rake concordasse, ele não havia considerado exatamente dessa forma. "Como assim?"

"Está claro que ele foi criado em estábulos de qualidade", Julian refletiu como só um homem embriagado conseguiria. "Há uma história aí."

O pensamento de Rake, dito em voz alta e com precisão.

Havia uma história ali — e o fato de um homem completamente bêbado conseguir vê-la significava que ela continha um fundo de verdade.

Da boca das crianças — e dos bêbados.

Era assim que Milton deveria ter dito.

E Julian não tinha terminado. "Às vezes, com uma pessoa, só vemos o que esperamos ver, e não o que realmente está lá."

O sorriso de Julian desapareceu e seus olhos azuis-claros

escureceram, recuperando a expressão vazia com que entrara na sala. Ele não estava mais falando de Gem.

"Veja meu pai, por exemplo", ele continuou, quase como se estivesse em um bate-papo. "Passei anos achando que ele não passava de um bêbado determinado a levar a família à falência e nos mandar para a prisão por dívidas."

"E era isso mesmo", disse Rake. Era a verdade, e precisava ser dita.

"Ah, mas essa é apenas a metade da verdade." Julian apontou o dedo para Rake. "Na verdade, era apenas um sintoma do problema." Sua falsa leviandade desapareceu. "Ele *era* apenas um homem se afogando."

Rake manteve o silêncio. Julian tinha mais a dizer — e precisava dizer.

"Ele era um homem sendo arrastado para baixo pelo peso da morte da filha."

E lá estava — a coisa na cabeça do amigo. A coisa que o fez beber álcool por dois dias seguidos. A coisa que precisava ser dita.

Mas Rake também tinha algo a dizer. "Seu pai teve uma escolha."

Julian inclinou a cabeça. "Você tem escolha quando está se afogando?"

Rake encarou o amigo. "Você aprende a nadar — ou aceita a mão de alguém."

Julian se inclinou para frente, com os olhos brilhando de angústia. "Mas e se as pessoas mais próximas o considerarem uma causa perdida e não se derem ao trabalho de estender a mão?" A dor e a culpa nessas palavras eram evidentes.

Rake não tinha uma resposta pronta, mas tinha algo a dizer ao amigo. "A morte do seu pai não é culpa sua. Foi culpa dele."

A declaração pairou no ar entre os dois homens, um obstáculo para uma conversa mais profunda. Rake desejou que o amigo permitisse que as palavras — e a verdade que continham — o penetrassem e encontrassem apoio. Talvez, com o tempo, isso acontecesse.

Julian se levantou com dificuldade e inclinou-se ligeiramente para a esquerda.

"Somerton tem vinte quartos de hóspedes. Passe a noite aqui." Rake não estava perguntando.

Julian balançou a cabeça. "Não, a velha Petúnia sabe o caminho para casa de olhos vendados."

"Mesmo quando você está completamente bêbado?"

Julian cambaleou em direção à porta pela qual havia entrado uma hora antes. "Te vejo em um ou dois dias", ele falou por cima do ombro.

"Pode ser preciso mais do que isso para se recuperar de uma ressaca", respondeu Rake, levemente, na esperança de arrancar uma risada.

Julian bufou e dispensou as palavras com um gesto. "Estarei bem amanhã."

Alívio percorreu Rake. Era a certeza que ele precisava ouvir para deixar seu amigo ir para casa.

Ele ficou parado na porta e observou Julian montar desajeitadamente na sempre paciente Petúnia e então encontrar o caminho que ligava suas duas propriedades na fronteira oeste. Seu amigo desapareceu na noite, deixando Rake sozinho com as palavras que havia deixado para trás.

Às vezes, com uma pessoa, vemos apenas o que esperamos ver, e não o que realmente existe.

As palavras agora atingiram Rake de uma maneira inesperada. O que ele não estava vendo em Gem?

Ele sentia o que quer que fosse, estivera diante de seus olhos todo esse tempo.

Tudo o que ele precisava fazer agora era realmente ver.

CAPÍTULO OITO

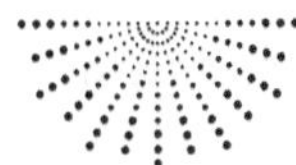

NA MANHÃ SEGUINTE

O céu clareou com o amanhecer rápido demais para o gosto de Gemma enquanto ela atravessava apressada a ampla entrada de Somerton, com sua estrada de cascalho ladeada por castanheiras verdes com os brotos da primavera. Ela havia ficado tempo demais para conversar com Liam no The Drunken Piebald. Só podia esperar que sua ausência ainda não tivesse sido notada por Wilson.

Liam exigira um relato completo da cavalgada do dia anterior, do começo ao fim. Gemma não deixou nada de fora, desde o momento em que tirou Hannibal do estábulo até o momento em que o devolveu.

"Como foi a ação de Hannibal?" perguntou Liam. "Ele não é um daisy-cutter [1], certo?"

Tal como os cavalos árabes dos quais descendiam, os puros-

---

1. Daisy cutter é termo que se refere a um tipo de movimento do cavalo caracterizado por uma ação longa e baixa, sem levantar muito os cascos do chão. Esse estilo de movimento é frequentemente visto em cavalos criados para velocidade, como Puro-Sangue inglês e os Quarto de Milha, e é considerado eficiente e desejável na caça de espetáculos e na equitação de lazer. Ele contrasta com as ações de joelho mais elevados, que são mais comuns no adestramento.

sangues podiam correr demasiado perto do solo. O risco era tropeçar e, nesse caso, cavalo e cavaleiro eram derrubados, caindo de cabeça. Ela tinha garantido ao irmão que Hannibal não tinha essa tendência.

"Ele é perfeito, Liam."

Foram essas suas palavras exatas.

O olhar de Liam se estreitou e se fixou. "Não existe cavalo perfeito, irmã. É bom lembrar disso. São os cavalos perfeitos que vão partir seu coração."

Gemma continuou seu dia. Uma névoa se dissipava da pista com o sol da manhã. Todos os cavalariços e tratadores de cavalo — criadas e cozinheiros também — se reuniram ao redor da pista, gritando a plenos pulmões quando Hannibal acelerou e mostrou do que era capaz. O ar fresco cortava seu rosto, seus cabelos. O doce suor do esforço cobria cada centímetro de sua pele. A cavalgada tinha sido tudo o que ela sonhara: pura liberdade e alegria.

O sorriso fácil e familiar de Liam retornou. "É, pode ser assim." Uma melancolia permeava suas palavras.

"Liam, você vai cavalgar de novo", ela disse, agarrando sua mão enquanto ele se virava para olhar pela janela. *"Em breve."*

Ele assentiu, mas a dúvida estava estampada em seu rosto. Uma perna quebrada acima do joelho não era um ferimento leve. Esse era o fato que eles não mencionavam. Algumas pessoas nunca se recuperavam completamente. Algumas andavam mancando pelo resto da vida. E um homem mancando não seria mais contratado como jóquei. Eles também não mencionavam isso.

Não sendo do tipo que se deixava levar por um estado de espírito taciturno, o olhar de Liam se voltou para ela. "E Wilson? Ele estava satisfeito?"

"Sim." Mesmo enquanto Gemma pronunciava a palavra, a tensão tomou conta de seu corpo. Ela se preparou, sabendo que pergunta viria a seguir.

"E Rakesley?" perguntou Liam.

Um simples "sim" teria sido suficiente. Mas ela precisava ter cuidado com a forma como o "sim" sairia de sua boca. Liam seria capaz de ouvir ou sentir um *tom diferente*.

Essa era a dificuldade de um irmão gêmeo. Eles ouviam e sentiam tudo um sobre o outro.

Felizmente, assim que aquele temido *"sim"* estava saindo de sua boca, uma batida soou na porta. Duas batidas leves, mas o suficiente para distrair Liam do *tom* que certamente soara na voz dela.

Ele se endireitou contra a cabeceira da cama e passou os dedos pelos cabelos numa tentativa inútil de dominar os cachos curtos, ruivos e dourados. Eram indomáveis, como Gemma sabia por experiência própria. "Pode entrar", ele gritou.

A copeira da pousada entrou no quarto com um sorriso encantado no rosto e uma bandeja com chá, torrada, presunto e ovos. "Bom dia, Mestre Li..." Seu olhar brilhante pousou em Gemma. "Ah, sua irmã está lhe fazendo uma visita. Vou só colocar isso na mesa e deixar vocês dois com —"

Liam encontrou o olhar de Gemma e sutilmente apontou o queixo para a porta. Ela entendeu a indireta e se levantou de um salto. "Não precisa", disse Liam. "Gem já está de saída."

O olhar de Gemma pousou no topo de suas botas incrustadas de lama e ela soltou um grunhido mal-humorado de despedida. Ao sair apressadamente do The Drunken Piebald, ela se lembrou de deixar uma carta para ser enviada para Deverill com o proprietário, cujo semblante carrancudo não melhorava com a luz do dia.

Ela conteve o incômodo traço de culpa que começara a atormentá-la. Sério, a informação que compartilhara não custaria nada a Rakesley.

A vida não era simplesmente um jogo para um duque?

Isso era tudo o que as corridas de cavalo eram, na verdade — um jogo.

E o duque podia suportar perder de vez em quando.

Ela havia fornecido informações sobre a pista em si — os estádios demarcados, a manutenção dela —, mas omitira informações sobre Hannibal e a cavalgada. Parecia estranhamente pessoal, e ela queria guardar para si — embora ela logo tivesse que revelar que Hannibal agora estava pronto para ser montado.

E que *ela* o estava montando.

Essa verdade em particular poderia esperar pela próxima carta.

E Rakesley? A pergunta de Liam ecoava em sua mente.

Um estranho alívio a percorreu. Ela ainda não precisara falar sobre Rakesley. O duque era fácil de omitir em suas cartas para Deverill, mas isso representaria mais dificuldade com Liam. Ela abriria a boca e certamente tropeçaria nas palavras, e Liam saberia.

Não *realmente* saber, mas ouviria hesitação suficiente e saberia que algo estava errado.

Mas... havia algo para *saber?* Havia algo realmente errado?

Ela se debateu com a pergunta.

A resposta curta era não. Ela estava firmemente enraizada nos estábulos de Somerton, tanto como tratador quanto como jóquei de Hannibal — a única pessoa que poderia lidar com ele, na verdade — e ela o montaria na corrida Two Thousand Guineas.

O simples fato era que as coisas estavam melhores do que normais.

E ainda assim... Algo a estava deixando nervosa.

Algo na maneira como Rakesley a olhava...

Não, não olhava para ela.

A *observava,* mais como se a olhasse de longe e a avaliasse — como se faria com um pedaço de carne de cavalo de qualidade duvidosa.

E ele guardava essas observações para si.

Ainda assim, ela percebeu uma pista em seus olhos escuros e inescrutáveis. Um vislumbre de luz... a luz do interesse.

Será que ele de alguma forma... sabia?

Será que ele sabia que ela não era um Gem...

Mas uma Gemma?

Impossível.

Ele a teria dispensado na hora.

Ela precisava manter a calma. Faltavam apenas algumas semanas para a Two Thousand Guineas, e então ela e Liam teriam dinheiro suficiente para parar de fugir e recomeçar uma nova vida.

As botas de Gemma rangiam o cascalho em um trote leve enquanto ela passava sob a torre do relógio que ainda não havia batido sete horas. O pátio do estábulo estava vazio de cavalariços e tratadores, e uma abençoada sensação de alívio a invadiu. Sua ausência não havia sido descoberta.

"Gem", soou uma voz autoritária às suas costas.

Assustada, ela se virou bruscamente, o coração batendo forte contra as costelas. Wilson caminhava em sua direção, a boca comprimida em sua habitual expressão profissional, uma pergunta nos olhos. Ele se perguntava onde ela estaria tão cedo pela manhã. Gemma se preparou para a pergunta.

"Sua Graça quer falar com você", ele disse.

Mas isso não significava que ele não a tivesse guardado para o futuro.

O estômago de Gemma se revirou e o medo a invadiu. Ela assentiu com firmeza e foi em direção ao box de Hannibal, preparada para o inevitável: Rakesley estava prestes a denunciá-la por ser mulher e mandá-la embora.

A frustração acompanhava o medo.

Ela estivera tão, tão perto.

"Gem", ela ouviu às suas costas.

Lançando um olhar impaciente por cima do ombro. "Sim?" Ela preferia acabar logo com isso antes que os cavalariços e rapazes com suas orelhas curiosas começassem a circular por ali.

"Não aqui", disse Wilson.

A testa de Gemma se franziu e seus pés pararam. "No campo de treinamento?"

"Nos aposentos dele."

Suas sobrancelhas se soltaram e se arquearam em direção ao céu.

"Ele está com muita pressa para chegar a Londres", continuou Wilson, "e tem algumas perguntas para você."

Perguntas. Mais perguntas. O homem não parava de fazê-las?

E as respostas para essas perguntas...

Ele não gostaria delas.

Gemma, de alguma forma, conseguiu assentir.

"Entre na casa pela cozinha, e um criado o levará até Sua Graça. Agora vá." Os olhos de Wilson se estreitaram. "E lave o rosto primeiro."

Era exatamente isso que ela não faria.

Na verdade, ela poderia borrar um pouco mais de terra para garantir.

Mesmo assim, ela conseguiu dizer: "Sim".

A sequência de emoções, agora familiar, a percorreu. *Medo... excitação... pavor...*

Mas principalmente medo.

O duque tinha o futuro dela em suas mãos — e ele não fazia a menor ideia qual era.

* * *

Rake nunca fora muito de esperar.

E foi isso que o fez chamar Gem aos seus aposentos ao amanhecer.

Às vezes, com uma pessoa, vemos apenas o que esperamos ver, e não o que realmente existe.

As palavras de Julian acompanharam Rake até a cama na noite anterior e o saudaram ao acordar esta manhã.

Fosse o que fosse que ele não estava vendo, precisava ver.

O quanto antes melhor.

Seu ouvido captou o rangido da porta do seu quarto de se vestir abrindo e fechando. Ele tentou ouvir outros sons e não ouviu nenhum, mas sentiu uma presença.

O rapaz estava esperando.

Rake olhou para seu estado seminu, com a toalha presa em torno da cintura, uma navalha em uma mão, uma toalha de rosto na outra. Seu criado havia adoecido com gripe nos últimos três dias, e Rake vinha se virando sozinho, com resultados mistos, a julgar pelos dois cortes no queixo.

"Entre", ele gritou e passou a lâmina pela pia antes de tentar novamente o queixo com barba por fazer.

Atrás dele, a porta se abriu e o arrastar de pés hesitantes cruzou a soleira. Antes que pudesse dizer uma palavra de cumprimento, ouviu-se um suspiro.

Assustado, Rake se cortou *novamente*. Se virou e encontrou Gem, a boca ligeiramente aberta, os olhos arregalados. A fonte de alarme do rapaz era clara.

"É tão chocante encontrar um duque se barbeando?"

A testa do rapaz franziu. "Como um homem comum", murmurou com a voz que soava inteiramente áspera e rouca. "Exceto..." O rapaz pareceu estar pensando melhor em continuar. Não havia piscado uma única vez desde que entrara no banheiro.

"Exceto?"

Rake queria saber o que não era comum nele. Já lhe tinham dito isso, mas principalmente em quartos — de mulheres que descobriram tanto com as mãos e bocas... outras partes também.

Ele interrompeu a sequência de pensamentos ali.

Antes de ficar com seu pênis duro.

Gem deu de ombros, como se estivesse indiferente. Era evidente que ele não estava nada indiferente. "Não há muito em comum entre nós, suponho", murmurou.

De que maneira estranha aquela conversa havia começado.

Mesmo assim, Rake cedeu. "Um homem é muito parecido com o outro."

O que era aquele rubor carmesim que se destacava na sujeira das bochechas do rapaz?

Estaria Gem... *corando?*

"E", começou Gem. Seu olhar parecia não saber onde pousar, pois ia do peito nu de Rake até os pés descalços, passando apenas pela toalha no meio, o que o provocou a subir até um ponto logo acima da cabeça de Rake.

"Você não é um homem. Você é um duque."

Rake bufou. "Talvez possamos chegar a um acordo e concordar que eu sou os dois?"

Ele voltou à sua tarefa atual — o lamentável trabalho de barbear o próprio rosto.

A garganta de Gem pigarreou atrás dele.

"Sim?" perguntou Rake sem mexer o maxilar.

"Isso é normal para você?"

"O que?" Com concentração estudada, Rake raspou a lâmina na bochecha, sentindo certo triunfo por ter conseguido fazer isso sem tirar sangue.

"Convocar jóqueis para o seu quarto de vestir?"

Rake deu de ombros. "De vez em quando."

Ele não devia prestar contas a esse rapaz. Quem trabalhava para quem, afinal?

"E depois convidá-los para o seu banheiro?" Gem pressionou.

A mão de Rake parou no meio do pescoço e seu olhar encontrou o rapaz no espelho. Ele tremia de nervosismo e... *indignação* — o que só provocou uma risada confusa de Rake.

O que só aumentou a indignação de Gem, a julgar pela expressão que escureceu o rosto do rapaz.

Ainda assim, Gem parecia ter bom senso suficiente para não dar voz àquela indignação enquanto seus lábios — o inferior decididamente carnudo — se comprimiam em uma linha firme.

Certo.

"Chamei você aqui para fazer uma pergunta que não pensei em fazer ontem", disse Rake, lentamente. "Como estava a sela durante a cavalgada de Hannibal? Você sentiu que ela atrapalhava os ombros dele de alguma forma?"

"Não."

"Notou algum atrito quando o escovou?"

"Nenhum."

Gem havia se retraído para suas respostas monossilábicas.

"E você?"

Alguns segundos se passaram enquanto Gem se conformava com o fato de que uma resposta monossilábica não seria suficiente. "E eu?"

"A sela está bem ajustada em você? No seu..." Rake parou ali mesmo.

Traseiro.

Essa era a palavra que ele havia reprimido, e a expressão horrorizada no rosto de Gem dizia que ele sabia.

Atraente.

Esse era o adjetivo que sua mente havia fornecido ontem em relação ao traseiro de Gem.

Ele não queria discutir o traseiro de Gem, mas lá estavam eles.

Ele só havia causado isso a si mesmo.

"Nossa, *hã*", Gem se esforçou para dizer. "Bem, *hã*, tudo estava satisfatório."

"Certo", disse Rake, aliviado, e voltou a fazer a barba. "De qualquer forma, acho que uma sela mais leve seria o ideal."

Não se passaram dez segundos antes que Gem dissesse: "Só isso?"

"Um momento." Rake deu uma última passada com a lâmina, pousou-a e passou a toalha úmida nas bochechas, no queixo e no pescoço. Era o máximo que conseguiria.

Ele se virou e encontrou Gem se aproximando da porta aberta.

Na verdade, não era tudo.

Eles ainda não haviam tocado no assunto que Rake queria discutir.

"Você disse que cresceu na propriedade de um lorde?" ele perguntou sem preâmbulos. Queria avaliar a reação de Gem diretamente. Perguntas sobre seu passado tinham o efeito de desequilibrar o rapaz.

E essa pergunta não foi diferente, pois suas mãos se fecharam em punhos ao lado do corpo enquanto ele assentia com firmeza.

Ótimo.

Rake continuou. "O que eu não consigo entender é por que você deixaria seu lugar na propriedade de um lorde para procurar trabalho no The Drunken Piebald."

Gem abriu a boca, certamente para se defender, mas nenhum som saiu.

Rake sentiu que estava no caminho certo. "O lorde certamente teria se dedicado a manter um rapaz como você em seus estábulos. Com seu conhecimento e o cuidado genuíno que demonstra com os cavalos, você teria se tornado chefe dos cavalariços em uma década." Ele inclinou a cabeça. "Você foi demitido?"

Um breve aceno de cabeça foi sua única resposta.

"E ainda assim..."

Ele fez Gem esperar pelas próximas palavras. O nervosismo do rapaz não havia diminuído nem um pouco, seu olhar ainda incapaz de se acalmar, percorrendo Rake de cima a baixo — principalmente seu peito nu. Com os cerca de dois quilos de sujeira incrustando em cada centímetro visível dele, talvez Gem nunca tivesse visto um rosto limpo. Talvez fosse a própria limpeza que deixava Gem ansioso.

"Você foi embora", concluiu Rake.

A emoção brilhou por trás dos olhos verdes salpicados de dourado de Gem, e sua boca se contraiu.

Pronto. Rake havia localizado a ponta solta da história de Gem — mas como conseguir desvendar completamente isso?

"E sua mãe era cozinheira desse senhor?"

Gem assentiu.

"Mais alguém na família?"

Outro aceno.

"Irmão? Irmã?"

"Irmão."

"Seu sobrenome é Cassidy. Irlandês?"

Um aceno inquieto, enquanto o rapaz olhava para suas botas, que certamente haviam espalhado lama pela casa.

"E sua educação?" perguntou Rake, mudando de assunto. "Você recebeu uma na propriedade do senhor?"

O olhar do rapaz se assustou, as sobrancelhas douradas se franzindo. *Finalmente.* "Por que minha educação seria importante para você?"

Alguns fatos chamaram a atenção de Rake imediatamente. *Havia* reaparecido — a gramática correta de Gem. Sua maneira de juntar as palavras de uma forma que os rapazes do estábulo geralmente não faziam.

Além disso, o rapaz não estava murmurando, resmungando, grunhindo ou reclamando. Ele falava com uma voz clara — sua verdadeira voz.

Uma voz que Rake ouvira insinuada, mas não totalmente expressa.

A testa de Rake se franziu.

Aquela voz... Parecia pertencer a —

Rake notou.

A gota de suor.

Antes... *antes* desta conversa... *antes* da voz... teria passado despercebida.

Afinal, o ar estava quente e pegajoso, com a umidade que impregnava o piso de mármore cinza e os azulejos das paredes. Um pouco de suor era natural na atmosfera de um banheiro. Aliás, ele próprio transpirava.

De fato, o olhar do rapaz parecia seguir uma dessas gotas de suor pelo centro do peito naquele exato momento, enquanto

Rake acompanhava a gota de suor de Gem escorrendo por sua bochecha macia... por seu queixo empinado... pela elegante coluna de marfim de seu pescoço... para mergulhar na delicada depressão na base de sua garganta, formando uma pequena poça brilhante...

Às vezes, com uma pessoa, vemos apenas o que esperamos ver, e não o que realmente existe.

E Rake viu...

Ele *sabia.*

Ele estava enxergando Gem de forma completamente errada.

Como um rapaz.

Mas a pessoa diante dele não era um rapaz...

Era uma moça.

A constatação pareceu... confusa. E...

Certo.

Era isso que ele vinha sentindo e se recusando a ver.

Gem não era um rapaz.

O corpo de Rake certamente sabia disso, mesmo que sua mente não soubesse.

Um ímpeto de raiva o atravessou. Isso era nada menos que pura decepção.

Ele tinha sido feito de bobo. Se alguém tivesse descoberto, ele teria sido motivo de chacota em Londres.

De novo.

"Então, me diga, Gem", ele começou. "Você já começou a se barbear?"

Gem abriu a boca para responder, mas quando Rake deu um passo à frente, as palavras da moça congelaram em sua boca. O quarto pareceu subitamente sem ar, nenhum dos dois conseguia respirar.

Gem balançou a cabeça bruscamente.

"Não é a tarefa mais fácil, descobri desde que meu criado adoeceu."

Rake deu mais um passo.

Gem engoliu em seco.

"Então, eu mesmo estou fazendo."

Ele havia fechado metade da distância entre eles, tão perto que poderia estender a mão e tocar aquela moça, se quisesse.

Gem pigarreou e engoliu em seco. "Eu não sabia que duques podiam se virar sozinhos."

Uma risada irônica escapou de Rake. Ah, lá estava o fogo de Gem retribuído. Tinha uma língua afiada aquela moça.

Mais uma vez, ele se maravilhou com sua capacidade de se enganar a si mesmo. Nenhum rapaz — ou lorde, aliás — jamais ousaria falar com ele daquele jeito.

Só uma mulher.

Essa mulher.

Ele seguiu o instinto e acariciou sua bochecha macia com as costas da mão. A consciência invadiu o momento enquanto seus olhares se encontravam.

Outra percepção atingiu Rake. Gem não era apenas *ela*, mas também era uma beldade.

Sardas acastanhadas espalhavam-se pelo nariz reto e pelas maçãs do rosto finas. Lábios curvados que formavam uma boca bonita, empoleirados acima de um queixo empinado, demonstravam determinação e sinceridade.

Mas foram aqueles olhos verdes salpicados de dourado, emoldurados por cílios dourados, que o atraíram e agora o mantinham extasiado. Substituindo a ponta de raiva, veio uma sensação completamente diferente...

Atração.

Uma atração que havia estado à sombra das margens de suas interações, mas agora ele se sentia livre.

E um ponto além da atração...

Desejo.

Desejo de ele querer se aproximar... alcançar sua nuca e puxá-la para frente... sentir a pressão de sua boca contra a dela enquanto sua cabeça se inclinava para trás para manter o contato de seus olhares...

Seus olhos...

O que ele viu ali?

Incerteza...

Mas possivelmente um *sim* também.

E ele sabia.

Ele não faria isso.

Agora não...

Possivelmente nunca.

Então, ele deu o passo mais difícil de sua vida — deu um passo para trás.

Ela piscou, como se tivesse sido libertada de um feitiço.

E agora ele estava ainda mais curioso sobre aquele rapaz que virou moça.

Como Julian havia dito, havia uma história ali.

E Rake entendeu — se ele revelasse que a conhecia como mulher e exigisse sua história, nunca obteria uma resposta.

Ela fugiria — e ele nunca mais a veria.

Então, ele disse as únicas palavras sensatas que podia dizer naquele momento. "Pode ir."

Um segundo de perplexidade se passou antes que ela se virasse e fugisse sem dizer mais nada. Rake observou ela e seu traseiro atraente desaparecerem.

Ele bufou, embora não houvesse nada de engraçado nisso.

A pergunta "por que" invadiu o vazio que ela havia deixado para trás.

Por que ela estava se disfarçando de rapaz?

Qual era a história dela?

E se a resposta fosse tão simples quanto o fato de ela estar se passando por um rapaz para poder trabalhar em um estábulo? Isso poderia ser tudo. Ela simplesmente amava cavalos e queria trabalhar com eles, e mulheres não podiam ter essa ocupação. Então, ela se disfarçou de menino para conseguir o que queria.

Ele podia admirar a audácia, se não fosse pela enganação.

Rake se preparou para sua viagem a Londres e se viu querendo acreditar nessa história. *Mas...*

O mundo das corridas de cavalos era competitivo, e outras histórias não perdiam tempo em se apresentar como possibilidades — um deles, um forte concorrente.

Ela podia trabalhar para Ring.

Em outras palavras, uma espiã.

E ele desprezava espiões.

Com essas possibilidades em jogo, ele sabia que fizera bem em guardar seu novo conhecimento para si.

Até descobrir o jogo dela.

Essa era a abordagem lógica.

No entanto, um sentimento que não tinha nada a ver com lógica apresentava uma dificuldade potencial.

Desejo.

Ele se sentia atraído por ela...

Ele a *desejava.*

Na verdade, ele deveria ter chamado a atenção dela, a deixado fugir e acabado com toda essa confusão.

Mas algo dentro dele não permitiu que ele fizesse isso.

Algo que provavelmente não seria bom para ele.

Não que ele já tivesse dado muito crédito a tais ideias, mas parecia um caminho predestinado.

Um que ele deveria seguir até o fim.

Como uma história.

Pois, ele gostasse ou não, qualquer que fosse a história que Gem guardasse dentro de si, ela havia se tornado parte da história dele.

CAPÍTULO NOVE

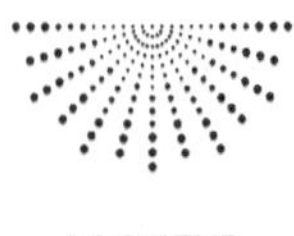

NOITE

Gemma cruzou a soleira da porta do seu quarto, deixou a porta se fechar atrás de si e se recostou nela, grata pela privacidade — finalmente.

Que dia.

A ansiedade ainda pulsava em suas veias desde o encontro matinal com Rakesley.

Encontro.

Essa não podia ser a palavra correta para o que acontecera entre ela e o duque no banheiro. Durante todo o dia, ela não conseguira piscar com segurança sem arriscar uma visão do peito nu e coberto de pelos negros, os pelos convidando seu olhar a explorar os músculos abaixo, levando seu olhar para baixo... para sua barriga firme e definida... para baixo...

Suas bochechas ardiam até agora.

Ela supôs que deveria ter ficado grata pela toalha.

E estava.

De verdade.

Mesmo que sua imaginação quisesse preencher a protuberância espessa e pesada que detectara por baixo.

Ela não ousava fechar os olhos para dormir essa noite com medo dos sonhos...

Mas... o que realmente havia acontecido?

Sua mente havia corrido em todas as direções o dia todo.

Rakesley a chamara para perguntar sobre a sela de Hannibal — certamente não era uma pergunta incomum quando se tratava de jóqueis e cavalos de corrida. E ele perguntara de onde ela vinha. Isso não significava que ela precisasse revelar alguma coisa. Mas ela tinha revelado — um pouco. Informação que não seria de muita utilidade para ele.

Então ele perguntara se ela tinha começado a se barbear.

Ela imaginava que os homens faziam esse tipo de pergunta a rapazes na adolescência. Certamente algo a ver com virilidade, ou alguma outra bobagem masculina.

Mas isso não era o que fazia o sangue ferver em suas veias.

Ele a tocara — um leve roçar das costas da mão em sua bochecha — e um raio a percorrera, animando cada célula, sem deixar nenhuma parte intocada. Ela ficara ali e permitira, a respiração se recusando a sair ou entrar em seus pulmões.

E seus olhos escuros e insondáveis... Eles capturaram os dela e se recusaram a soltá-los. Não era mera curiosidade superficial, mas algo mais profundo... mais intenso — uma determinação para saber...

Tudo.

Sobre ela.

Mas...

Por quê?

Por que Gem, o cavalariço coberto de imundície que virou jóquei, despertaria ao menos uma pontinha de curiosidade no venerável Duque de Rakesley?

No entanto, algo mais havia brilhado em seus olhos.

Uma faísca que enviou uma corrente de sensações por todo o seu corpo.

Uma faísca que a fez querer se balançar em sua mão capaz e masculina e sentir sua sensação em outras partes dela.

Então, de repente, sua mão caiu e ele rompeu o contato — o momento se foi.

Só que o momento não tinha passado.

Permanecera com ela o dia todo.

Agora que estava sozinha, em segurança dentro do refúgio de seu quarto, ela podia soltar a respiração que estivera prendendo por horas. O quarto era simples, mas limpo, com uma pequena lareira em uma parede e uma cama na outra. Uma mesa e uma cadeira. Um aparador com uma pia e uma jarra d'água no topo. *Funcional,* assim era esse quarto.

Ela tinha acabado de desamarrar e tirar as botas quando uma única batida leve soou na porta. Era a bandeja do jantar.

Quando ele designou o quarto para ela, Wilson também lhe deu a opção de fazer suas refeições ali — e ela aceitou a oferta. Jóqueis eram uma classe à parte e preferiam sua própria companhia à dos tratadores e cavalariços. Ela já tinha visto o tipo se pavoneando pelos estábulos de Londres.

Gemma esperou até que o som suave dos passos da criada desaparecesse completamente antes de abrir a porta e pegar sua bandeja de comida. Ela colocou a bandeja sobre a mesa e continuou com a parte do dia que mais ansiava — a remoção das roupas que a transformavam em Gem.

Alguns encolher de ombros e o casaco cinco números maior que o seu começou a escorregar pelos seus braços. As calças logo o seguiram. Então, a blusa passou sobre a cabeça e uma última peça de roupa permaneceu. "Roupa" — uma interpretação bastante generosa da longa faixa de linho firmemente enrolada em seu peito. Ela desabotoou a ponta e balançou os ombros, fazendo com que o tecido se soltasse e caísse no chão.

A próxima respiração que ela dava era sempre a sua favorita do dia, seu corpo — e particularmente seus seios — finalmente livre de restrições. Ela não possuía um busto particularmente generoso, mas o que tinha era decididamente grato por algumas horas de descanso todas as noites.

Embora Gem parecesse nunca ter tomado banho na vida, o mesmo não podia ser dito de Gemma. Vestida apenas com um par de meias de lã, ela se aproximou da pia e se esfregou vigorosamente. Bastava que Gem parecesse imundo. Ela não precisava estar imunda.

Finalmente limpa, vestiu uma camisa limpa que pegara emprestada de Liam, lavou rapidamente a camisa que usara hoje e a pendurou diante da lareira para secar.

Com a rotina noturna completa, ela ergueu a bandeja de comida e se acomodou no meio da cama com ela. Era um pequeno luxo estranho que ela descobrira — comer na cama. Devia ser assim que os nobres se sentiam todas as manhãs, quando seus criados apareciam ao lado de suas camas com bandejas de chá e torradas.

Se não fosse pelo estresse de ser Gem o dia todo, todos os dias, ela se imaginaria preferindo a vida indulgente de jóquei.

Mas isso não aconteceria — não por mais do que algumas semanas... e somente se ela continuasse com sorte.

Ela mordeu um pedaço de carneiro cozido e não conseguiu deixar de se perguntar se Rakesley fazia refeições na cama.

Os olhos do maldito homem se ergueram em sua mente.

Essa manhã, em seu banheiro, houve um momento... um momento em que ela juraria que ele sabia que ela não era quem dizia ser. Mas...

Se fosse esse o caso, ele não a teria expulsado de Somerton e chamado o magistrado local, por precaução?

Mas ele não o fez.

Em vez disso, ele foi para Londres comprar uma nova sela para Hannibal e visitar seus clubes e tudo o mais que duques faziam com seu tempo. Uma visita à Tattersalls. Uma visita a uma amante.

No entanto, ela ainda estava lá por uma razão muito simples:

Ele não sabia.

E embora a tentação de ir até o The Drunken Piebald, buscar Liam e fugir de Suffolk antes que ele descobrisse tivesse sido forte, ela permanecera a serviço do duque.

Ela tinha muito em jogo.

Seu futuro e o de Liam, aliás.

Ela não podia se esquivar de toda aquela conversa fiada.

Sua coragem devia estar firme.

Ela não tinha escolha.

Rakesley não sabia — *não poderia* — saber.

E ele não saberia.

Ela estaria duplamente vigilante em seu disfarce de Gem — o dobro da sujeira, o dobro da incompreensibilidade de seus resmungos, evitando qualquer contato visual, o chapéu mais caído na testa.

E ao final das próximas semanas, ela estaria recebendo 250 libras.

Uma batida soou na porta, assustando Gemma com tanta força que ela quase derramou seu ensopado na cama. Não era uma batida discreta e suave que anunciava a chegada de suas refeições.

"Gem", gritou uma voz impaciente, um som desagradável.

Gemma pulou da cama, gritando "Um minuto", com a voz mais rouca que conseguiu, agarrando calças, botas e casaco, só se lembrando de enfiar o chapéu na cabeça pouco antes de abrir a porta. "É o Hannibal?" ela perguntou, com o coração acelerado e o estômago embrulhado.

Cal balançou a cabeça. "A égua favorita do duque, Flicka, está parindo mais cedo, o potro está nascendo todo estranho. Flicka está uma bagunça — com os olhos assustados e arregalados, e você sabe lidar com cavalos e tudo mais..."

A testa de Gemma se franziu. Algo não batia. "O Wilson mandou me chamar?"

"Ele está em Newmarket para passar a noite."

"E o veterinário?"

"Já foram chamá-lo."

Graças a Deus pelas pequenas bênçãos. "E o duque?"

"Hã..." Cal arrastou o pé.

Gemma sabia o que era evasão. "A égua favorita do duque está parindo. Ele precisa ser avisado, ou você vai ser demitido."

Cal olhou para Gemma — um pouco ressentido, um pouco impressionado. "Você realmente se adaptou ao seu novo lugar no mundo, não é, Gem?"

Gemma quase não bufou. Sem dúvida, ela tinha acabado de ser chamada de arrogante.

"Avise ao duque, e eu cuidarei da Flicka", ela disse, passando por Cal e subindo as escadas de dois em dois degraus. "E não demore", gritou por cima do ombro.

"Sim", disse Cal enquanto descia as escadas atrás dela. Gemma detectou uma nítida falta de vontade para a tarefa.

Ninguém queria dar más notícias a um duque.

Mas não era Rakesley que a preocupava. Uma égua e seu potro estavam em apuros. Ela não tinha certeza do que poderia fazer por eles — afinal, não era cirurgiã veterinária —, mas podia oferecer conforto e apoio.

Não havia lugar onde ela preferisse estar.

Ela suspeitava que Rakesley sentiria exatamente o mesmo.

Ela não tinha certeza de como sabia disso sobre ele.

Ela simplesmente sabia

* * *

Rake carimbou seu selo de cera na última carta de correspondência do dia e recostou-se em sua espaçosa poltrona de couro.

O assunto que pairava em sua mente o dia todo, enquanto viajava de ida e volta para Londres, imediatamente surgiu e preencheu o vazio, como sempre.

Gem.

O que ele faria com Gem?

Ele bufou.

Gem nem seria o nome verdadeiro dela, já que era um nome masculino. Por uma questão de conveniência, Gem serviria, por enquanto. Mas a pergunta permanecia.

O que diabos ele faria com Gem?

As possibilidades de sua traição apenas se multiplicaram ao longo do dia, mergulhando-o em um mau humor que nenhuma quantidade de selas nova ou bebidas no Brooks's [1] com amigos conseguiria amenizar.

A maioria dessas possibilidades colocava Gem na imagem de um canalha.

Mais uma vez, ele bufou. Lá estava ele novamente pensando em Gem como um rapaz — e Gem não era um rapaz, mas uma moça.

E não apenas uma moça, mas uma mulher.

Como rapaz, Gem parecia ter dezesseis ou dezessete anos. Mas como mulher, Rake a colocaria na casa dos vinte...

Uma mulher.

Uma mulher que estava mentindo para ele.

Mas aqui estava o ponto crucial — ele não queria demiti-la. Ela era a jóquei mais talentosa que ele já vira.

Com Gem montando Hannibal, eles venceriam a Two Thousand Guineas — e depois a Corrida do Século. No entanto...

Se a sociedade londrina descobrisse que Gem era uma mulher, a reputação de Rake estaria em frangalhos.

E ele se tornaria motivo de chacota.

Esse pensamento fez com que ele quisesse cerrar os punhos.

Não, pensamento não...

Lembrança.

---

1. O Brooks's é um clube de cavalheiros em St. James Street, em Londres. É um dos clubes de cavalheiros mais antigos e exclusivos do mundo.

O fato é que ele já havia sido motivo de chacota em Londres por causa de uma mulher.

Felicity.

Julian falara da determinação de Rake em escolher quem amava, e Felicity era o motivo. Com ela, ele escolhera errado e publicamente — e se tornara o alvo da piada favorita de Londres por uma ou duas semanas, até que a sociedade passou a se dedicar a outro infeliz.

Mas a experiência permanecera com Rake, e ele não estava muito disposto a repeti-la.

Então...

Gem tinha que ir.

Essa certeza era a verdadeira fonte de seu mau humor — pois, no fundo, ele sabia o dia todo que ela teria que ir.

Ela era uma mulher.

Mas isso não era o principal.

Ela era uma mentirosa.

E isso não podia ser tolerado.

Uma raiva repentina o percorreu, e ele bateu o punho frustrado contra o mogno xadrez de sua escrivaninha. O fato era que ele não conseguiria controlar Hannibal se Gem não montasse a fera temperamental. Era tarde demais para tentar outra pessoa.

Maldição.

Raramente as coisas não saíam como ele queria, e ele achava intolerável quando isso não acontecia. Ele sempre — *sempre* — conseguiu tirar proveito de uma perda.

Nem sempre, uma vozinha o lembrou. *Não com Felicity.*

Ele soltou um suspiro tempestuoso. *"Mulheres."*

"Bem, olá para você também, irmão", riu uma voz feminina.

Rake se afastou de pensamentos que certamente não teriam um fim satisfatório e encontrou Artemis entrando na sala.

"Você está muito imerso em pensamentos", ela disse, apoiando o quadril em uma chaise longue e cruzando os braços sobre o peito. Um leve sorriso surgiu em sua boca. "Isso nunca é bom."

Uma risada seca irrompeu de Rake. Assim era Artemis — sempre de bom humor e sempre honesta, o que podia levar a consequências interessantes. Como ela contar uma verdade infeliz com um sorriso nos lábios. Ela tinha um jeito de alegrar qualquer situação.

"Venha", ela disse saindo do sofá, "deixe-me te derrotar no bilhar."

Rake bufou e seguiu a irmã até a sala de jogos adjacente ao seu escritório. Com a eficiência da experiência, cada um escolheu seu taco preferido e colocou as duas bolas brancas e uma vermelha no feltro verde.

Artemis apoiou o ombro na parede. "Você pode começar", ela disse com um sorriso irônico. "Você parece que precisa de ajuda."

Rake não se deu ao trabalho de responder à provocação dela. Em vez disso, inclinou-se sobre a mesa, taco na mão. Com um único golpe preciso, mandou a bola branca dela para um canto e a bola vermelha para o outro, encaçapando ambas. "São cinco pontos", ele disse.

Não foi a vantagem inicial que o fez sorrir, mas sim a rápida explosão de violência controlada. Provou ser o alívio de que ele precisava.

Mas Artemis não era fraca no bilhar e, depois de algumas rodadas, empatou os pontos. Ela bateu o taco e encaçapou o dele antes de encontrar seu olhar do outro lado da mesa. "O que está te incomodando, irmão?"

Ele sabia que a pergunta não demoraria a chegar. "Preciso me livrar do Gem."

Bastou um instante para o rosto de Artemis passar de leve e brincalhão para sombrio e estrondoso. "Porque isso?" ela perguntou. "Primeiro, você não me deixa ficar com ele. Depois você decide demiti-lo?"

"Não estou exatamente feliz com isso", ele reclamou. Como duque, sua irmã era a única pessoa no mundo com quem ele podia desabafar.

Ela assentiu lentamente. "Me deixe ficar com ele."

Rake balançou a cabeça. Nesse ponto, ele era inflexível. "Ele tem que ir embora. Ele não pode mais ser empregado em nossos estábulos."

Artemis se inclinou sobre a mesa e bateu em uma bola com mais força do que o necessário, fazendo-a voar.

"Não era a sua vez", Rake apontou.

Artemis soprou um rugido forte e apontou o taco diretamente para o centro do peito dele, possivelmente considerando atravessá-lo. "Você é um homem muito frustrante, irmão. Por que não posso tê-lo como jóquei de Dido?"

"Porque ele não é quem diz ser."

Artemis se inclinou e bateu a bola branca novamente. Ela claramente havia perdido toda a atenção no jogo. Agora, era ela quem precisava liberar a violência controlada.

De repente, ela ficou imóvel. Sua testa franziu e, quando se endireitou, um pequeno sorriso surgiu em sua boca. "Ah", disse ela. "Eu entendo agora."

"Entende o quê?" ele perguntou lentamente. Não tinha certeza se queria a compreensão de Artemis.

"Você quer dizer por que Gem é mulher."

Rake fechou a boca antes que ela voltasse a se abrir. "Você sabia?"

Artemis deu de ombros. "Claro. Qualquer um com olhos pode ver."

"Eu não sabia."

Artemis mordeu o lábio inferior, como se estivesse à beira da gargalhada. "Prefiro não comentar." Sua diplomacia cuidadosa era pior do que uma risada direta.

"E você nunca disse nada?" perguntou Rake. Ela não conseguia ver que aquilo era um assunto sério?

Mais uma vez, Artemis deu de ombros, e Rake cerrou os dentes. "Então você entende por que ele... *ela*... precisa ir."

"Eu não entendo nada."

Sua irmã estava dando nos nervos dele. "Ela é uma mentirosa, portanto, não é confiável."

Certamente, Artemis entenderia a necessidade da situação.

Mas, a julgar pela expressão em seu rosto, ela não via nada disso. Na verdade, ela o olhava com tanta incredulidade que ele começou a se perguntar se de repente havia adquirido um tom nocivo em seu rosto.

"Como é fácil para você, Rake", ela disse com uma intensidade incomum. "Às vezes eu esqueço disso."

"Do que você está falando, Artemis?"

Ele não estava errado sobre Gem, disso ele sabia.

"Você é um duque com todas as liberdades que o título implica."

"E responsabilidades", ele ressaltou. Responsabilidades das quais ele nunca se esquivou.

"Você pode fazer o que quiser, a qualquer hora que lhe der vontade." Ela não piscou uma vez. "*Qualquer coisa*, Rake."

"E você não pode?"

"Não, eu não posso. Pela simples razão de que sou mulher."

"Artemis, o que diabos eu já te neguei?"

"É exatamente isso, irmão. Está em seu poder me negar. A vida que eu vivo não é minha por direito, mas sim é minha porque você é um irmão permissivo que me permite tê-la. Certamente, você pode ver a diferença."

E ele viu.

Ele não gostava, mas via.

Artemis inclinou o quadril sobre a mesa de bilhar. "Imagino que Gem tenha um bom motivo para se disfarçar de homem. Não é fácil no mundo dos cavalos para uma mulher cujos interesses e talentos se estendem nessa direção. Você não considerou isso?"

Na verdade, ele havia — aí residia o problema.

Ele queria que esse fosse o motivo da decepção de Gem — queria muito.

Mas um sentimento não parava de incomodá-lo. Havia mais em Gem.

E não era simples nem direto.

Uma leve batida soou na porta. "Esperando alguém?" perguntou Artemis.

Rake balançou a cabeça e gritou: "Pode entrar."

A porta se abriu um pouco, e um dos rapazes do estábulo entrou furtivamente, com o chapéu na mão, o olhar fixo nas pontas empoeiradas das botas. Cal, ele acreditava ser o nome do rapaz. "A potra da Flicka está chegando, e ela está em apuros", disse o rapaz apressadamente.

O taco de bilhar de Rake caiu ruidosamente na mesa, alarmado. "Wilson te mandou?"

O rapaz balançou a cabeça. "Ele está em..."

"Newmarket", acrescentou Artemis, que de repente pareceu tão ansiosa quanto Rake.

Os pés de Rake já estavam em movimento. "Quem te mandou?"

"Gem, Vossa Graça."

Claro. Rake estava tão obcecado com o que não sabia sobre Gem que perdera de vista o que sabia. Como o fato de ela ter coragem e audácia. Ela enviaria um dos rapazes para chamar um duque.

"Boa noite, Artemis", ele disse por cima do ombro enquanto saía da sala.

Com a mente a mil, Rake correu rapidamente até os estábulos, que fervilhava com uma energia ao mesmo tempo irritadiça e contida. Sem Wilson por perto para mandá-los embora, os tratadores e cavalariços ficaram vagando pelo corredor fora da baia da égua e se espalharam pelo pátio. Um deles viu Rake chegando e cutucou seu vizinho, que cutucou o vizinho dele. Em poucos segundos, eles se espalharam pelos quatro cantos.

Sua presença tendia a ter esse efeito.

Silenciosamente, Rake entrou pela abertura da baia da égua e encontrou apenas três ocupantes lá dentro — Flicka, Foley o cirurgião veterinário de Somerton, e...

Gem.

Claro.

Com as mangas arregaçadas acima dos cotovelos, o suor do esforço escorrendo pelas laterais do rosto, Foley agachou-se em uma das pontas da égua, tentando ao máximo virar o potro, enquanto Gem mantinha uma presença calma junto à cabeça de Flicka. Ela havia dobrado o corpo de modo que suas pernas ficassem sob o pescoço da égua, enquanto mantinha a mão firme no ombro de Flicka. A outra mão acariciava a cabeça de Flicka, enquanto sussurrava no ouvido da égua aflita.

Os olhos verdes e salpicados de dourado de Gem se assustaram e encontraram os dele. Como sempre, um arrepio de conexão passou entre eles. Ela empinou o queixo, e Rake levou um momento para entender a importância do gesto. Ela o estava chamando para ajudar a acalmar Flicka. Intuiu que ele precisaria se tornar útil.

Estranho isso... Que ela entendesse algo tão fundamental e verdadeiro sobre ele.

Ele fechou os poucos metros entre eles, direcionando um aceno para Foley, e se abaixou ao lado de Gem na cabeça de Flicka. Começou a acariciar o focinho aveludado da égua e a fazer um som de silêncio entre os dentes, guiado pelo instinto. Sentiu a aprovação de Gem e não conseguia entender por que isso lhe importava — mas importava.

Foley lançou-lhe um olhar rápido por todo o corpo estendido de Flicka. "O potro está em boa posição agora. Na próxima contração, vamos fazer o parto. *Agora, firmes.*"

Séria e calma, Gem assentiu. Ela estava pronta ao lado de Rake.

O tempo parou enquanto esperavam, depois correu enquanto Flicka dava à luz seu potro como se fosse uma ocorrência cotidiana. "Muito bem, minha querida", disse Rake, o alívio percorrendo-o com tanta força que ele quase se sentiu tonto.

Foley se levantou e lavou as mãos em um balde próximo, enxugando-as enquanto cumprimentava Rake. Embora não tivesse certeza se queria, Rake deu uma leve afagada no focinho de Flicka e se levantou, deixando a égua nas mãos habilidosas de Gem.

Enquanto conversava com Foley, Rake ficou de olho em Gem enquanto ela se acomodava sobre os calcanhares e observava Flicka cuidar do potro. Ela aceitou que ele não era mais necessário para o casal, que agora estava se conectando. Mas seu trabalho não havia terminado. Ela pegou um forcado e começou a limpar a baia.

Gem não tinha um osso ocioso em seu corpo ágil, tinha?

Sutil... deslumbrante... uma beleza...

Aquela não era uma maneira produtiva de pensar em seu jóquei.

Foley terminou de esfregar e guardar os instrumentos de seu ofício em uma espaçosa bolsa de couro. "Flicka teve um trabalho árduo. Você vai querer um rapaz aqui com eles esta noite."

Gem não hesitou. "Eu os ajudarei."

Rake não esperava outra resposta.

Mais um fato que ele sabia sobre o misterioso Gem.

O Gem que ele planejava demitir.

Supôs que a demissão poderia esperar até amanhã.

Com a bolsa na mão, Foley agradeceu a Gem e se despediu. Então o veterinário se foi — e Rake ficou sozinho com seu jóquei.

Ele se sentiu bastante inútil diante da eficiência de Gem enquanto ele permanecia ocioso. "Você é um jóquei agora", ele disse. "Não precisa mais limpar as baias. Há mais de trinta rapazes em Somerton que podem fazer isso."

Ela deu de ombros e não parou de colocar feno limpo. "Não quero um rapaz chegando e perturbando a Flicka", ela murmurou. "Além disso, prefiro o trabalho."

"Posso ajudar?" ele perguntou.

Será que ele estava realmente se oferecendo para ajudar a limpar a baia? O que estava acontecendo com ele?

Gem pareceu não pensar em nada. "Estou quase terminando. Você pode buscar alguns cobertores limpos na selaria [2]?"

Rake se moveu para atender ao pedido que mais parecia uma ordem. Como era possível que aquela mulher, disfarçada de homem, se sentisse tão à vontade dando ordens a um duque?

Quando voltou com os cobertores, encontrou os ocupantes da baia ocupados e satisfeitos, cada um à sua maneira — Flicka cuidando de seu novo potro, o potro mamando alegremente, e Gem encostando o resto do feno fresco nas paredes da baia para evitar correntes de ar.

Por fim, ela se endireitou e enxugou o suor da testa com as costas da mão, os olhos fechados de exaustão e alívio. Rake abriu a boca para perguntar onde ela queria os cobertores quando um pequeno movimento do ombro dela o paralisou, e tudo o que ele pôde fazer foi observar.

Um único dar de ombros feminino, seguido por um sutil arquear de suas costas. Um relaxamento das contrações musculares. Depois, outro dar de ombros e um rolar de cabeça. Desprotegida, seu casaco volumoso e desgastado se abriu na frente, revelando uma camisa masculina, com os cadarços frouxos, de modo que um V se abriu no centro de seu peito, dando uma ideia do que havia por baixo, e a boca de Rake ficou seca.

Uma *dica*?

Ele diria mais do que uma dica. Os picos gêmeos dos mamilos se enrugavam sob o tecido.

Considerando seus cabelos ruivos-dourado e sua pele sardenta cor de marfim, seus mamilos seriam rosados.

Ele ficou excitado só de pensar naqueles mamilos.

Livres.

---

2. Selaria - lugar próprio para a guarda de selas, mantas e arreios em geral.

Ela devia ter sido interrompida enquanto se preparava para dormir e se esqueceu de amarrar os seios antes de chegar à baia da égua.

Ela teria corrido sem pensar. Já era tarde — já passava da meia-noite — e ela estava distraída. Distraída demais para fingir ser o rapaz que não era e, em vez disso, ser... ela mesma.

O que mais poderia explicar o que ele estava testemunhando — e praticamente observando boquiaberto como um jovem inexperiente vislumbrando a carne feminina pela primeira vez?

Certo.

Ele pigarreou. "Os cobertores."

Gem visivelmente se recompôs antes de abrir os olhos e dar um passo à frente para pegar os cobertores dos braços estendidos dele, deixando-o sozinho. "Obrigada." Um segundo se passou antes que ela se lembrasse de acrescentar: "Vossa Graça".

Como Rake não se mexeu, ela se mexeu e murmurou: "Tenho certeza de que você tem outro lugar para estar."

Ela estava tentando se livrar dele.

"Acontece", ele começou, com toda a arrogância aristocrática, "que eu não tenho."

A boca dela se contraiu de irritação. Ela não podia muito bem dizer a um duque para deixar seus próprios estábulos.

"Eu posso ajudar", ele disse, contornando-a e abrindo o cobertor com um movimento brusco.

Em uníssono e sem conversa, estenderam cobertores sobre a égua e o potro, uma estranha sensação de camaradagem se instalando enquanto completavam a tarefa.

"Vou dormir aqui esta noite", ela disse jogando o único cobertor que lhe restava sobre o feno.

Rake quase disse que também dormiria, mas parou antes de fazer papel de bobo.

Ele era o duque. Não dormia em baias para cuidar dos cavalos durante a noite. Pagava pessoas para fazer isso.

Como a pessoa à sua frente.

A pessoa a quem ele ia demitir no dia seguinte.

A pessoa que o encarava com uma expressão curiosa nos olhos.

Certo.

Ele se despediu bruscamente e se virou, saindo do estábulo e da baia sem mais delongas. Enquanto suas botas rangiam contra o cascalho triturado, percebeu que, no decorrer daquela noite, uma certeza havia se insinuado. Mais de uma certeza, na verdade.

Ele admirava Gem.

Talvez a respeitasse também.

E ainda outra certeza se seguiu.

Ele não a demitiria amanhã.

Ou em qualquer outro dia.

Verdade que ela tinha seus segredos — mas todos não tinham?

A verdade era que ela nascera para trabalhar com cavalos. Era seu talento e paixão, e quem era ele para negar isso para ela.

Negar a si mesmo, na verdade.

Não era que ele não a deixaria ir.

Ele não *podia* deixá-la ir.

Então, ele a deixaria guardar seu segredo.

E, no entanto... as coisas poderiam simplesmente continuar como antes?

O fato era que ele sentia uma atração poderosa e inesperada por aquela mulher que conhecia e que desconhecia completamente.

Essa atração era sobre mais do que seu talento e habilidade.

Era uma atração pelo físico.

Ele a desejava — a *queria* — de uma forma que lhe parecia nova.

Não era o desejo familiar por uma mulher bonita — embora isso também fizesse parte.

Também tinha a ver com aquele talento e habilidade dela — sua capacidade.

E possivelmente com o caráter que ele detectou nela.

A resposta simples era que ele ficaria longe dela.

Gem tinha um emprego, e tudo o que Rake precisava fazer era deixar que ela continuasse com ele.

Uma promessa que soava simples em sua mente.

E duvidosa na prática.

Ele poderia conhecê-la como uma mulher e não desejá-la como uma mulher?

Essa era a questão.

E a resposta era — possivelmente pela primeira vez na vida — ele não tinha certeza.

CAPÍTULO DEZ

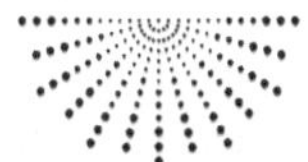

UMA SEMANA DEPOIS

Gemma deu uma última escovada na brilhante crina negra de Hannibal e, sem pensar, inclinou-se para colocar a ferramenta na parede que separava seu box do próximo.

Uma pontada de dor percorreu seu corpo, provocando uma careta e um grunhido, sua mão imediatamente alcançou a parte inferior das costas aplicando uma pressão firme.

Tinha sido um dia longo e doloroso.

Uma semana longa e dolorosa, na verdade.

Wilson havia retornado de Newmarket com um treinador — o Sr. Blankenship. O homem havia assumido a agenda de treinamento de Hannibal. Gemma ficara cautelosa no início e reclamara com Liam. Mas, como sempre, seu irmão a convencera. "Hannibal poderia vencer uma corrida com sua habilidade natural, mas não uma temporada inteira. Um cavalo precisa ser testado para se tornar o melhor. As pessoas não são muito diferentes quando você pensa nisso. E não se esqueça disso. Eles também estão testando você."

Gemma supôs que Liam estava certo.

Mas isso não significava que ela tivesse que gostar de Blankenship, com seu porte rígido e olhar frio e calculista. E certamente não significava que ela tivesse que aceitar todos os seus métodos. Ela acabara concordando com o programa de exercícios e alimentação, mesmo que ela tenha dado a Hannibal algumas fatias de maçã ou nabo uma vez ou outra.

Quanto à transpiração de Hannibal, ela tinha menos certeza. Era prática predominante em todos os estábulos de corrida fazer o cavalo suar para dissipar o calor excessivo e prevenir doenças. Muitos treinadores exageravam, empilhando camadas e mais camadas de cobertores sobre o dorso do cavalo para atingir a transpiração desejada. Embora Gemma não se manifestasse abertamente contra a prática, ela não pressionava Hannibal com tanta frequência quanto Blankenship instruía.

No entanto, Gemma havia sido firme em um ponto — o uso de espora e chicote.

Ela não faria isso.

E foi o fim da história.

Blankenship devia estar bastante acostumado a sempre ter tudo sob controle, pois ficara com um tom lívido de vermelho diante da recusa dela. Ela poderia ter feito o que Liam sugeriu — colocado esporas e levado um chicote sem usá-los, mas decidiu não fazer isso.

Em vez disso, ela fez uma escolha diferente — manter sua posição. A prática de chicotear e usar espora em cavalos nunca mudaria se mais pessoas não repudiassem abertamente essa prática. Chifney havia demonstrado que tais instrumentos eram desnecessários ao vencer corrida após corrida sem eles, provando que os métodos de força eram a maneira preguiçosa — e cruel — de pressionar um cavalo a obedecer às suas ordens. Métodos menos agressivos fisicamente tiravam o melhor de um cavalo, mas a maioria dos treinadores e jóqueis se recusava a ouvir.

Mas, com Hannibal, Gemma tinha um trunfo.

Ela era a única jóquei que ele permitia em suas costas, então ela vencera a batalha.

Sem chicote e espora.

Uma pequena e mesquinha sensação de triunfo a percorreu ao se lembrar dos lábios finos de Blankenship pressionados em uma linha reta. Ele não queria, mas teve que ceder.

Agora, porém, enquanto Gemma se abaixava para pegar um balde e despejar seu conteúdo no beco, ocorreu-lhe que Blankenship talvez tivesse rido por último. O treino dessa semana foi muito além de contusões.

Tinha sido extenuante.

E cada músculo do seu corpo sentia isso — da tensão no pescoço e ombros até as pernas. De alguma forma, até as panturrilhas estavam doloridas. Não era apenas Hannibal que estava sendo treinado para atingir uma boa forma para as corridas, mas ela também. Liam estava certo quanto a isso.

Essa semana, ela descobrira músculos que desconhecia. Em vez de se levantar da cama, ela começou a rolar, depois se encolher e sair correndo de debaixo das cobertas. Quando ela começou a se mover, os músculos relaxaram, pouco a pouco, mas se ela permanecia imóvel por algum tempo, seus músculos aproveitavam a oportunidade para se contrair novamente.

Wilson notou e perguntou se ela estava em condições de cavalgar. Ela ignorou a pergunta. Quanto a Blankenship, um pequeno sorriso malicioso se formou nos cantos de sua boca mesquinha. Ele sabia o que estava fazendo, aquele homem.

Agora, ela prendeu a respiração e se endireitou, devagar, com cuidado. Só quando estava totalmente ereta é que soltou um suspiro lento e controlado. Um leve movimento chamou sua atenção pelo canto do olho, e ela se assustou ao ver que era um criado.

O nervosismo a percorreu. Criados sempre a deixavam irritadiça. Eles eram tão altos e bonitos e tão conscientes de ambos. Mas não era por isso que esse criado em particular a deixava nervosa. Somente quando alguém era chamado pelo duque, ele aparecia.

"Sua Graça solicita sua presença em seu escritório."

"É mesmo?" ela perguntou, a pergunta era um reflexo, uma pequena rebelião.

O criado piscou. "De fato."

Ah, mas o criado desse duque era uma criatura arrogante.

Assim como o duque que dava suas ordens.

Ela exalou um suspiro bastante resignado e sofredor e terminou sua rotina de acomodar Hannibal para a noite. Só então murmurou, resmungando: "Depois de você".

Quando Gemma entrou na casa pela cozinha, a lembrança da única outra vez em que estivera dentro da casa propriamente dita veio à mente.

O dia em que vira um duque se barbear.

Uma lasca de calor a percorreu.

Um duque seminu.

O que era apenas outra maneira de dizer um *duque seminu.*

Ela fechou os olhos com força por um instante, desejando que a imagem desaparecesse, e se concentrou nas costas do criado.

Embora tivesse passado os primeiros dezenove anos de sua vida na casa de um conde, seu esplendor não a preparara o suficiente para a opulência da casa de um duque. Todos os cômodos, das cadeiras aos sofás e às próprias paredes, eram revestidos de sedas vibrantes — um cômodo azul-pavão do chão ao teto, o outro, um rosa e creme tranquilos, e o outro, um amarelo-sol alegre. Uma cor para cada humor.

Depois de atravessarem nada menos que oito corredores, o criado finalmente parou em uma porta fechada e bateu levemente.

Um abafado "Entre" soou através do carvalho maciço.

Ela esperava que o escritório abrigasse apenas um ocupante — Rakesley —, mas, à medida que Gemma se aprofundava no cômodo todo revestido em ricas madeiras de mogno e nogueira, registrou três ocupantes curvados sobre uma grande mesa retangular — Rakesley, sua irmã, Lady Artemis, e o Marquês de Ormonde.

Com a aproximação hesitante de Gemma, todos os olhares se voltaram para ela. Nossa, mas eles eram um trio bonito e imponente. Era impossível não ficar impressionado e um pouco intimidado com sua glória aristocrática combinada.

Gemma não costumava se arrepender de seu disfarce, mas havia momentos em que desejava não ter se tornado tão imunda e repulsiva. Por exemplo, quando estava no escritório de um duque com três pares de olhos nobres a avaliando do chapéu roído por traças à bota incrustada de lama.

"Ah, Gem", disse Lady Artemis, com seu sorriso sempre presente e radiante. "Exatamente a pessoa que queríamos ver."

Lady Artemis continha um pouco da luz do sol dentro dela. Era impossível não se sentir aquecido por isso. O Marquês de Ormonde acenou em saudação. Ele parecia gentil. Se Lady Artemis continha luz do sol, então Lorde Ormonde parecia à personificação do sol com seus longos cabelos loiros, olhos azuis brilhantes e um sorriso fácil.

Gemma retribuiu os cumprimentos com um aceno curto e suficiente, mas seu olhar não pôde deixar de ser atraído para Rakesley.

Escuro... insondável... magnífico.

Quase bonito demais para se olhar diretamente.

E quando ela — inevitavelmente — encontrou os olhos dele, percebeu que estava errada em sua avaliação. Eles não eram mais incompreensíveis para ela. Ela viu uma conexão ali — e algo mais.

Consciência.

Um arrepio lento percorreu sua coluna. Em seu olhar havia profundezas inexploradas.

Profundidades inexploradas, que ela queria conhecer...

Desejava conhecer.

Oh.

Rakesley deu duas batidas bruscas com o indicador na mesa. Gemma se assustou e piscou, arrancada de pensamentos que estavam criando sensações desconfortáveis em seu corpo.

"Nós a chamamos aqui para resolver um assunto", ele disse acenando para que ela se aproximasse com um movimento do queixo.

Gemma deu um passo à frente e estremeceu. O primeiro passo era sempre o pior.

A testa de Rakesley franziu. "Você está ferido?" A pergunta tinha o timbre de uma exigência.

Ela balançou a cabeça. "Só dolorido."

"Você não levou uma queda do Hannibal?" Ele parecia ligeiramente... furioso.

Novamente, ela balançou a cabeça. "Não." Mas o olhar insatisfeito de Rakesley lhe disse que ela teria que explicar. "O novo regime de treinamento do Hannibal entrou em uma, *hum*, fase vigorosa."

O olhar de Rakesley procurou o dela até que, finalmente, ele assentiu apaziguado.

Estranho isso.

Que ele precisasse ser apaziguado.

E que ela soubesse disso.

Ela se arrastou até um lugar na grande mesa na extremidade mais distante de Rakesley. Espalhados por sua vasta superfície havia quatro grandes retângulos de papel, cada um contendo desenhos meticulosos de hipódromos — a Rowley e Ditch Miles em Newmarket e os percursos em Epsom Downs [1] e Doncaster [2]. Esses eram os hipódromos onde as cinco principais corridas da temporada aconteciam. Rabiscadas nas margens, havia anotações — depressões e buracos no gramado, condições de piso molhado e seco, o ângulo do sol a cada hora do dia... Nenhum detalhe era pequeno demais para ser anotado.

"Caramba!" Gemma exclamou, a sua reação provocando risos nos três. Até Rakesley sorriu.

"Você só pensava que Rake levava as corridas a sério", disse Lorde Ormonde. "Agora você sabe."

"Sem meias medidas para o meu irmão", disse Lady Artemis.

Rakesley aceitou a provocação com bom humor, o que falava bem do homem e de seu relacionamento com a irmã e amiga.

Gemma o via — necessariamente — como alguém a ser evitado, na melhor das hipóteses, e um adversário, na pior. Afinal, ela estava espionando suas operações de corrida. Eles não eram amigos, independentemente da conexão que se estabelecia entre eles quando seus olhares se encontravam.

A reação do seu corpo a essa conexão sugeria que não tinha nada a ver com amizade.

Mas sim aquela outra palavra...

Desejo.

Ela não era virgem. Ela conhecia esse sentimento.

---

1. Epsom Downs é um hipódromo de Grau 1 em uma área montanhosa perto de Epsom, em Surrey, Inglaterra, usado para corridas de cavalos puro-sangue. O hipódromo é mais conhecido por sediar o Derby Stakes, que passou a ser amplamente conhecido como The Derby ou Cazoo Derby por motivos de patrocínio, a principal corrida de cavalos puro-sangue do Reino Unido para potros e potras de três anos, com mais de 2.400 m de extensão. Também sedia o Oaks Stakes (também conhecido como The Oaks) para potras de três anos e a Coronation Cup para cavalos com quatro anos ou mais. Todas as três corridas são do Grupo 1 e ocorrem no mesmo percurso e distância.

2. O Doncaster Racecourse (também conhecido como Town Moor) é um hipódromo em Doncaster, South Yorkshire, Inglaterra. Ele sedia duas das 36 corridas planas anuais do Grupo 1 da Grã-Bretanha: a St Leger Stakes e a Racing Post Trophy.

Exceto...

Ela nunca o sentira assim.

Como se o simples encontro de seus olhares despertasse uma chama dentro dela capaz de transformá-la em uma poça de lava derretida.

Ela balançou a cabeça levemente, na esperança de limpá-la de ideias que só poderiam colocá-la em uma enrascada. "Você me chamou para me mostrar os percursos?" perguntou, buscando um assunto.

"Eu o chamei aqui para pedir sua avaliação do gramado de Somerton", disse o duque. "Como Hannibal está lidando com isso?"

"É o melhor gramado que já encontrei", disse Gemma, com sinceridade.

"Meu irmão teria outro tipo de gramado?" acrescentou Lady Artemis.

"Mas", continuou Gemma, um fato não insignificante lhe ocorreu.

"Mas... o quê?" instigou Rakesley. Parecia haver algo que ele queria que ela dissesse em voz alta.

"A Corrida Two Thousand Guineas é disputada na Rowley Mile, que é seca e dura." Na verdade, era o hipódromo mais desafiador de todos na Inglaterra.

"Viu?" disse Rakesley, agora olhando para a irmã como se tivesse acabado de ganhar uma aposta. "Eu continuo dizendo para você não inscrever a Dido na Corrida Two Thousand Guineas. A Ditch Mile seria melhor para ela."

"Sabe o que eu acho irmão?" perguntou Lady Artemis.

"O que?" perguntou Rakesley, desconfiado.

"Acho que você tem medo da minha Dido superar o seu Hannibal."

Pelo que Gemma observara no percurso de treinos de Somerton na semana anterior, Lady Artemis tinha razão. Simplificando, a velocidade de Dido era estonteante. Ela poderia muito bem vencer Hannibal em uma reta, como era o caso da Corrida de Rowley Mile. Mas, apesar de toda a doçura e velocidade de Dido, ela possuía um espírito instável e precisava ser tratada com delicadeza. "Você precisa correr com ela na liderança", disse Gemma sem pensar.

Foi só quando os três pares de olhos pousaram nela que ela percebeu que ninguém havia pedido sua opinião. "É assim que Dido vai vencer as corridas", ela continuou algum motivo. "Você terá que trabalhar nas largadas dela."

Quando Lady Artemis abriu a boca para certamente pedir a Gemma que explicasse melhor, Rakesley levantou a mão, impedindo-a. "Artemis, Gem é minha jóquei, não sua. Melhor você consultar Deeds sobre sua estratégia para o dia da corrida."

Lady Artemis cruzou o olhar com Gemma. "Obrigada, Gem. Vou repassar suas sugestões."

Deeds era o jóquei de Dido. Ele havia chegado com Blankenship de Newmarket e possuía um comportamento desconfiado e furão. Gemma intuiu que, se o homem parasse para realmente olhar para ela, perceberia seu disfarce em três segundos. Ela o evitava.

As sobrancelhas de Lady Artemis se franziram. "Gem, você está bem?"

Gemma mal percebeu que havia começado a esfregar a lombar. Nada passava despercebido por Lady Artemis.

"Eu, *hã*", começou Gemma, tentando pensar em algo que pudesse desviar a atenção do grupo. "Músculos rígidos", ela se contentou em resmungar.

Ela se mexeu e apoiou um cotovelo na mesa, na esperança de parecer relaxada. As sobrancelhas franzidas de todos sugeriam que ela parecia o oposto. Ela provavelmente devia ter feito uma careta.

O rosto de Lady Artemis se iluminou, como se uma ideia maravilhosa tivesse lhe ocorrido naquele exato instante.

Gemma ficou ainda mais tensa.

"Eu sei exatamente o que você precisa."

Gemma quase não gemeu. Lady Artemis tinha boas intenções, mas...

"Um longo banho quente."

Gemma sentiu a boca se abrir e mal pensou em fechá-la. Quando Rakesley começou a assentir em concordância, seu queixo caiu novamente.

"Você se importaria se eu lhe fizesse uma pergunta pessoal?" ele perguntou direcionando a pergunta diretamente a Gemma.

Pessoal.

O que significava referente à pessoa dela.

Cada célula do seu corpo gritava *não, não, não,* mesmo enquanto ela assentia brevemente.

"Você já tomou banho?"

A indignação a invadiu. "Claro que sim."

Que cara de pau!

Seu olhar sombrio se estreitou. "Não um banho na pia, mas um banho. Um banho de verdade em uma banheira de verdade."

"Eu já me lavei em uma banheira." Em água de segunda, e às vezes de terceira mão, mas ele não precisava saber disso.

Ele assentiu lentamente, com moderação. Parecia saber disso, de qualquer forma. "Foi o que eu pensei."

Aborrecimento, reforçado por uma grande dose de imprudência, invadiu Gemma. "O que te importa se eu já tomei banho?"

"Você é o jóquei de Hannibal, e já que pretendo que fique com ele a temporada inteira —"

"Ei", disseram Lady Artemis e Lorde Ormonde em uníssono. Mas o protesto deles foi apenas sem entusiasmo, com uma boa dose de humor.

"—Preciso que você esteja na sua melhor forma", ele concluiu.

Lady Artemis balançou a cabeça e riu baixinho. "Ah, irmão, você pode ser tão duque às vezes."

"E quem não sabe disso?" Gemma murmurou, provocando outra gargalhada.

Rakesley, como sempre, permaneceu implacável. "Como Duque de Rakesley, não posso deixar meu jóquei andando por aí como um maltrapilho e, aliás, cheirando como um mendigo do East End."

Ah, essa última parte foi um golpe baixo.

Mas não totalmente imerecido Gemma podia admitir.

"Agora", ele continuou. O maldito homem parecia... *triunfante*. "Você vai tomar um banho."

Enquanto Lady Artemis e Lorde Ormonde o olhavam com simpatia nos olhos, ela pôde ver que concordavam plenamente com Rakesley em ambos os pontos — e talvez no último em particular. Não fora apenas Hannibal suando em bicas hoje. Ela também. Um cheiro almiscarado peculiar flutuava sempre que ela levantava um braço.

E isso resolveu a questão.

Menos de meia hora depois, Gemma se viu mergulhando cuidadosamente seu corpo dolorido e despido na banheira funda do Duque de Rakesley, com vapor de lavanda subindo da superfície.

Seus olhos se fecharam e um longo suspiro escapou de seus pulmões. Era possivelmente a melhor sensação que seu corpo sentira em uma semana — possivelmente *em toda a sua vida* — enquanto afundava tanto que seu queixo mergulhava abaixo da superfície escaldante. Como mágica, a tensão em seus músculos começou a se dissipar, aos poucos.

Ela teria que encontrar uma maneira de agradecer a Lady Artemis por isso.

Ela poderia até considerar agradecer a Rakesley.

Então, ela se deixou levar por um mar de lavanda, *talvez* com um pensamento de despedida.

CAPÍTULO ONZE

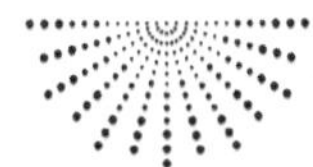

ake não conseguia se acalmar.

Era só isso.

Em um momento, ele estava sentado diante do fogo que sempre queimava baixo na lareira de seu quarto — mesmo no verão, pois Somerton era uma velha pilha de correntes de ar — e no momento seguinte, ele estava caminhando pelo quarto e olhava sem ver nada pela janela, devido à noite.

No entanto, novamente, ele estava em movimento, desta vez encontrando a garrafa de conhaque onde encheu um copo de cristal pela metade.

Um gole depois, ele estava sem rumo novamente.

Claro, como ele poderia se acalmar?

Gem estava a apenas duas portas de distância, em seu banheiro... mergulhando em sua banheira... seu traseiro atraente deslizando contra o esmalte liso... seus mamilos empinados rompendo a superfície da água...

Nua.

De vez em quando, seu ouvido captava o som abafado da água.

O que não ajudava o seu corpo a ficar calmo.

131

Muito pelo contrário, na verdade.

Ela não precisava tomar banho em sua banheira.

Era a verdade.

Ele poderia ter instruído a empregada a levá-la a qualquer um dos muitos banheiros de hóspedes espalhados pela casa. Calculou que seriam pelo menos dez.

Mas, não, ele mandou levar Gem para *sua* banheira particular.

Ele não havia planejado.

Essa era sua defesa.

Na verdade, se ele tivesse pensado no assunto por um momento, certamente a teria colocado em uma daquelas outras dez banheiras.

Com certeza.

Ele não teria feito isso?

Porque ele havia jurado ficar longe de Gem, e conseguira na última semana.

Convidá-la para tomar banho em seus aposentos era o oposto de se manter longe de Gem e deixá-la fazer seu trabalho.

Claro, ele podia ir embora. Podia facilmente sair daquele quarto e ir para seu escritório e deixá-la tomar banho em paz...

Mas ele não podia.

Não com ela tomando banho — *nua* — a nove metros de distância, não importava quantas portas fechadas os separassem.

Fraca... banal... Esses eram os adjetivos que alguém usaria para descrever suas desculpas.

Mas ele achou que conseguiria conviver com elas.

Pegou um cilindro apertado de papel e caminhou até a mesa no outro extremo da sala. Colocou o copo de conhaque sobre a mesa e desenrolou o papel até que ficasse plano, colocando pesos nos quatro cantos para evitar que as bordas se enrolassem. Já que Gem estava ali, eles poderiam muito bem discutir Epsom com mais detalhes.

Um som fraco fez Rake se endireitar, com o ouvido atento.

Uma voz... uma voz de mulher... suave, rouca, direta...

A voz *dela*.

Através das portas fechadas dos vestiários e banheiros, veio um abafado *"Alô?"*.

Cada músculo do corpo de Rake ficou tenso.

Ele deveria chamar a criada... Ele deveria chamar a criada... *Ele deveria chamar a criada.*

Algumas batidas pesadas de tempo se passaram. "Vossa Graça?"

Ele ouviu claramente na voz dela. *Confusão.*

Bem, ele também estava confuso.

Consigo mesmo.

Mais alguns segundos de silêncio se passaram.

E ele sabia por quê.

Esperou pelo inevitável.

"*Hã*, Vossa Graça?" ela gritou, mais alto, mais firme.

"Sim?" Ele sabia exatamente quais seriam as próximas palavras dela.

Atravessou o quarto e abriu a porta do banheiro. Para poder ouvi-la melhor, disse a si mesmo.

Fraco...vulgar...

"Minhas roupas parecem ter sumido."

E lá estavam elas — as palavras que ele esperava.

"A criada às pegou e as levou para lavar."

"Ah!... para *lavar?*" Não havia como negar o pânico naquela voz.

"Acredito que agora você já esteja familiarizada com o conceito."

Não havia como negar o suspiro indignado e feminino que soou pela porta. Se Rake não soubesse que Gem era uma mulher antes, certamente teria confirmado agora.

"Elas serão devolvidas a você amanhã."

As palavras foram recebidas com um silêncio pesado. Isso não tinha sido bem recebido. Principalmente por causa do pedaço de linho que ele havia puxado da pilha de roupas quando a criada passou por ele no corredor.

Aquele pedaço de linho fino era o segredo vital de Gem para ser Gem.

"Amanhã?" Um barulho cacofônico de respingos parecia que iria inundar todo o andar superior. "Isso é um sequestro?" ela perguntou.

Ele bufou. "Dificilmente. Acredito que você esteja aqui por vontade própria."

"Estou começando a me perguntar", ela gritou.

"Há roupas ao lado da porta que servirão por enquanto."

Enquanto passos molhados batiam contra o piso de mármore, ele antecipou exatamente o que ela encontraria.

Uma camisa de homem.

E apenas uma camisa de homem.

A camisa *dele*, na verdade.

Fraco...vulgar...

"Tenho uma muda de roupa no meu quarto", ela gritou. "Preciso insistir que você as traga."

Uma insistência razoável, com certeza.

Uma que ele não honraria tão cedo.

"Você planeja ficar no meu banheiro até suas roupas chegarem?"

Isso gerou mais dez segundos de silêncio como resposta.

"Talvez você ache que minha camisa sirva por enquanto", ele disse. "Somos só nós, rapazes."

Isso sim era uma boa dose de audácia da parte dele.

Audacioso... Mais um adjetivo.

O que deu nele?

Será que ele estava tão desesperado assim?

Não gostou muito da resposta imediata que seu instinto lhe deu.

Mas, na verdade, a verdadeira questão era: quão audaciosa era Gem? Até onde ela estava disposta a levar sua farsa?

"Encontre-me na mesa do outro lado da sala depois de se vestir", ele disse. "Tenho mais uma estratégia de corrida para discutir com você."

Um longo suspiro de resignação o atingiu. A bola estava definitivamente do lado dela agora.

Não havia como negar que ele havia agido de forma frívola, mesquinha e audaciosa, mas ela detinha todo o poder na realidade. Ela poderia sair do banheiro, reivindicar sua feminilidade e pôr fim à farsa em poucos segundos.

A porta do banheiro se abriu com um rangido, e a tensão tomou conta do corpo de Rake.

Passos suave percorreu o denso tapete Aubusson, então ela apareceu na porta que ligava o banheiro ao quarto, e a boca de Rake ficou seca.

Com a camisa de musselina branca dele chegando aos joelhos, ela hesitou na soleira, os ombros curvados para a frente de modo a não dar nenhuma indicação da forma feminina por baixo, o olhar cautelosamente procurando por ele no quarto.

O alívio percorreu Rake. Ela havia tomado à decisão de continuar com o estratagema...

De continuar com o jogo.

Ele não estava pronto para que aquela pessoa saísse de sua vida. Ainda não sabia o suficiente sobre ela.

Outro sentimento surgiu junto com o alívio.

Desejo.

Embora estivesse completamente, ainda que inadequadamente, coberta, seus pés ainda estavam descalços... seus tornozelos e panturrilhas esbeltos também. Ela segurava o V da camisa firmemente à sua frente, o que só... bem... o que só atraiu seu olhar para os mamilos tensos sombreados pela musselina branca. Ele detectou um toque de cor. *Rosa.*

Na verdade, seus mamilos estavam dando um pequeno espetáculo. Seu pênis percebeu e quis participar do show.

Ele desviou a atenção dos mamilos e pigarreou ruidosamente,

atraindo o olhar dela para si. O que brilhava naquelas profundezas verdes e salpicadas de dourado era vulnerável e feminino, e durou apenas uma fração de segundo, mas tempo suficiente para ele registrar — e guardar.

Sua mandíbula se apertou. A irritação e a determinação dissiparam a incerteza e forneceram um escudo para a verdadeira Gem se esconder atrás.

Rake percebeu como o seu disfarce devia ser exaustivo.

Havia alguma mulher tão desesperada para limpar baias de cavalos?

"Presumo que você tenha mandado buscar minha muda de roupa?" foram as primeiras palavras que saíram de sua boca.

Rake emitiu um *mmm* evasivo e acenou para que ela se aproximasse. "Venha ver isso."

Com passos hesitantes, ela atravessou o cômodo. Ele sentiu um toque de lavanda e não conseguiu evitar inalá-lo.

Ela caminhou até o outro lado da mesa e examinou o desenho iluminado por um único castiçal. Seu olhar se ergueu e ela arqueou uma sobrancelha curiosa. "Você come, dorme e respira cavalos?"

"Como você?" ele retrucou.

Uma risada escapou dela antes que ela pudesse contê-la.

Mas ele a havia captado.

Seria aquela a primeira vez que ele a fazia rir?

Ele gostava bastante do riso dela. Combinava com ela.

Ele queria fazê-la rir de novo, mas o olhar dela deixava claro que não seria fácil. Ela ainda estava completamente irritada com ele.

Ele não podia dizer que a culpava.

"Que pista é essa?" ela perguntou.

"Epsom."

"Onde se realizam o Derby e o Oaks."

"Também é onde acontecerá a Corrida do Século."

O humor brilhou em seus olhos. "Será que você está se precipitando?"

Foi ele quem ficou sério ao tocar no papel. "Hannibal estará lá."

"Com você como jóquei", ele se conteve antes de dizer. Ela tinha acabado de parar de ser abertamente hostil com ele. Ele não devia abusar da sorte.

Ela se moveu para o lado da mesa ao lado dele, os nós dos dedos brancos enquanto seu aperto na camisa não diminuía nem um pouco.

Mais perto.

Isso era tudo o que seu corpo compreendia.

Ela estava mais perto.

"Embora eu estivesse torcendo por Goodwood."

"Goodwood?" Sua cabeça se inclinou de curiosidade. "Não conheço essa pista."

"É o melhor hipódromo do país", disse Rake, pragmaticamente. "Uma descrição que ouvi é que há uma elasticidade no ar que se comunica com a grama."

Outra risada de Gem.

"Mais concretamente", ele continuou, "está localizado nas terras do Duque de Richmond, e ele administra seu curso como um navio firme. Os cavalos são selados à vista de todos. As largadas são pontuais. Esse tipo de coisa."

"Então por que não acontecem mais corridas importantes lá?"

Rake acenou com a mão, dispensando-a. "Os motivos de sempre. Tradição. Política. Pequenas queixas pessoais. O mundo das corridas está cheio desses três motivos."

Gem assentiu. "Não é isso que faz o mundo das corridas girar?"

"Um ponto justo."

Movida pela curiosidade, ela se moveu para o lado dele da mesa. Com a mão livre, estendeu-se por cima dele para apontar essa ou aquela particularidade de Epsom. Rake mal registrou suas perguntas ou as respostas que deu. Ele estava ocupado demais inalando e sentindo o aroma de lavanda dos cabelos dela — seus cabelos ruivo-dourados, limpos e levemente úmidos. Ela os havia prendido no rabo de cavalo familiar, mas alguns cachos rebeldes haviam escapado. Ele só se conteve antes de estender a mão e colocar um atrás da orelha dela.

Ele precisava se recompor.

Sim, Gem era uma mulher.

Mas ela era sua jóquei.

Só isso.

E agora sua jóquei o observava com uma expressão interrogativa. Ela fizera uma pergunta — e esperava uma resposta.

"Ou é impertinente da minha parte perguntar?"

Ela não só fizera uma pergunta, mas uma pergunta impertinente.

Maldição.

"Possivelmente", ele arriscou. Parecia uma resposta segura.

"Eu não entendo. Não são muitos os donos que convidam seus concorrentes para um chá para discutir as qualidades das pistas. Eles tendem a querer guardar essa informação para si."

Ah. Ela estava pensando em Artemis e Julian.

Sério, era impertinente da parte dela.

Mas, estranhamente, ele nunca se importou com as impertinências dela.

"Artemis e Julian são meus maiores concorrentes, mas também são minha irmã e meu melhor amigo, respectivamente. São família." Ele deixou isso se acomodar no ar antes de continuar. "Enquanto eu comer, dormir e respirar cavalos — como você tão apropriadamente disse — não sacrificarei meu relacionamento com minha família por uma vitória."

Compreensão surgiu nos olhos de Gem. E algo mais. Algo que ele não sabia até aquele exato momento que queria dela.

Respeito.

"Isso é raro", ela disse, assentindo como se chegasse a uma conclusão. "Então, é por isso."

"Por isso o quê?"

"Por que você tem pressionado Lady Artemis a correr com Dido na One Thousand Guineas em vez da Two Thousand?"

Ele confirmou para ela. "Quero que Hannibal e Dido se enfrentem pela primeira vez na Corrida do Século."

"Mas certamente eles se encontrarão no Derby, quando potros e potras correrem juntos novamente depois do Oaks."

Rake balançou a cabeça. "Julian's Filthy Habit vencerá o Derby."

"Como você pode..." Seus olhos se arregalaram com a compreensão. *"Ah."* Suas sobrancelhas se juntaram em um ângulo estrondoso. "Se Hannibal vencer a Two Thousand Guineas—"

"Quando Hannibal vencer as Duas Mil Guinés", ele inseriu.

"—você não correrá com ele novamente até a Corrida do Século."

Ela foi rápida — e correta. "Decidi não arriscá-lo. Uma vitória na Two Thousand Guineas lhe garantirá seu lugar."

Gem não desistia. "Mas Hannibal pode levar a Tríplice Coroa nesta temporada."

Rake deu de ombros. "Eu não me importo com a Tríplice Coroa."

Ela piscou e sua testa relaxou. "Você se importa mais com sua irmã e seu amigo."

"Não confunda minhas intenções", disse Rake. "Em setembro, Hannibal vencerá Dido e Filthy Habit por três corpos."

"Você está garantindo que os três cavalos estarão lá."

"Se o Destino assim o determinar."

"Destino?" zombou Gem, incrédula. "E desde quando Destino é chamado de Duque de Rakesley?"

Rake permaneceu sério. "Eles ainda precisam vencer as corridas." Algo mais precisava ser dito. "E eu não vou trapacear para levá-los até lá, se é isso que você está pensando."

Gem balançou a cabeça — e outra mecha vermelho-dourada se soltou. "De jeito nenhum." Mas ela estava claramente pensando em algo. "Você tem dúvidas sobre Dido."

"Sim." Uma pausa. "Assim como você."

"Ela é rápida."

"A velocidade dela é estonteante."

"Mas..."

"Você estava certa sobre a maneira correta de correr com ela", ele disse. "Na liderança."

"A largada será a chave."

"Se os blacklegs descobrirem Dido, teremos vinte largadas falsas no dia da corrida."

Gem assentiu, pensativa. "Para assustá-la."

"De fato."

Rake descobriu que, no decorrer da discussão, muitos acontecimentos haviam ocorrido. O aperto de Gem na camisa, a princípio, afrouxou, depois parou completamente, deixando o V desprotegido e aberto, expondo a pele cremosa... a curva sutil de seus seios por baixo.

Além disso, sua voz havia se alterado. Não, não mudou, mas ela começou a falar com uma voz inteiramente sua, e ele notou sutilezas nela. A qualidade áspera não era mais áspera, mas possuía um calor e uma feminilidade sensual.

Ela havia se esquecido de quem estava fingindo ser e estava simplesmente sendo ela mesma.

Ele notou outra coisa.

O olhar em seus olhos quando ela olhou para ele. Nele havia uma sugestão de que ela também havia notado algumas coisas sobre ele.

No entanto, era mais do que mera observação.

Consciência.

Foi isso que ele viu em seus olhos.

Consciência de si mesma.

Como mulher.

Consciência dele.

Como homem.

Consciência *deles*.

Como algo que poderia ser.

Por vontade própria, a mão dele alcançou uma mecha solta e a colocou atrás da orelha dela.

E ela deixou.

A mão dele não retornou ao seu lado. Em vez disso, dedos leves traçaram a curva da orelha dela... tocaram a coluna de marfim do pescoço... deslizaram... entrelaçaram-se nos cabelos sedosos da cor de um pôr do sol de outono... desfazendo a tira de couro, de modo que seus cachos agora se soltavam...

E seus olhos verdes com manchas douradas, diretos, não vacilaram nem se moveram.

Na verdade, quando a cabeça dele instintivamente se inclinou para baixo, ela poderia ter se erguido na ponta dos pés, de modo que sua boca entreaberta ficou a um fio de cabelo da dele... o suave sussurro de sua respiração, um leve sussurro de ar em seus lábios...

O que o deixou com apenas uma escolha...

CAPÍTULO DOZE

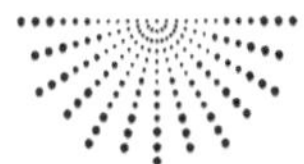

Impulsionada por um desejo pleno e completo, impaciente e irresistível — *absoluto* — fez Gemma se impulsionar para cima. Sua respiração ficou presa na garganta... até que... *finalmente*... sua boca tocou a dele — lábios firmes, mas cedendo, contra os dela...

Ele tinha gosto de conhaque, delicioso e inebriante, enquanto sua língua acariciava seu lábio inferior. Ela gemeu em sua boca, e sua língua encontrou a dele e ela se afundou em seu beijo.

De repente, mãos estavam por toda parte. As dela despenteando seus cabelos escuros. Uma das mãos dele entrelaçada em seus cachos, a outra na parte inferior de suas costas, puxando-a para perto... *para mais perto*... tão perto que seu corpo agora se apertava contra o dele... a extensão de sua masculinidade espessa e dura contra sua barriga.

Outro gemido escapou dela. Este vindo de pura luxúria impaciente.

Seu corpo havia se tornado um recipiente de dor crua e necessitada. Ele *precisava* da sensação — da *plenitude* — *daquilo* dentro dela agora.

No entanto... através do desejo, surgiu outro sentimento...

Desconforto.

E isso a atingiu.

Ela era Gem...

Rakesley — o homem por quem ela estava louca de desejo — pensava nela como Gem.

Rakesley estava beijando... *Gem.*

Com um gemido abafado de angústia, ela plantou as mãos firmes no centro do peito dele e deu um empurrão determinado, separando-os.

Ofegando, eles se encararam. Ela detectou surpresa nos olhos dele, mas nada perto do choque e da confusão que a percorriam.

"Você..." ela ofegou. Ela não havia recuperado o fôlego direito. Talvez nunca mais conseguisse recuperá-lo. "Você estava beijando *Gem.*"

O olhar dele ficou opaco. "Você não é *Gem?*"

"Eu... eu..."

Oh, como responder a essa pergunta...

"Eu sei."

Ela piscou. Esse *"eu sei"* a pegou de surpresa. Não soou como concordância, mas sim como reconhecimento.

Cada parte do seu corpo ficou imóvel como pedra — exceto o coração, que batia descontroladamente contra as costelas. "O que você sabe?" Uma pergunta que ela teve coragem de fazer..., mas não de completar. *Que eu sou uma espiã?*

"Eu sei."

O jeito como ele a olhava com curiosidade em vez de raiva...

Ela sabia.

Ele *sabia.*

Ainda assim, o conhecimento combinado deles se recusava a penetrar em sua mente. "Você sabe", ela disse, buscando confirmação.

A mão dele se ergueu, como se estivesse prestes a tocá-la, e ela deu um passo para trás. Pouca coisa boa poderia vir de ele tocá-la novamente.

Seu corpo, por outro lado, conseguia pensar em muitas coisas boas que ele a tocando novamente poderia fazer...

Corpos podem ser recipientes incrivelmente frustrantes.

Ele inclinou o quadril contra a mesa e cruzou os braços sobre o peito. Seu silêncio foi quase pior do que suas palavras.

Quase.

Seu instinto lhe disse para correr.

Mas de que adiantaria correr?

Porque o fato era que Rakesley *sabia.*

Pretérito.

O que significava que ele sabia que ela era mulher... e não a havia demitido.

Ainda.

Se ela fugisse, porém, ele não teria escolha.

E tudo estaria perdido — duzentas e cinquenta libras... o futuro dela e de Liam.

Não.

Ela não podia deixar isso acontecer.

A audácia a trouxera até ali.

A audácia a ajudaria a superar isso.

Imitando-o, ela cruzou os braços sobre o peito, grandes dobras de musselina se acumulando sob seus braços. Ela ignoraria o fato de que a camisa cheirava deliciosamente a ele — sândalo combinado com cheiro de *homem.* "Então, você sabe que eu sou uma mulher", ela disse com o máximo de despreocupação que conseguiu reunir. "E daí?"

Oh, isso era certamente audacioso.

A surpresa brilhou em seus olhos, e um canto de sua boca se ergueu. Seria um sorriso ameaçador?

Então o sorriso desapareceu antes que pudesse se revelar completamente. "Por que você está aqui?" ele perguntou baixo e sério.

Embora um aviso soasse em sua voz, ela não lhe deu ouvidos. "Foi você quem me chamou ao seu escritório e insistiu que eu tomasse um banho. *Depois*, você roubou..." O resto das palavras se perdeu quando ele começou a balançar a cabeça.

"Por que você está *aqui* em Somerton?"

Ela fungou e se endireitou completamente, o que a deixou a vários centímetros abaixo da altura imponente dele. "Vim trabalhar nos seus estábulos", ela disse.

"Verdade. Mas... *por quê?*"

"Eu amo cavalos."

Assim, ela conseguiu se limitar à verdade, mas uma sensação a incomodava, dizendo que não se sustentaria.

Ele assentiu lentamente. "Isso é evidente. E você é boa em cuidar deles. Não, não é *boa*."

Gemma sentiu a testa franzir.

"Você é a melhor que eu já vi."

Ela tentou não se entusiasmar com os elogios dele — e não conseguiu.

A melhor.

Mas o elogio dele despertou outro sentimento. Algo que começara a atormentá-la nos últimos dias.

Culpa.

"Mas não é por isso que você está em Somerton", disse ele, certo.

"Não é?"

Rakesley balançou a cabeça e falou tão baixo que ela se viu se esforçando para ouvi-lo. "Foi por isso que o lorde a enviou?"

A respiração congelou em seu peito. "*O lorde?*" ela mal conseguiu dizer. "Que lorde?"

"O lorde para quem você está espionando, é claro."

O estômago de Gemma despencou. Sua voz queria abandoná-la, mas ela não podia permitir isso. "Eu não estou espionando para um lorde."

Outra verdade. Deverill não era um lorde.

A inclinação da cabeça de Rakesley lhe dizia que ele não havia terminado com aquela linha de investigação. "Você cresceu na propriedade de um lorde, não é?"

A testa de Gemma se franziu com uma frustração mal contida — consigo mesma. Ali estava à prova sólida de como a verdade só colocava alguém em apuros.

Diga uma verdade a um duque e ele certamente desejará outra.

"Eu disse", ela murmurou carrancuda como Gem.

"É Nestor?"

"Quem?" Ela tinha tanta certeza de que *Bolton* seria o nome.

"Nestor está tentando me enganar a anos."

"Nunca ouvi falar desse homem." Que alívio poder continuar falando a verdade.

"Com certeza vou me arrepender, mas não acho que você esteja mentindo", disse Rakesley. "Por que você veio para Somerton, então?"

"Para trabalhar."

Mais verdade... Bem perto disso, pelo menos.

"E é por isso que você se disfarçou de homem?"

Gemma assentiu.

"Certamente, há emprego mais fácil do que limpar baias de cavalos. Você poderia ter procurado trabalho dentro da casa."

"Você tem alguma noção do trabalho que uma copeira faz ao longo de um dia?", zombou ela. "Prefiro limpar baias de cavalos."

Rakesley bufou.

Ele pareceu um pouco mais tranquilo, mas Gemma desconfiava. O machado cairia e cortaria seu pescoço a qualquer momento.

Ela nunca fora de esperar, então simplesmente apressaria as coisas... "Então, estou demitida?"

Rakesley inclinou a cabeça. "Por que você faria essa suposição?"

"Porque mulheres não trabalham em estábulos."

"Ainda não decidi o que fazer com você."

De repente, Gemma se sentiu irritada, incomodada. "Tenho uma notícia para você, *duque*", ela disse com uma onda de raiva a aquecendo até a ponta das orelhas. "Não sou *sua* para fazer nada comigo."

Ele permaneceu imóvel, apenas a observando como se observasse um animal selvagem.

Ela também não gostou disso.

"Me diga para ir embora — ou me peça para ficar."

Suas sobrancelhas se uniram em uma linha reta e perplexa. "*Pedir* a você?"

A raiva de Gemma estava à flor da pele, e ela se sentia imprudente. Não era apenas libertador, mas também um alívio. "Então *implore* para eu ficar."

Ele a encarou como se ela tivesse enlouquecido. "Eu não imploro."

Um instante se passou. "Então encontre outra pessoa para montar Hannibal."

Uma nota maldosa e triunfante soou em sua voz, mesmo sabendo que estava numa situação incerta e perigosa. Ela certamente tinha ido longe demais. O ar estava carregado com essa percepção. E ainda assim...

Ela sentiu a vontade repentina, quase irresistível e inexplicável de correr e beijá-lo novamente. Uma energia obstinada fluiu por ela e exigiu uma liberação muito específica.

Os lábios dele contra os dela... a pressão rígida do corpo dele...

Era, com certeza, uma energia muito impertinente.

Porque se ela começasse a beijá-lo novamente, não pararia até tê-lo possuído.

Todo ele.

Uma sensação quente e líquida a percorreu ao se lembrar da dura extensão de sua masculinidade pressionada contra ela.

Ela precisava ir embora.

Agora.

Ao se virar, um objeto no carpete chamou sua atenção. A tira de couro que ela usava para prender o cabelo. Sem pensar, ela se abaixou para pegá-la. Quando ela tentou se endireitar, suas costas decidiram que não aguentavam mais, pois todos os músculos se contraíram, prendendo-a instantaneamente no lugar. Um grito escapou dela, enquanto ela congelava curvada como uma mulher de duzentos anos.

Instigado a agir, Rakesley diminuiu a distância entre eles, seus pés aparecendo em seu campo de visão limitado. "Você está machucada?"

"Minhas costas", ela gemeu. "Está doendo assim todas as noites dessa semana. Vai passar. Só preciso ficar aqui por um ou dois minutos."

Suas palavras foram recebidas com silêncio — e pés que não se mexiam.

Um minuto inteiro se passou. Tudo o que ela conseguia ouvir era o som de sua própria respiração rugindo em seus ouvidos — e o silêncio.

O homem tinha um silêncio profundo.

Por fim, ele perguntou: "Melhorou?"

"Não exatamente", ela não podia deixar de admitir. "Quando passa, é de repente, como se nunca tivesse acontecido."

"E começou essa semana?"

"Sim." Ela tentou transferir o peso para o lado...

"Desde que Blankenship chegou?"

Ela ficou imóvel. Não queria responder àquela pergunta. A verdade era que não gostava de Blankenship, mas o homem estava ajudando a tirar o melhor de Hannibal. Ela não diria uma palavra contra ele. Além disso, ela não era nenhuma delatora.

Mais um minuto se passou. Ela tentou transferir o peso para o outro lado... Outro gemido de dor escapou dela.

"Certo", ela ouviu. Os pés de Rakesley sumiram de vista.

A próxima coisa que ela percebeu foi uma palma quente pressionando suas costas. Ela ofegou, o choque a percorrendo. Seu instinto era se levantar de um salto — mas isso não era possível.

Era justamente o objetivo da mão — *a mão de Rakesley* — em suas costas.

Um protesto escapou dela por uma questão de hábito — e princípio. "O que você está—"

Então ele começou a aplicar mais pressão e movimento, e o protesto dela se dissipou. Era tão... *bom. Ahh* saiu de seus lábios entreabertos.

"Isso dói?"

"*Hã*, não."

Ele aumentou a pressão, agora usando as duas mãos e trabalhando o músculo de verdade. Gemma estendeu a mão para se firmar na mesa. Suas mãos grandes e habilidosas eram simplesmente incríveis, e sua mente não conseguia parar de se perguntar... Como aquelas mãos se sentiriam em outras partes do seu corpo? Tocando lugares secretos... se aprofundando... Lugares que começavam a doer de curiosidade e desejo...

Ah.

Ela sentiu as costas arqueando e percebeu que os músculos não estavam mais tensos. Ele perceberia a qualquer momento — e então pararia.

E ela não podia deixar isso acontecer.

"Está se sentindo melhor?"

"*Mmhmm.*" Ela não podia mentir.

As mãos dele pararam, mas permaneceram. Como ela estava ciente do seu calor, da sua força... da posição do seu corpo curvado para frente — dele parado atrás dela...

"Talvez eu devesse...", ele começou, com a voz baixa e rouca.

Seu corpo sabia o que ouvia na voz dele.

Desejo.

Então ela o fez — cometeu o ato mais ousado e audacioso de sua vida.

Ela estendeu a mão para trás, colocou-a sobre a mão dele, mantendo-a firmemente no lugar, e encontrou seu olhar escuro e intenso por cima do ombro. Seus dedos se apertaram ao redor dos dele. Até mesmo isso parecia uma intimidade — a conexão de suas mãos... a umidade da pele contra a pele.

Apenas um pedaço fino de musselina branca separava seu corpo de sua mão enquanto ela o guiava ao longo da curva de sua cintura... pela parte plana de sua barriga... por baixo da camisa... até o V de seu sexo... seu mons pubis... [1]

Embora seus olhos fossem negros como a noite, ela podia ver que o brilho de suas pupilas havia empurrado as íris para dentro, formando anéis finos. Teve que se conter para não se mover para trás e pressionar o traseiro contra a frente de suas calças. Ela sabia o que encontraria lá. Sua masculinidade espessa e dura — *pronta.*

"Toque-me", ela disse.

Ele não se moveu.

Ele não falou nada.

"Por favor."

E lá estava. O sorriso de alguns minutos atrás. Aquele que apenas se curvava nos cantos da boca.

E agora ela sabia o que era.

Um sorriso malicioso.

Um arrepio de expectativa a percorreu, subindo pela coluna, endurecendo os mamilos, inchando seu sexo com uma *necessidade* total e absoluta.

Ele se inclinou mais para frente, de modo que seu corpo longo cobriu totalmente o corpo mai delicado dela, mas a única parte dele que a tocava eram seus dedos longos e masculinos pressionados contra os cachos de sua vagina.

Oh, a febre de desejo e luxúria que a lambia.

---

1. O *mons pubis* é uma massa arredondada de tecido adiposo formando a parte anterior e superior da vulva nas mulheres. O monte púbico desempenha um papel na atração sexual e contém glândulas que secretam feromônios. Também é sensível ao estrogênio, o que contribui para o seu desenvolvimento durante a puberdade feminina.

A boca dele encontrou seu ouvido. "Agora, quem está implorando?"

CAPÍTULO TREZE

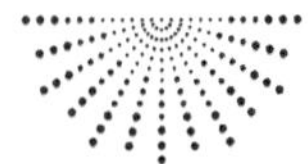

ake não esperou pela resposta.

Ele sabia, de qualquer forma.

Sua boca percorreu a curva do pescoço dela, e sua mão deslizou para baixo. A respiração congelou em seus pulmões, ele podia sentir isso em sua imobilidade, todo o seu ser concentrado na pressão das pontas dos dedos dele enquanto faziam contato com sua doce e escorregadia vagina.

O traseiro dela se contorceu impacientemente, e seu pênis pulsou com força, pressionando contra o tecido fino da calça. Se ela continuasse assim, ele perderia o controle.

Seus dedos deslizaram para baixo, até que ele encontrou o ponto sensível que ela ansiava que ele tocasse. Ela ofegou, os nós dos dedos ficando brancos enquanto ela agarrava a mesa.

Isso não demoraria muito.

Incapaz de resistir ao impulso, sua outra mão levantou a blusa dela, expondo suas nádegas. Tão atraente e arredondado quanto ele imaginava. E naquele momento, elas estavam arqueadas para trás, não lhe deixando outra escolha a não ser inclinar-se para frente, de modo que o seu membro duro pressionasse contra ela.

Ele prendeu a respiração ao sentir a firmeza da pele dela, mesmo com uma camada de tecido entre eles.

Seu pênis precisava sentir a sensação *dela* ao *seu* redor.

Ainda não era hora para isso. Por enquanto, no entanto...

Ele rapidamente baixou a calça, e seu membro latejante caiu para frente, dando uma leve palmada na pele macia das nádegas dela.

"Oh", ela ofegou, e os olhos vidrados de luxúria encontraram os dele por cima do ombro.

Ele podia penetrá-la agora.

E embora exigisse toda a sua força de vontade, ele não o fez. *Ainda não.*

Não até que ela implorasse.

Ele gostara bastante quando ela implorara pela primeira vez.

Mas, primeiro, *essa* liberação.

Ele pressionou-se contra o traseiro dela e a segurou com uma mão na parte inferior das costas, enquanto os dedos da outra mão acariciavam a sua vagina — deslizando contra o seu clitóris com uma pressão leve e suave, despertando todas as terminações nervosas.

"O que... *ah*... o que está acontecendo comigo? ela expirou.

"Você nunca chegou ao clímax?"

"Não, eu... *ah*... acho que não."

Ele continuou a acariciá-la. "Você está quase lá, minha querida."

Ela não era uma virgem tímida, mas isso não significava que já tivesse alcançado o orgasmo. A maioria dos homens não se importava com a satisfação da mulher.

Embora seu corpo a desejasse — provavelmente entraria em combustão se ele não a penetrasse logo —, ele queria que ela tivesse isso... *aqui... agora.*

"Sua doce vagina está tão quente, molhada e pronta", ele rosnou. "Você quer meu pau grande dentro de você?"

"Oh", ela gemeu, *"sim"*, e apertou o traseiro contra ele.

"Só quando você gozar para mim", ele sussurrou em seu ouvido.

E esse foi o pequeno empurrão que ela precisava, pois seu corpo ficou tenso naquele momento específico em que a liberação a mantinha suspensa no aperto da incerteza — e da promessa. No instante seguinte, uma alavanca se abriu, e ela soltou um pequeno grito, sua vagina pulsando em espasmos rápidos contra os dedos dele. Embora ele não tivesse experimentado a sensação com ela, sentiu uma satisfação considerável por ter lhe proporcionado esse prazer.

Lentamente, deliberadamente, ele aliviou a pressão das pontas dos dedos, e ela exalou um suspiro trêmulo.

Cada célula de seu corpo exigia que ele agarrasse seus quadris com as duas mãos e a penetrasse em um único golpe.

Então, ele segurou a barra da camisa e a puxou por cima do traseiro atraente dela, afastando-se da tentação.

Ela ainda não havia pedido por seu pênis.

Ainda não havia *implorado* por ele. Ela olhou por cima do ombro, com irritação no olhar. "O que você... por que você não...", gaguejou.

Ela não conseguia terminar uma pergunta. Era um começo. Um bom clímax poderia certamente dar nós na língua.

Ele segurou seus quadris, mas não para se guiar para dentro dela como desejava, com uma necessidade que começava a beirar o desespero. Em vez disso, ele a virou para encará-lo. Como ela era linda — toda desgrenhada, faísca e fogo, cachos caindo sobre os ombros, bochechas brilhantes, olhos brilhando com calor, desejo e irritação.

Ele estava negando a ela o que ela queria.

Ele.

Ele não era o único desesperado.

Ele a ergueu sobre a mesa.

Devia estar na altura certa.

Ele abriu as pernas dela e apenas se colocou entre suas coxas cremosas, mas não se moveu mais.

A cabeça dela se inclinou para trás e seu olhar encontrou o dele, a pergunta interior substituída pela compreensão. "Você quer que eu implore por isso, não é?"

Um sorriso lento foi a única resposta que ele deu.

Ela riu, mesmo com a intenção se aprofundando em seus olhos. "Meu duque —"

"*Rake.*"

"Meu Rake —"

"Só Rake." Embora ele não se importasse muito em ser reivindicado como seu Rake.

"*Rake*", ela disse. "Eu te imploro, mas..."

"*Mas?*"

"Só depois que você tirar a camisa."

Com uma risada, ele agarrou a peça ofensiva, levantou-a sobre a cabeça e a jogou no chão. "Melhor?"

Lentamente — *minuciosamente* — o olhar dela o percorreu, sem deixar nenhum detalhe sem examinar. Seus olhos ficaram negros de desejo, as pupilas dilatando até o verde desaparecer. "Melhor do que eu me lembrava", ela murmurou, com a voz rouca.

Sua língua passou pelo lábio inferior carnudo, e ele se sentiu...
Desejado.

E ser desejado por essa mulher...

Significava algo.

Ela se inclinou para frente e, antes que ele percebesse o que estava fazendo, estendeu a mão e deslizou as pontas dos dedos por toda a extensão de sua masculinidade, circulando preguiçosamente a coroa, com um sorrisinho provocador se contorcendo em sua boca.

Rake respirou fundo. Quanto disso era esperado que ele aguentasse?

"*Rake*", ela disse em um tom baixo e sensual. "Estou implorando para você pegar esse seu pau grande, pesado e *duro* e me foder até eu ficar louca com ele."

A questão era que ela não parecia estar implorando. Na verdade, seu apelo soou mais como uma ordem.

E ele entendia algo sobre si mesmo em relação a essa mulher — ela podia mandar nele o quanto quisesse.

Ele segurou o rosto em forma de coração dela com as mãos — como ele poderia imaginar que essa deusa era um rapaz? — e a puxou para tão perto que suas bocas quase se tocaram. "Diga, por favor."

O sorriso dela desapareceu, e tudo o que restou em seu lugar foi uma necessidade verdadeira e sincera. *"Por favor."*

Ele segurou seus quadris, deslizando-a até a beira da mesa... e sobre seu pênis grande, pesado e *duro*. Entrando nela, centímetro por centímetro, ele deu à sua doce vagina tempo para se ajustar ao seu redor, carne deslizando contra carne. Os braços dela envolveram o pescoço dele e a cabeça dela inclinou-se para trás, enquanto pequenos sons de prazer escapavam dela. A língua dele encontrou a garganta dela e acariciou a coluna de marfim até que, finalmente, os lábios dele encontraram os dela. Ela exalou um longo gemido na boca dele quando ele começou a se mover, lentamente, com moderação.

Ele agarrou a blusa e a levantou sobre sua cabeça, seu corpo de marfim dourado pela luz bruxuleante das velas. E seus mamilos...

Como ele os imaginara. *Rosados.*

Ele não resistiu a dar uma lambida, chupar e dar uma mordidinha também.

Como ela havia escondido bem seu verdadeiro eu, ele não pôde deixar de se maravilhar. Pois essa mulher era nada menos que uma beleza sem falhas.

Como ele não a tinha visto?

Às vezes, com uma pessoa, vemos apenas o que esperamos ver, e não o que realmente existe...

E ele estava se deitando com aquela belezinha em cima da mesa.

O que não era jeito de se comportar na primeira vez.

Primeira vez?

Isso implicava uma próxima vez...

Ele estava se precipitando.

Só havia o agora — *dessa vez.*

Ele faria valer a pena.

Talvez, então, ela implorasse pela segunda vez.

Ou, sugeriu uma vozinha, seria *ele* implorando?

Ele não tinha certeza se estava acima disso.

Sua boca encontrou a orelha dela. "Segure firme."

Suas longas pernas apertaram-se em torno da cintura dele e seus braços se entrelaçaram em torno do pescoço dele, levando-o mais profundamente dentro dela, seus mamilos endurecidos contra o peito dele. Ele a levantou da mesa — mas não dele — enquanto a carregava para a cama, deitando-a sobre a colcha de seda marfim, seus cachos ruivo-dourados espalhados ao seu redor. Olhos vidrados de luxúria fitavam os dele enquanto ele colocava uma mão ao lado da cabeça dela e pairava logo acima dela. Ela deu um pequeno impulso de seus quadris, depois outro, levando-o para dentro e para fora dela. Sua boca dele encontrou o pescoço dela e sua mão segurou o seio enquanto ele empurrava e acompanhava o ritmo.

"Você é tão —*oh*— tão bom", ela gemeu, a cabeça arqueada para trás enquanto abria mais as pernas para receber mais dele.

Se ela quisesse mais, ele poderia dar.

Suas investidas tornaram-se mais focadas — *exigentes.* "Aquele outro clímax foi apenas um prelúdio", ele prometeu enquanto a penetrava — *com força* — seus quadris encontrando seus movimentos em um dar e receber.

Seus gemidos e grunhidos se transformaram em pequenos gritos agudos, corpos, quentes e suados, focados em receber prazer — e em dá-lo. Seu olhar começou a se voltar para dentro, e ela se apertou contra ele, sem pensar. Ela estava perto — e se aproximando cada vez mais — sua vagina implorando para que ele cumprisse sua promessa, enquanto ela se movia descontroladamente debaixo dele. Ele segurou um quadril com a mão e diminuiu o ritmo dela, penetrando-a com deliberação calculada.

Ela queria alívio — e ele queria dar a ela.

Mas não se tratava de uma relação fria e calculada, e seu corpo tinha ideias próprias — como sua liberação, que começava a se intensificar. Ele a desejava, mas de alguma forma o desejo abstrato não considerava a realidade dela. Ele já tivera sua cota de mulheres, mas nenhuma o preparara para essa mulher. A visão dela... o toque dela... a maneira como seus suspiros de prazer o obrigavam a lhe dar mais — a lhe dar tudo o que ele tinha.

E assim ele fez — penetrando-a com uma falta de contenção que o abandono dela exigia. Então ela estava à beira do precipício, e ele a encontrou ali, olhares fixos, equilibrados na borda até que, juntos, eles se quebraram como um só e caíram de cabeça naquele esquecimento prometido, a vagina dela pulsando ao redor do comprimento dele. Ela gritou em seu pescoço, e ele gritou em seus cabelos, o cheiro de lavanda se misturando com o almíscar dos corpos se unindo.

Explosivo — essa era uma palavra para descrever.

Requintado — essa era outra.

Inesperado — essa era a melhor palavra para descrever.

A saciedade fluindo em suas veias, ele esperava por isso.

Mas outro sentimento corria ao lado dele — um que tocava mais profundo do que satisfação carnal.

Uma sensação que o fez enterrar o rosto nos cabelos dela, inalar, envolvê-la nos braços e trazê-la consigo enquanto se deitava de costas, com a cabeça dela aninhada na curva do seu ombro.

Uma sensação que o fazia nunca querer deixá-la ir.

Ele não tinha certeza se gostava dessa sensação.

Na verdade, sabia que não gostava.

De forma alguma, essa sensação se alinhava com sua visão de um universo organizado.

Corpos e sentimentos eram melhores separados.

Ela colocou a palma da mão em seu peito e, por um momento, ele pensou que ela acariciaria sua pele com as pontas dos dedos. Em vez disso, a palma da mão se firmou e se fixou enquanto ela se preparava para se afastar. Instintivamente, ele envolveu os dedos em torno do pulso dela, de modo que ela ficou suspensa logo acima dele. "Tenho uma pergunta para você", ele disse com uma voz arrastada e preguiçosa que escondia a urgência que sentia para fazê-la ficar.

A curiosidade brilhou em seus olhos salpicados de dourado e a manteve no lugar.

"Qual é o seu nome?"

Ele fizera amor com essa mulher sem saber o nome dela.

Um sorriso surgiu em seus lábios. "Talvez eu não devesse te contar."

"Ah, eu discordo completamente."

Isso parecia perigosamente com um... *flerte*.

O momento durou, então ela cedeu. "Gemma."

"Ah." *Gemma*... Ele gostava daquele nome para ela. "Inteligente de a sua parte escolher Gem."

Ela deu de ombros. "Só isso?"

"Mais uma pergunta", disse ele. "Mais uma observação."

Sua cabeça se inclinou. Ela realmente tinha os olhos lindos. "Sim?"

Era uma observação que ele não tinha o direito de fazer, e ainda assim... "Você não era virgem."

"Isso importa para você?"

"Não." E não importava — *essencialmente*. A menos que... "A menos que não tenha sido sua escolha."

Ele não sabia ao certo por que havia dito aquilo. Era como se uma parte assassina dentro dele quisesse saber, para que pudesse praticar violência contra qualquer homem que a tivesse magoado.

"Um pouco de curiosidade juvenil." Ela deu de ombros novamente. "Algumas vezes."

Ele procurou a verdade nos olhos dela e a encontrou. A tensão abandonou seu corpo.

"Eu me perguntava qual era o motivo de toda essa confusão."

Agora, essa linha de questionamento era algo que ele definitivamente queria explorar. "E toda essa confusão?" ele perguntou. "Valeu a pena?"

O riso dela chegou até seus lindos olhos. "Eu não tinha certeza até essa noite."

"E agora?" Rake percebeu que não conseguia respirar, o coração batendo forte no peito.

O sorriso dela se transformou em um mais pensativo, e um leve rubor cobriu suas bochechas. "Eu diria que sim."

Embora suas palavras fossem poucas, Rake não tinha certeza se já havia recebido um elogio maior.

"Agora, tenho uma pergunta para você." Sua leveza desapareceu. Rake se preparou. "Estou demitida?"

"Perdão?"

"Estou... demitida?"

"Por... quê?" Rake estava completamente perplexo. "Pelo que acabamos de fazer?"

Se ela achava que seria demitida por *isso*, podia ter certeza de que não seria o caso.

"Por ser mulher", ela disse. "E por mentir sobre isso."

Ah. Pelo menos uma delas estava pensando direito. "Você vai continuar sendo Gem?"

"Sim."

"Então não vejo motivo para demiti-la."

Como Gemma, ela teria que ir, porque, como Gemma, causaria um rebuliço entre os tratadores e cavalariços. Mas como Gem, ela poderia ficar.

Ela assentiu lentamente, e ele percebeu que, embora seus olhos estivessem brilhantes, não eram particularmente fáceis de ler. Na verdade, ele não tinha a menor ideia do que estava acontecendo dentro daquelas profundezas verdes salpicadas de dourado.

E ele não gostava disso.

Parecia um desequilíbrio.

Pois aqui estava a questão — ele suspeitava que fosse fácil demais de ler naquele momento.

E ele também não gostava disso.

Mas ele não tinha certeza se podia fazer algo a respeito, pois tudo o que queria era que ela cedesse, transferisse o peso do corpo para ele, montasse nele e...

Eles poderiam partir daí.

Em vez disso, ela recuperou a mão e pulou da cama. Com um suspiro de resignação, ele ajeitou alguns travesseiros atrás de si e relaxou contra a cabeceira. Lençol na cintura, torso nu, ele a observou começar a andar pelo quarto, claramente procurando algo.

"Se estiver procurando suas roupas", ele disse. "Encontrará uma pilha dobrada cuidadosamente no meu quarto de vestir."

Ela se virou bruscamente, a irritação a consumindo. "Elas estavam lá esse tempo todo?"

Ele deu de ombros, deixando a mentira permanecer não dita, mas não desconhecida.

Ela saiu correndo do quarto e voltou com a pilha dobrada. "Estas não são as roupas com as quais cheguei."

"Já mandei fazer outras. Como meu jóquei, você me representa, é claro. Eu não podia continuar a permitir que você andasse por aí como um monte de lixo. Agora" — ele deu um tapinha na colcha ao lado — "largue essas roupas e volte para a cama. A manhã ainda demora a chegar."

Gemma não se mexeu. Na verdade, parecia que tinha algo que

queria muito dizer. "Mulheres como eu não acordam na cama de duques."

Palavras imprudentes fluíam de sua boca antes que ele pudesse contê-las. "Elas acordam quando são amantes dele."

Ele realmente disse isso?

O arquear das sobrancelhas dela lhe disse que sim.

E ele não tinha a mínima intenção de voltar atrás.

No entanto, ela permaneceu firme, inflexível. Não parecia ofendida, mas totalmente obstinada. "Eu não sou exatamente uma boa amante."

"Por que não?"

Na verdade, ele a considerava uma amante perfeita.

"Porque não consigo centrar toda a minha existência em agradar um homem."

"E se for o seu próprio ser que agrada ao homem?"

Embora estivessem apenas brincando, Rake sentiu a força da verdade nas palavras. Aquela mulher ousada e inflexível o agradava muito.

"Isso não parece uma amante", disse ela. "Parece uma —"

Sua boca se fechou de repente, deixando a frase inacabada pairando no ar entre eles.

Parece uma...

Esposa.

Essa foi a palavra que ficou sem ser dita.

Melhor que continuasse assim.

Silenciosamente, ela começou a se vestir e, silenciosamente, Rake observou.

Assim que terminou, ela encontrou o olhar dele. Novamente, ele percebeu que não conseguia ler o olhar dela. Muitas emoções conflitavam dentro dela. Mas ele poderia reconhecer uma...

Culpa.

Sem uma palavra de despedida, ela estava saindo pela porta, e ele ficou se perguntando: por que aqueles lindos olhos tinham que se sentir culpados?

Pelo o que eles tinham acabado de fazer?

Não.

Ela não se sentia culpada por isso.

Seu disfarce como Gem?

Ele também não achava que fosse por isso.

Era outra coisa.

Algo mais na história dela que ele ainda não sabia. Ele sentia isso até os ossos.

E estava localizado em alguma parte de sua determinação em não se tornar sua amante.

Ele fizera a oferta meio que de brincadeira — embora fosse o que ele realmente queria, pensando bem.

Mas a reação dela o deixou curioso...

Qual era a história de Gemma?

A atração que ele sentia por ela tendia a distraí-lo do fato de que ele ainda não sabia nada de substancial sobre a vida dela.

Ele ainda não sabia o *porquê*.

Mas ele ia descobrir.

CAPÍTULO CATORZE

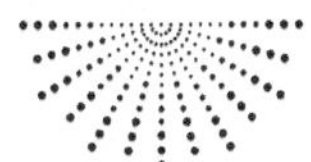

TRÊS DIAS DEPOIS

"Um trapaceiro, você disse?"

Rake não tinha certeza do que desprezava mais, espiões ou trapaceiros, e todos ao seu redor sabiam disso.

Seu secretário, o Sr. Nesbitt, olhou-o fixamente nos olhos por cima dos óculos. "Sim."

Não era uma acusação pequena a que Nesbitt estava fazendo, e ambos a entendiam.

"E suponho que você tenha provas para sustentar isso?"

O Sr. Nesbitt pareceu ligeiramente ofendido com a sugestão de que não faria isso. Mas um administrador de propriedades desviando cem libras por ano de um duque não era pouca coisa. O futuro de um homem estava em jogo, então era preciso haver certeza antes que o homem fosse confrontado com seu crime.

Rake nunca gostara dessa parte de ser um duque. Embora a propriedade ficasse do outro lado da Inglaterra, ele sabia que aquele administrador em particular tinha esposa e três filhos pequenos. Muitos futuros estavam em jogo, não apenas o de um homem, que poderia ou não ser culpado. Um criado estava do outro lado do escritório, aguardando a atenção de Rake. Ele poderia deixar o rapaz ali pelas próximas três horas, mais ou menos, com a mensagem na ponta da língua, ainda a ser entregue, até que Rake tivesse a vontade de deixá-lo falar. Tal era a prerrogativa de um duque, não apenas em sua própria casa, mas em qualquer casa no reino. Mas Rake não era esse tipo de duque. "Sim?", perguntou.

"Um visitante chegou, Vossa Graça."

"Lorde Ormonde?" Não era raro Julian aparecer sem avisar. Os criados sabiam que nunca precisariam anunciá-lo. "Mande-o entrar."

Rake voltou sua atenção para as faturas espalhadas sobre a mesa, cada uma delas contando a história de um administrador de propriedades corrupto, que parecia mais culpado a cada minuto.

Mais uma vez, o criado pigarreou. Mais uma vez, Rake olhou para cima. O criado não se movera um centímetro. "Sim?" perguntou Rake, a impaciência desgastando as bordas da pergunta.

"Uma *dama* visitante, Vossa Graça."

"A viúva?" perguntou Rake. Essa interação se tornava mais cansativa a cada palavra que permanecia sem ser dita. "Então, mande-a entrar."

Embora suas visitas fossem raras, a mãe era conhecida por se desvencilhar de Londres em raras ocasiões e ir para Suffolk para visitar o filho e a filha.

O criado balançou a cabeça.

"Essa dama tem nome?"

"A Duquesa de Acaster, Vossa Graça."

A Duquesa de Acaster...

A testa de Rake se franziu.

Em Somerton?

Será que ele havia perdido alguma carta?

Ele se virou para Nesbitt. "Isso vai ficar para depois."

Ele não tinha apetite para isso, de qualquer forma. A

destruição da vida de um homem não era uma coisa feliz, mesmo que o homem fosse um trapaceiro.

Rake se levantou. "Onde você deixou a duquesa?"

"Nos estábulos, Vossa Graça."

"Você deixou uma duquesa esperando nos estábulos?"

"Ela insistiu."

Rake quase riu enquanto atravessava a casa e saía em direção aos estábulos. Esta duquesa certamente não era uma mulher sutil. Se ela estava, de fato, tentando instigar um namoro com ele, estava fazendo isso da maneira correta.

Ousada.

Ele não se importava com uma mulher ousada — dentro dos limites.

Algumas mulheres levavam isso ao extremo.

Como a mulher que não estivera muito longe de sua mente nos últimos três dias.

Pouco antes de passar por baixo da torre do relógio que levava ao pátio dos estábulos, seu olhar se fixou em três cavaleiros — um par na frente, seguido pelo cavalariço Cal — trotando por um campo não muito distante. Da dupla, uma era Artemis em sua caçadora cinza, Helena de Troia. Sua irmã tinha uma queda por batizar seus cavalos com nomes de heroínas trágicas da antiguidade. Mas foi na outra cavaleira que seu olhar se fixou.

Gemma.

Ele a reconheceria em qualquer lugar, de qualquer distância.

Na verdade, tal era a resposta visceral de seu corpo à visão dela que alguém pensaria que a conhecia antes de sua mente.

Incapaz de resistir, ele a observou cavalgar com total liberdade — a única maneira que ela sabia cavalgar.

Foi a primeira vez que ele a viu em três dias. Ele a deixou evitá-lo e, bem, ele também a vinha evitando, a tentação de arrebatá-la novamente era grande demais.

Seu corpo ainda não havia terminado com o dela.

Na verdade, se dependesse dele, estava apenas começando.

Seu olhar, inevitavelmente, deslizou para baixo. O traseiro dela vinha assombrando seus sonhos nas últimas três noites.

Ele só tinha um arrependimento em relação ao encontro deles.

Que ele não tivesse colocado a boca naquele traseiro atraente e testado sua firmeza com os dentes.

Isso era um arrependimento.

E seu corpo não queria nada mais do que retificar isso.

Nesse exato momento, a julgar pelo estado semi-excitado de seu pênis.

Ele tentou afastar a imagem do traseiro de Gemma da mente. Não seria bom cumprimentar a Duquesa de Acaster com uma postura de pénis furiosa.

Poderia enviar a mensagem errada.

E seu corpo não queria nada mais do que retificar isso.

Nesse exato momento, a julgar pelo estado semi-excitado de seu pênis.

Ele tentou afastar a imagem do traseiro de Gemma da mente. Não seria bom cumprimentar a Duquesa de Acaster com uma postura de pénis furiosa.

Poderia enviar a mensagem errada.

Artemis e Gemma subiram uma colina distante e desapareceram do outro lado. Artemis estava levando Gemma para o folly. Embora parte dele quisesse selar um cavalo e segui-la, seu lado sensato prevaleceu e convenceu seus pés a começarem a se mover novamente — em direção à duquesa.

O pátio do estábulo era um fervilhar de atividade enquanto tratadores e cavalariços cuidavam da carruagem recém-chegada da duquesa com eficiência e prática, Wilson garantindo que tudo ocorresse sem problemas com sua calma e comando habituais. Rake examinou as pedras do calçamento até que seu olhar pousou em duas figuras imóveis, paradas ao lado — um puro-sangue castanho de quinze mãos e uma dama. Com as rédeas em uma mão, ela acariciou a pelagem aveludada e branca do cavalo com a outra.

Silky Sadie era a égua.

E a dama com o traje de viagem de lã coral e veludo era a Duquesa de Acaster.

A duquesa era muito parecida com a que Rake se lembrava de mais de uma década atrás — e ainda *mais*. Ela havia cumprido a promessa de sua beleza juvenil de se tornar uma verdadeira beldade. Escultural e curvilínea, ela tinha o tipo de corpo que poderia manter um homem ocupado por um bom tempo. Mais de um jovem havia comentado sobre isso todos aqueles anos atrás. Olhos castanhos luminosos. Não tão negros quanto os de Rake e Artemis, mas âmbar, como se fossem iluminados por trás. Seus cabelos negros grossos estavam presos em um coque elegante na nuca e coberto por um chapéu estiloso adornado com uma vistosa pena branca de avestruz.

Se o ideal platônico de uma duquesa inglesa existisse, ela seria a Duquesa de Acaster.

E Rake não sentiu a menor pontada de desejo por ela.

Ela era perfeita, mas...

Perfeita demais.

Ela parecia cheirar ao perfume mais caro.

Ao contrário da mulher que ele acabara de ver cavalgando pelos campos. Aquela mulher provavelmente cheirava a cavalo e suor naquele exato momento.

Ela não cheiraria à perfeição, e ainda assim...

O que ele daria para inalá-la.

Do outro lado das pedras do calçamento, a duquesa registrou sua chegada — e sorriu.

Seu sorriso fez um pequeno alarme soar dentro dele.

A duquesa sorriu como se precisasse se lembrar de sorrir.

E o sorriso que ele retribuiu talvez não tivesse sido tão diferente.

"Que—" Sua boca se fechou na próxima palavra.

Agradável. Essa era a palavra que deveria vir a seguir.

O sorriso dela vacilou por um instante tenso, e ele continuou. "Que surpresa *agradável*, Vossa Graça."

Um lampejo de alívio passou por trás de seus olhos. A expressão vulnerável foi substituída por uma altivez aristocrática tão rapidamente que ele quase se convenceu de que tinha imaginado aquilo. "Vossa Graça", ela disse em uma reverência que não lhe cedeu espaço como igual.

Ele não podia perguntar o que aquela mulher que ele só conhecera uma vez, em uma única ocasião formal, anos atrás, e com quem trocara algumas cartas, estava fazendo chegando sem avisar à sua porta.

Mas isso não significava que ele não estivesse se perguntando.

O que diabos a Duquesa de Acaster estava fazendo em Somerton, afinal?

Uma vozinha não pôde deixar de lembrá-lo de que, apenas uma semana atrás, ele poderia ter sido um pouco menos cético e muito mais acolhedor.

Mas isso foi *antes.*

Antes de Gemma.

Ele se sacudiu mentalmente. Não devia pensar em Gemma.

"Um belo dia para viajar", ele disse por falta de mais alguma coisa a dizer que atendesse aos padrões de cortesia.

"Por favor, me chame de Célia", ela disse com um sorriso gracioso.

Ele assentiu.

E esperou.

Ela pigarreou um pouco, de forma feminina. "Com as corridas em Newmarket se aproximando, começamos a levar Light Skirt, a potranca que estou inscrevendo na One Thousand Guineas."

Os cavalos de corrida não eram montados até as pistas de corrida, mas sim levados a pé, para preservar sua força e energia para o dia da corrida.

"E com todas as nossas idas e vindas sobre Silky Sadie", ela continuou, "tive o capricho de trazê-la e mostrá-la a você pesso-almente." Ela deu de ombros e deu uma risada ofegante que encantaria a maior parte de Londres. "Então, aqui estamos."

Rake inclinou a cabeça. "Certamente, existem rotas mais diretas de Ashcote Hall para Newmarket."

Outra risadinha escapou dela. Ele detectou nervosismo nessa risada. Além disso, ela parecia um pouco perplexa. Não estava acostumada a homens que oferecessem muita resistência a qualquer coisa que saísse de sua boca.

Por algum motivo, Rake descobriu que não conseguia deixar o assunto de lado. "Você teria levado uns bons quatro —"

"Cinco."

"*Cinco* dias para trazê-la de Ashcote Hall até aqui."

Mais uma vez, o sorrisinho encantador da duquesa apareceu.

Mais uma vez, Rake não estava tão encantado assim.

"Capricho era um eufemismo. Mas eu achei que não havia momento melhor do que o presente."

Rake não conhecia a duquesa — *Celia* — o suficiente para avaliar a veracidade de suas palavras, mas sentiu certa falsidade nelas.

Ele voltou sua atenção para Silky Sadie. A égua era uma bela égua, sua pelagem castanha brilhante, sua crina negra lustrosa e seu comportamento sereno.

Ele andou ao redor e a inspecionou de todos os ângulos. "Ela é impecável."

"Claro que sim", disse a duquesa — *Celia*, ele precisava se lembrar da beleza dela o tempo todo.

Um sorriso satisfeito surgiu nos lábios de Celia, como se ele a tivesse elogiado. É claro, quantas vezes essa mulher impecável já havia recebido esse elogio na vida?

Inúmeras vezes, sem dúvida.

Ele assentiu. "Ela seria uma ótima adição à minha linhagem."

Algo brilhou nos olhos de Celia.

Se ele não estivesse muito enganado, era muito parecido com desgosto.

Talvez ela tivesse sido descrita nesses termos. A maioria das futuras duquesas era.

Mas essa duquesa não gostou.

Ele também não podia dizer que gostaria.

Então o momento se dissipou e, obedientemente, ela deu uma risada leve. "Acredito que seja possível que você e eu possamos concordar com o preço dela."

Em um instante, o preço o atingiu.

Casamento...

Deles.

Aqui estava a oportunidade dele. Ele poderia propor casamento a essa mulher ali mesmo, e teria garantido tanto a égua quanto a duquesa.

E, no entanto... ele não podia.

Ainda não, pelo menos.

E ele não conseguia entender por que não.

Diante dele estava a duquesa que ele queria — dona de uma beleza impecável e do tipo de corpo que poderia gerar mais do que alguns herdeiros.

Claro, ele estava pensando nela em termos de criação de cavalos, mas não conseguia deixar de pensar que ela estava se apresentando a ele nesses termos.

Ela não havia simplesmente vagado os oitenta quilômetros de Ashcote Hall para lhe oferecer seu cavalo — mas para se oferecer também.

A abordagem dela ao estado de felicidade conjugal poderia rivalizar com a dele em cinismo lúcido.

Em vez disso, porém, ele se viu fazendo uma pergunta diferente, para não propor casamento a uma duquesa nas pedras do pátio de um estábulo. "Gostaria de dar uma volta?"

Ela piscou. Talvez ela já esperasse aquele pedido de casamento. A maioria dos homens teria aceitado, se houvesse oportunidade e incentivo. *"Uma cavalgada?"*

"Eu poderia selar os cavalos em dez minutos."

Quanto mais Rake considerava a ideia, mais gostava. Daria a eles algo para fazer além de ficarem ali, sem concordar em se casar. Ele suspeitava que o pedido de casamento pudesse muito bem escapar por falta de algo mais a dizer.

"Achei que você gostaria de uma cavalgada depois das quatro —"

"Cinco."

"Cinco dias em uma carruagem, por melhor que seja o amortecimento."

Como a maioria das mulheres faria — com exceção de uma — Celia olhou para seu traje, seu traje de viagem sem dúvida na última moda. "Suponho que isso sirva para cavalgar", ela disse. Não havia como negar a sua falta de convicção.

Mas Rake não estava com humor para isso. "Somerton tem um folly [1] com uma vista espetacular do vale."

"Então, vamos", ela disse tensa, como se cada palavra tivesse sido arrancada dela com um alicate.

Eles deveriam ter cavalgado na direção oposta do folly, Rake pensou quinze minutos depois, enquanto ele e a duquesa seguiam direto para lá.

---

1. Em arquitetura, um folly (em inglês, "loucura", "disparate"), como a própria palavra denuncia, é um edifício extravagante, frívolo ou irreal, projetado mais por expressão artística do que por razões funcionais. Muito poucos *follies* são completamente desprovidos de um propósito prático. Além de seu aspecto decorativo, originalmente muitos tinham um uso que foi perdido posteriormente, tal como as "torres de caça". Os *follies* são estruturas incompreendidas, de acordo com a *The Folly Fellowship*, uma instituição sem fins lucrativos que existe para celebrar a história e o esplendor destes edifícios frequentemente desprezados. Os *follies* são encontrados com frequência em parques e no terreno de mansões. Alguns foram construídos deliberadamente para parecer estar parcialmente em ruínas. Este tipo foi particularmente popular do fim do século XVI até o século XVIII. Parques temáticos e feiras mundiais frequentemente continham "follies", embora tais estruturas sirvam ao propósito de atrair o público a estes parques e feiras.

Pois, no canto mais profundo e sombrio de seu coração, ele sabia: estava cavalgando em direção a Gemma. Ali estava a oportunidade de estar perto dela, e ele a estava agarrando. Três dias já tinham sido suficientes.

Fraco... vulgar...

Não.

Ele estava sendo um bom anfitrião para a Duquesa de Acaster.

Não havia melhor hora para começar do que agora. "Senti muito pela perda do seu marido. O Duque de Acaster era..." Ele não sabia bem como terminar a frase. A verdade era que o Duque de Acaster era um libertino miserável do qual o mundo já estava livre.

Mas ele não podia dizer isso à viúva do homem.

Célia lançou-lhe um olhar surpreso. "Ah, é?" Ela era uma amazona talentosa, chegando a cavalgar de lado, como se esperava das damas. "Você realmente lamentou a morte dele?"

A pergunta deixou Rake em dúvida. Ele apenas expressara a trivialidade que as pessoas expressam nessas ocasiões.

"Bem", ela continuou, poupando-o de ter que mentir, "*eu* não lamentei."

Rake já ouvira a expressão "Viúva Alegre", mas ali estava ele, vendo-a em ação. "Então não foi um casamento por amor."

Claro, ele e toda a *alta sociedade* sabiam que não tinha sido.

Uma risada áspera escapou dela. "Dificilmente. Meu pai é um barão rico que ansiava por um duque como genro. Acaster ansiava por ter muita comida em sua mesa, com um pouco sobrando."

Rake assentiu. "Por cavalos."

Acaster havia construído um estábulo de corrida formidável na última década.

De novo, veio à risada áspera da duquesa. "O gosto de Edwin ia para potras do tipo bípede."

A sobrancelha de Rake se ergueu. "Na idade dele?"

"Homens", foi tudo o que ela disse.

Tudo o que ela precisava dizer.

Homens, de fato. Rake supôs que certas partes dos homens eram infatigáveis até o momento em que davam seu último suspiro.

"De qualquer forma", continuou Celia, "os cavalos foram ideia minha."

"É mesmo?"

Talvez essa duquesa fosse ainda mais adequada para ele do que ele supunha.

Ela assentiu firmemente, parecendo decididamente relutante em continuar com o assunto.

Não havia necessidade, pois já haviam chegado ao topo da colina e o folly surgiu à vista. Ela apontou. "É para lá que estamos indo?"

"Sim."

"Que vista esplêndida", ela disse incitando sua montaria a galopar.

"Sim", repetiu ele.

Rake não estava se referindo à terra espalhada abaixo deles ou ao céu azul pontilhado de nuvens brancas preguiçosas como nuvens de algodão. Mas sim à figura distante à frente, de calças, cabelos avermelhados amarrados na nuca e um chapéu caído sobre a testa.

Gemma.

De seu lugar nos degraus do folly, Artemis deu um grito de saudação e um aceno entusiasmado, que Celia retribuiu suavemente.

O olhar de Gemma, porém, passou pela duquesa que se aproximava e pousou diretamente em Rake.

O tempo tinha um jeito de escapar do seu ritmo habitual quando o olhar dele encontrava o dela.

Dentro dos olhos dela, ele via tudo e nada. Ele conhecia aquela mulher — conhecia-a... *intimamente* — e, no entanto, não a conhecia.

Os últimos três dias não haviam feito nada para suprimir seu apetite por ela. Em vez disso, ele compreendeu, naquele momento atemporal, que apenas o aguçaram.

E agora ele deveria ter uma conversa civilizada com ela na frente de outros — incluindo a mulher que provavelmente se tornaria sua esposa.

Certo.

Ele estava tomando uma decisão ruim.

Uma decisão muito ruim.

Era objetivamente verdade.

E, no entanto...

Ele estava impotente contra isso.

Essa decisão muito ruim tinha um impulso próprio.

E como qualquer homem com um resquício de bom senso, tudo o que ele podia fazer era se segurar.

CAPÍTULO QUINZE

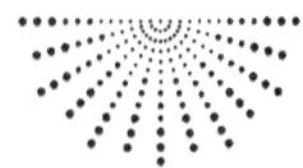

Após uma série de eventos aos quais Gemma não prestara atenção suficiente, ela se viu cavalgando pela propriedade de Somerton ao lado de Lady Artemis, com Cal a seguindo à distância.

Ela suspeitava que fosse assim que a maioria das coisas acontecia com Lady Artemis. Por trás do bom humor e da disposição geralmente alegre da dama, escondia-se uma vontade de ferro. Se ela queria algo, tinha.

E, por algum motivo, ela queria dar uma volta com o taciturno cavalariço Gem.

Não que Gemma se importasse. Hannibal estava descansando em sua baia após uma manhã de treinamento árduo, e o sol quente estava penetrando em suas roupas e em sua pele.

Era um bom dia para sair.

"Devíamos ter trazido Hannibal e Dido", disse Lady Artemis, com o rosto voltado para o sol, os olhos fechados e um sorriso relaxado nos lábios.

"Eles merecem o descanso da tarde", disse Gemma, diplomaticamente. Mas, na verdade, os aristocratas podiam ter falta de senso comum, dificuldades em aplicar raciocínios básicos.

Lady Artemis abriu um olho e o dirigiu a Gemma. "Como você se tornou tão sábia, Gem? Quantos anos você tem? Quinze? Dezesseis?"

"Hã..." Gemma procurou em sua mente a idade de Gem. "Dezessete?"

"Você não sabe a sua própria idade?", perguntou Lady Artemis.

Todo o seu olhar estava voltado para Gemma agora, e um brilho iluminava seus olhos escuros. Embora aqueles olhos profundos fossem tão escuros quanto os de seu irmão, eles eram fáceis de ler. Se Gemma estava interpretando corretamente agora, eles estavam brincando com ela.

Uma rápida mudança de assunto era necessária. "Você já pensou em dar mais um ano para Dido?" perguntou Gemma no que provavelmente foi a mudança de assunto mais desajeitada desde que a gramática havia sido inventada.

Lady Artemis revirou os olhos para o céu. "De novo, não."

Justo.

"Dido é uma aventureira. Eu sei disso. Você sabe disso. Qualquer um que tenha olhos sabe disso", continuou a dama, exasperada. "Está decidido."

"Mas", disse Gemma, "por que a Two Thousand Guineas tem que ser a primeira corrida dela?" E ela entendeu. "Você quer superar seu irmão."

Lady Artemis sorriu como se Gem fosse burro. "Claro."

"Mas você poderia superá-lo na Corrida do Século."

Lady Artemis riu. "Prefiro acabar com o sofrimento dele mais cedo do que tarde."

A confiança da dama em Dido era clara, mas uma sensação de desconforto percorreu o íntimo de Gemma. Ela não podia desistir ainda. "Você já pensou em inscrevê-la em uma pequena competição de corridas? Talvez levá-la a uma pista menos movimentada para ganhar experiência no gramado e, depois, seguir para Newmarket?"

Lordes e damas não gostavam de receber ordens, então Gemma sabia que devia abordar o assunto com muita cautela.

"Ninguém saberá o que os atingiu quando Dido entrar na pista", disse Lady Artemis, ignorando alegremente a sugestão de Gemma. "Você a viu. A velocidade dela incendeia a pista."

"Sim", foi tudo o que Gemma conseguiu responder. Fazer um dono ver a verdade sobre um cavalo amado podia ser quase impossível. Era mais fácil falar com uma parede.

Elas chegaram ao topo de uma colina, e o vale se estendia abaixo delas. Um canal cintilava prateado ao sol enquanto serpenteava preguiçosamente e dividia as terras em municípios, fazendas e propriedades. De leste a oeste, Gemma contou três torres de igreja, em três aldeias diferentes.

Lady Artemis apontou para Gemma. "Estamos indo para lá."

A algumas centenas de metros de distância, em uma colina um pouco mais alta, erguia-se uma estrutura em ruínas que parecia ter sido construída há alguns milhares de anos. "Tem certeza?"

Isso divertiu Lady Artemis, pois ela riu longamente. "Na verdade, é bastante sólida estruturalmente." As dúvidas de Gemma devem ter transparecido em seu rosto, pois a dama continuou: "Foi construída para parecer assim. Embora ainda haja uma parte da muralha romana original no lado oeste."

Só aristocratas construiriam propositalmente uma estrutura que parecesse prestes a desabar a qualquer momento. Essas coisas os divertiam, e aristocratas eram dedicados à própria diversão.

Depois de desmontarem e acomodarem os cavalos com Cal, Gemma começou a explorar, encontrando a parte antiga da muralha romana. Hesitante, pousou a palma da mão sobre aquelas pedras de dois mil anos. Aquecidas pelo sol, o calor que armazenavam penetrou nela. Elas haviam sobrevivido todo esse tempo, sem um pingo de argamassa, para que ela chegasse naquele momento e as tocasse.

"Gem?"

Gemma encontrou Lady Artemis encostada em um arco, observando-a com curiosidade. Gemma ficou imediatamente tensa. "Sim?"

Lady Artemis se afastou do suporte e apertou as mãos com força à frente do corpo. Estava nervosa. "Vou dizer uma coisa", ela disse. "E espero que não se ofenda."

"Mmm", foi tudo o que Gemma respondeu.

Lady Artemis tinha um olhar determinado e imprevisível. Gemma conhecia a aristocracia o suficiente para dar ampla margem a irmãs de duques, determinadas e imprevisíveis.

"Meu irmão sabe."

"Sabe o quê?", perguntou Gemma, mesmo com o coração batendo forte e trêmulo contra as costelas.

Ela sabia *o quê*.

Lady Artemis ergueu uma única sobrancelha, incrédula. "Que você é uma mulher, é claro."

De repente, Gemma teve dificuldade para respirar. Ela pode até ter emitido um som de engasgo.

"Você está bem?", perguntou Lady Artemis levemente alarmada.

Gemma engoliu em seco. "*Erm*, sim."

Isso pareceu apaziguar Lady Artemis. "Qualquer pessoa que pense que você é um homem não tem poderes fundamentais de observação."

"Há muitos deles por aí, posso garantir", disse Gemma, mal recuperando a fala.

Isso arrancou uma risada despreocupada de Lady Artemis. "Posso garantir que meu irmão não é um deles, e é por isso que achei que você deveria saber."

Se Lady Artemis tivesse pensado em avisá-la três dias antes, a noite no quarto de Rakesley poderia ter sido evitada. Exceto...

Certas partes dela não tinham interesse em evitar aquela noite.

Na verdade, se essas partes conseguissem o que queriam, teriam outra noite igual.

"De qualquer forma", continuou Lady Artemis, "você vai querer dizer a ele que sabe que ele sabe e resolver isso de uma vez por todas."

"Ah."

Dois cavaleiros apareceram à distância. O cavaleiro da frente era uma mulher vestida de coral claro com uma única pena em seu gorro que ondulava ao vento. Mesmo a cem metros de distância, Gemma conseguia discernir alguns fatos sobre a mulher. Ela era uma dama — e uma beldade.

Quanto ao outro cavaleiro...

Gemma o reconheceria em qualquer lugar.

Rakesley.

Que figura imponente ele era montado em um cavalo. Mais de uma dama em Londres deve ter desmaiado ao ver aquele duque desfrutando de uma cavalgada matinal em Rotten Row. Cabelos negros esvoaçantes ao vento. Os ângulos firmes do rosto beijados pelo sol.

Um duque magnífico.

Um homem devastador.

Seu olhar encontrou a boca firme dele.

Aquela boca a beijara... sugara seus seios... sussurrara palavras sujas em seu ouvido...

E as mãos dele, com seus dedos longos e hábeis...

Elas a tocaram... cada parte dela...

Era por isso que ela o evitara como uma praga nos últimos três dias.

Esse homem — esse *duque* — exercia um poder inegável sobre ela.

Lady Artemis levou uma das mãos à boca e deu um grito efusivo de saudação enquanto acenava amplamente com o outro braço. A dama distante ofereceu um pequeno aceno feminino, e

Rakesley simplesmente seguiu em frente. Ele não era do tipo de dar gritos efusivos ou acenos de saudação.

Alguns segundos depois, eles pararam ao lado dos outros cavalos, onde Cal esperava. Rakesley passou a perna por cima da sela e pulou no chão, enquanto a dama não fez nenhum movimento semelhante. Ela aguardava pacientemente por ajuda.

Apenas ocorreu a Gemma que Gem, o rapaz, deveria ter ido ajudar a dama, mas ela parecia muito cara demais para ser tocada com suas mãos sujas.

Outra observação chamou a atenção de Gemma quando os pés delicados da dama pousaram no chão. Aquela dama de aparência cara e o Duque de Rakesley complementavam-se perfeitamente, tanto na aparência quanto no porte aristocrático.

A observação deixou Gemma um pouco enjoada.

Enquanto observava o ambiente, o olhar da dama percorreu Gemma como se ela fosse um pedaço insosso de paisagem e pousou em Lady Artemis. Rakesley — *Rake*, como ele pedira que ela o chamasse apenas três dias antes — apresentou a dama como a Duquesa de Acaster. *Celia*, a duquesa, insistiu em ser chamada entre amigos. Gemma suspeitava que *Celia* não gostasse nem um pouco se ouvisse Gemma tomar a liberdade de se dirigir a Rakesley como *Rake*... entre amigos.

Embora tentada, Gemma resistiu e tentou se esgueirar até os cavalos. De qualquer forma, ela se sentia mais à vontade com animais do que com pessoas.

"Gem?" entoou uma voz grave atrás dela.

Ela congelou no meio do passo. Por que Rakesley não a deixava ir?

Lentamente, ela se virou, mas manteve o olhar fixo nas pontas de suas botas incrustadas de lama enquanto, como um bom rapaz respeitoso, esperava o duque prosseguir.

"Hannibal esteve na pista hoje?"

A pergunta a irritou. Como se ele estivesse questionando seu senso de dever e devoção. "Levei-o para passear logo de manhã", ela disse com a voz mal-humorada de Gem — com sua voz mal-humorada. "Como sempre", acrescentou, e continuou falando. "Acredito firmemente em uma rotina fixa." E, ah, ela simplesmente não conseguia parar... "Como você bem sabe."

A última parte fora totalmente desnecessária — mas também impossível para ela não falar.

Ela arriscou um olhar para cima. Ele também sabia, a julgar pela tensão em seu maxilar.

Seu olhar mudou. As sobrancelhas arqueadas de Lady Artemis e Celia indicavam que elas também sabiam.

Esplêndido.

Agora, todos sabiam que ela tinha ido longe demais com um duque.

De mais de uma maneira, falou uma pequena voz inútil.

As damas não podiam saber disso — a menos que... fosse de alguma forma óbvio.

Certamente *parecia* óbvio.

O olhar de Rake não cedeu. "E a sela?" ele perguntou, como se fossem as únicas duas pessoas naquela colina.

"A sela?"

"A nova de Londres."

Ah. "É mais leve, e o couro é grosso e flexível. Hannibal não teve problemas com ela."

Rakesley assentiu. "E você?"

"Eu?"

"Você se adaptou com ela?" ele perguntou. "A cantle [1] está baixa o suficiente para o seu..."

Agora, eram as sobrancelhas de Gemma se erguendo junto com as de Lady Artemis e da duquesa.

---

1. Cantle é a parte traseira elevada da sela que fornece suporte e estabilidade ao cavaleiro. Ela serve como encosto, ancorando as barras do arco da sela, e ajuda a evitar que o cavaleiro escorregue para trás sobre o cavalo.

Se Gemma não estivesse muito enganada, a frase terminava com...

Bunda.

O Duque de Rakesley estava preocupado com a... *bunda* dela.

Não seria a primeira vez, respondeu uma vozinha.

Um calor subiu por sua garganta, chegando às pontas das orelhas.

Não havia rubor discreto para o ruivo dos cabelos.

Lady Artemis se virou para a duquesa. "Celia", ela disse animadamente, como se de repente tivesse uma ideia. "Preciso conhecer Silky Sadie. Qualquer potranca que consiga ir até o fim no St. Leger é uma lenda para mim."

A duquesa piscou seus luminosos olhos âmbar diante da constrangedora mudança de assunto. "Ah, sim, ela é certamente uma ótima égua."

"Não há momento como o presente." Lady Artemis deu um passo à frente e pegou a mão da duquesa.

Enquanto as duas damas se dirigiam aos cavalos, onde Cal as aguardava para ajudá-las, Lady Artemis piscou por cima do ombro para Gemma.

Lady Artemis...

Extremamente óbvia.

E aquela era Lady Artemis, a Duquesa de Acaster, e Cal voltando para Somerton...

E Gemma deixada sozinha com Rakesley.

Ele apoiou o quadril na muralha romana baixa, cruzou os braços sobre o peito e ficou observando-a.

"Essa muralha é mais antiga que a Inglaterra", ela apontou.

Ele deu de ombros, indiferente. "Então ela vai aguentar."

Ela bufou.

Duques.

"Sua irmã sabe", ela disse falando o que ocupava a sua mente.

"Eu sei."

Gemma foi para o outro lado da muralha. Era melhor ter uma

barreira entre eles o tempo todo. "Vocês gostam muito de se achar os que sabem tudo."

Ele se mexeu, acompanhando seus movimentos. "Uma falha família, receio." Ele não estava nem um pouco arrependido.

Uma risada repentina irrompeu de Gemma. A boca de Rakesley se contraiu, depois sorriu, e ele estava rindo ao lado dela.

Algo acontecia no ar quando eram apenas os dois. Era como se os elementos mudassem sua composição.

Ou talvez eram elementos expostos.

Elementos que pulsavam entre eles quando eram apenas eles.

Elementos autorizados a colidir.

"A Duquesa de Acaster..." Gemma não sabia ao certo por que começara aquela frase ou aonde pretendia chegar com ela. Melhor parar de falar.

"Ela chegou há mais ou menos uma hora." Uma sombra do sorriso de Rakesley permaneceu. "Inesperadamente."

"As duquesas costumam aparecer inesperadamente na sua porta?" Gemma não estava particularmente orgulhosa do tom rancoroso que acompanhava a pergunta.

"Sabe-se que isso acontece."

Claro, Gemma não disse nada. Mas, honestamente, depois do que ele e ela fizeram no quarto dele três noites atrás, ela mal podia culpar todas aquelas duquesas. Seu corpo nunca havia recebido tanto prazer em toda a sua vida.

Ela ainda formigava com isso.

"Ela está levando sua potranca Light Skirt para Newmarket para a One Thousand Guineas."

"Ah."

Gemma duvidava que esse fosse o único motivo paira a chegada repentina da duquesa.

"Hannibal estará pronto para partir em alguns dias?"

"Sim", disse Gemma, olhando para o céu que escurecia. Em poucos minutos, as nuvens passaram de um branco inofensivo para um cinza ameaçador. "Provavelmente já deveríamos estar voltando. Acho que está prestes a—"

Então ela sentiu — a primeira gota de chuva em seu nariz, rapidamente seguida por outra e mais outra.

"Siga-me", gritou Rakesley por cima do ombro enquanto desaparecia dentro do folly, dobrando uma esquina, depois outra, com a chuva repentina de verão caindo sobre suas cabeças. Embora surpreendentemente labiríntica, sem surpresa, o folly não tinha teto.

Dobraram mais uma esquina, e Gemma encontrou um teto sobre a cabeça. Chamar os quatro muros ao redor de um quarto seria um exagero. Era mais próximo do tamanho de um armário. Mas continha uma característica gloriosa que o definia — uma janela retangular tão grande que ela poderia facilmente ficar em pé sobre o seu parapeito de pedra, com alguns centímetros sobrando acima da cabeça.

E a vista que oferecia da paisagem envolta em névoa lá embaixo...

"Deslumbrante", ela disse.

Rakesley sentou-se em um canto da janela, com as costas apoiadas na pedra, uma perna esticada à frente e a outra apoiada nas mãos. Ela sentou-se no canto oposto e tentou manter a atenção no vale. Mas era a vista à sua frente que seu olhar queria se deleitar — Rakesley, molhado e desgrenhado.

Ah, mas ele era uma vista deslumbrante.

De uma forma estranha, ela se sentia nervosa com ele. Não sabia como lidar com aquele homem naquele contexto.

Onde ela era ela mesma — *Gemma* — e ele era Rakesley...

Rake.

Seu olhar deslizou para encontrar o dela. "Este era meu lugar favorito quando criança."

"Ah?" ela perguntou, ligeiramente sem fôlego.

A franqueza em seu olhar...

Era nova.

"Além dos estábulos, é claro."

Ela não pôde deixar de sorrir. "Claro." Era óbvio — para ambos.

"Eu escapava para cá sempre que queria algumas horas sozinho."

"Eu entendo o porquê", disse Gemma, apreciativa.

"Então meu pai morreu, e eu me tornei duque e parei de vir com tanta frequência."

"Certamente, você tinha permissão para vir aqui como duque. Não é verdade que os duques podem fazer qualquer coisa? Não é esse o propósito de ser um duque?"

"Sim e não", ele disse, com um sorriso paciente.

Ocorreu a Gemma que ela queria muito beijar seus lábios novamente.

"Certas expectativas são colocadas sobre um duque", ele continuou. "Como resultado, seus movimentos são sempre conhecidos."

"Expectativas?"

"Sua educação, deveres e responsabilidades. Fui enviado para Eton e depois para Cambridge. Antes mesmo de atingir a maioridade, já havia assumido o controle das terras e arrendamentos."

"E o casamento?" Gemma se viu perguntando.

Não que ela tivesse algum direito.

A cautela transpareceu em seus olhos. "Sempre tive consciência dos meus deveres nessa frente também."

Um longo instante de tempo se passou. "E a Duquesa de Acaster?"

"Sim?"

Gemma não deveria fazer a próxima pergunta que estava prestes a fazer... "Você vai se casar com ela?"

O maxilar de Rake se contraiu e relaxou. "Provavelmente."

Gemma balançou a cabeça com uma risada seca. "Nobres."

Ele inclinou a cabeça. "Do que você está falando?"

"A maneira como vocês encaram o casamento—como se fossem puro-sangue. É tudo uma questão de linhagem, não é?"

"Isso acontece", ele admitiu, mas sua voz tinha um tom inacabado.

"Tem mais?" Ela estava genuinamente curiosa.

"É simples. Eu prefiro uma união em que minha esposa cuida de seus próprios assuntos, e eu cuido dos meus, e nos deixamos em paz."

"E nunca os dois se encontrarão?"

"Algo assim."

Um tom na voz de Rakesley soou... *estranho* — e Gemma não conseguiu deixar isso passar. "Você sempre se sentiu assim em relação ao casamento?"

Uma guerra se travava atrás de seus olhos, como se ela estivesse pedindo que ele revelasse em voz alta seu segredo mais bem guardado, um que ele jamais compartilhara com outra alma viva. "Nem sempre", ele disse por fim. "Uma vez tive um par amoroso — ou pensei que tivesse."

Algo ainda permanecia entre as palavras. "Ou você está apaixonado, ou não está."

"Se ao menos o amor fosse tão simples assim. Mas você está se esquecendo de um detalhe vital", ele disse com os olhos escuros de intensidade. "São necessários dois para se casar por amor."

CAPÍTULO DEZESSEIS

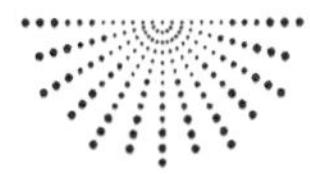

Um homem com impulso pra o futuro, Rake não era do tipo que olhava para o passado.

Mas foi Gemma quem perguntou, e por algum motivo que ele não conseguia entender, queria que ela soubesse.

Não, não apenas soubesse.

Mas entendesse...

Ele.

"Eu estava no meu terceiro ano em Cambridge e gostava de me passar por um jovem ousado na cidade. Nada diferente do tipo que você vê agora."

Embora Gemma permanecesse séria e concentrada, um sorriso surgiu em sua boca. "Tem uma grande distância entre nós."

Justo. Às vezes, ele esquecia que eles não tinham a mesma posição social — um fato que importava cada vez menos a cada dia que passava.

"Uma noite, fui chamado para um baile no Almack's [1] e vi

---

1. Almack's era o nome de vários estabelecimentos e clube social em Londres entre os séculos XVIII e XX. Dois dos clubes sociais se tornariam famosos como

Felicity do outro lado do salão." Ele abriu bem os braços. "E eu me apaixonei. Foi tão repentino."

"Você se apaixonou."

Ele bufou. "Eu certamente pensei que sim. Consegui uma apresentação das patronesses e dancei com a Srta. Felicity Bamford duas vezes, o que era o máximo de danças permitidas com o mesmo parceiro. Consegui até uma terceira no finalzinho da noite."

A sobrancelha de Gemma se ergueu com ironia. "Escandaloso, sem dúvida."

"A partir daquele momento, toda Londres soube que o Duque de Rakesley estava completamente apaixonado pela filha de Sir William Bamford. Um pedido de casamento era esperado para o final da temporada."

"E houve?"

"Nunca fui de esperar por nada. Fiz o pedido no meio da temporada."

Gemma mantinha uma reserva atenta. Ela entendia que essa história não terminava bem.

"E eu também não era de fazer nada pela metade." Rake não gostou do tom amargo que soava em sua voz. "Eu a pedi em casamento num baile... no meio da pista de dança... de joelhos... diante da *alta sociedade*. Todas as damas, e alguns lordes também, ficaram com lágrimas nos olhos. Felicity e eu tínhamos acabado de provar que o amor verdadeiro existia."

"E?" perguntou Gemma, tomada pelo medo.

"Era mentira."

Brooks's e Boodle's. O estabelecimento mais famoso do Almack's ficava em salões de reunião na King Street, St. James's, e era um dos poucos locais sociais públicos mistos de classe alta na capital britânica, em uma época em que os locais mais importantes para a agitada temporada social eram as grandes casas da aristocracia. O local do clube, Almack's Assembly Rooms tornou-se retrospectivamente intercambiável com o clube, embora durante grande parte da existência do clube, os salões oferecessem uma variedade de outros entretenimentos sem nenhuma conexão com o clube.

"O que aconteceu?"

"Felicity fugiu com o administrador da propriedade do pai uma semana depois." Rake falou sem emoção, simplesmente relatando os fatos.

"Nossa!"

"Acontece que Felicity não estava tão interessada em nosso namoro quanto o pai. Um duque é um ótimo partido, caso você não saiba." A amargura novamente. "Sir William sabia da afeição de Felicity por seu administrador da propriedade e queria que ela se casasse antes que ela pudesse fazer a família de boba."

"Então, ela fez você de bobo."

E lá estava.

A verdade da questão revelada.

"Eu fui o motivo de chacota da *alta sociedade*, é claro", ele disse tentando parecer leviano. "Nada que o trote em Eton não tivesse me preparado."

Gemma não respondeu com leveza. "De alguma forma, duvido muito", disse ela. "Então, você tomou uma decisão."

"Ah? E qual foi" Ele não se importava necessariamente que Gemma lhe contasse sobre si mesmo. Na verdade, percebeu que estava tenso de expectativa.

"Você decidiu que, em questões de casamento, seu coração nunca mais se envolveria."

Ela podia entender isso.

"Não será surpresa para você que eu não gostei de ser motivo de piada." Ele deu de ombros, esperando que o gesto de desdém mascarasse a seriedade por trás daquelas palavras. "Concluí que minha mãe estava certa sobre o casamento."

"*Sua* mãe?"

Uma risada repentina irrompeu dele. "Eu não nasci de uma cápsula totalmente formado."

Gemma riu, envergonhada. "Quase dá para esquecer."

"O que isso significa?"

"Significa..." Ela olhou para o campo coberto de nuvens e

encharcado de chuva e procurou a sequência correta de palavras. "Você é tão..." Mais uma vez, as palavras pareciam estar lhe faltando.

"Magnífico?" ele perguntou erguendo uma única sobrancelha.

"Você sabe disso sobre si mesmo, não é?"

Nunca Rake havia conduzido uma conversa como essa. Isso o deixou em uma posição desconfortável. O fato era que ele sabia que era isso que as pessoas pensavam dele. Se fosse verdade ou não, isso era irrelevante.

"Sempre tive certeza da minha magnificência", ele se viu dizendo. "E acreditei nisso." Ele fez uma pausa. "Até..."

"Felicity."

"Talvez eu tenha sido um pouco menos magnífico do que eu supunha." Mais eu preciso dizer... "Talvez um pouco mais humano."

Gemma assentiu lentamente, absorvendo suas palavras... sua confissão. "O que sua mãe tinha razão sobre o casamento?"

"O amor não tem lugar nele", ele falou capaz de citar a mãe palavra por palavra. "O amor dentro do casamento é um conceito que é melhor deixar para as classes mais baixas."

O espanto brilhou nos olhos de Gemma.

"Isso te choca?"

"Não", ela disse. "Mas ter isso dito tão diretamente é... chocante. Aristocratas não têm grande consideração pelo resto de nós, não é?"

Rake estremeceu.

Você.

Ele não gostava desse você. Isso o separava dela e o colocava no mesmo nível dos *outros*, e ele não queria isso.

Ele preferia formar um time *de dois* — com Gemma.

"E a sua opinião sobre o casamento?" ele retrucou.

Na verdade, ele queria saber.

Muito.

Ela deu de ombros. "Ninguém iria querer se casar comigo."

"Ah?" Ele não conseguia imaginar que fosse esse o caso.

"Olhe só para mim."

"Eu estou olhando."

Essas duas palavras a assustaram por um instante.

"Por que ninguém iria querer se casar com você, Gemma?" ele perguntou determinado a ter uma resposta.

"Ninguém quer se casar com a *filha ilegítima de um conde.*"

Um lorde... *um conde.*

Claro.

"Sua mãe era cozinheira de um lorde... um conde", ele disse lentamente, certificando-se de ter entendido corretamente.

"Era." Gemma hesitou, sem saber se deveria revelar mais. "Era amante dele."

Pouca coisa chocava Rake, mas aquilo chocava. Era ousado, mesmo para um aristocrata. "E você foi criada na casa do conde?"

Rake continuaria fazendo perguntas enquanto ela continuasse respondendo.

"Junto com meu irmão gêmeo, sim."

Ah. Isso explicava tanta coisa. Sua gramática correta... Seu conhecimento de cavalos de alta qualidade... Mas ainda não explicava o suficiente... "Qual conde?" A pergunta soou mais como uma exigência.

Ele precisava agir com cuidado.

Seus olhos verdes salpicados de dourado ficaram subitamente turvos e seu maxilar se apertou. "Isso não é da sua conta."

Rake quase disse a ela que era da sua conta. Mas a verdade era...

Não era.

Ele não gostou disso.

Ele descobriu que queria muito que fosse da sua conta.

Mas ele não podia forçá-la.

Ele não chegaria a lugar nenhum dessa forma.

E lugar nenhum não era uma opção.

Ele sentia que ela precisava de proteção.

E ele era o homem para fornecê-la.

* * *

Gemma se recusara a responder a um duque... esse duque.

Ela não conseguia imaginar que ele fosse recusado com frequência, mas ele não lhe deixou outra opção.

Além disso, era apenas a verdade. A vida dela não era da conta dele, e ele precisava desse lembrete.

Assim como ela.

Uma mudança de rumo era necessária. "Algo está me incomodando", ela disse.

"Ah, é?"

"Para um homem chamado *Rake*, você não é lá grande coisa, né?"

Ele piscou.

Ótimo.

"Qual é o seu nome?"

"Rake."

Ela não ia aceitar. "O nome que sua mãe te deu."

Gemma se viu distraída pelo sorriso que agora se formava nos lábios dele.

Um sorriso um tanto libertino, na verdade.

"Isso é bem complicado."

Gemma inclinou a cabeça, curiosa. "Como isso é possível?"

"Foi minha mãe que me deu o apelido de Rake."

Gemma quase engasgou. "Isso não pode ser."

A risada que escapou dele não continha muita diversão. "Você não conhece minha mãe."

"Não tenho certeza se eu gostaria de conhece-la." Já que eles estavam sendo — na maior parte — sinceros. "Ela parece... formidável."

"Essa é uma maneira de dizer", disse ele. "Meu pai me chamou de Edward, se é isso que você está perguntando."

"*Era*", disse ela, enfatizando o passado. "Mas agora estou mais curiosa sobre o nome Rake. Eu presumi que fosse, *hã, merecido*."

"Depois que meu pai faleceu de uma febre repentina quando eu tinha oito anos, e eu herdei o título, minha mãe passou a me chamar de Rake."

"Por que raios sua mãe faria uma coisa dessas?"

"O raciocínio dela era — e ainda é — que um libertino— *Rake* — consegue o que quer da vida."

"Você já é um duque. Já não tem o suficiente?"

Isso lhe rendeu outra risada irônica. "Mamãe tem um jeito específico de ver o mundo." Ele fez uma pausa. "Demais nunca é o suficiente."

"Isso certamente explicaria seus estábulos."

"Os melhores do país."

"E apenas o melhor para você?"

"*Só* o melhor."

Sua cabeça se inclinou, seu olhar escuro e insondável fixo nela. Uma onda de calor a percorreu, provocada por sua intensidade.

E o sorriso surgindo em seus lábios...

Ela já o tinha visto antes.

Três noites atrás...

Em seu quarto.

Ele não estava falando de seus estábulos.

Ele estava falando...

Dela.

Sua voz ficou baixa e rouca. "Não consigo deixar de me perguntar se..."

"*Se?*" de alguma forma emergiu dela em uma exalação ofegante.

"Se eu provei isso a *você* de forma suficiente."

Em frente a ela, a menos de três metros de distância, ele

estava encostado no batente de pedra, parecendo tão arrogante, vital e seguro.

Magnífico.

A língua dela passou nervosamente pelo lábio inferior para umedecê-lo, e o olhar dele seguiu o movimento.

Oh, nada de bom poderia advir desse sentimento percorrendo-a...

Ela o desejava.

Sério, ela precisava tê-lo.

"Você poderia provar agora", ela disse.

Oh, isso foi ousado.

"Gostaria de me testar?"

Ela queria.

Muito.

Ela se esticou e plantou as mãos à sua frente, colocando-se de quatro, com os joelhos cravando-se na pedra fria, enquanto se arrastava para frente pela moldura da janela de trinta centímetros de largura.

E ele simplesmente se recostou e esperou que ela se aproximasse.

Homem arrogante...

Homem irresistível.

Parecia, para ela, que um só realçava o outro.

Ela se aproximou um pouco mais. As pernas dele caíram para os lados da saliência, enquanto ela se movia para frente até que, finalmente, estava entre eles... perto o suficiente para que tudo o que ela precisasse fazer fosse inclinar a cabeça para trás e se mover para tocar os lábios nos dele.

Ele colocou o polegar sob o queixo dela, enquanto ambos se inclinavam para frente, seu aroma de sândalo e de homem a envolvia, intoxicando-a. Ela estava tão perto agora que o hálito dele sussurrava quente em sua boca entreaberta, causando arrepios, arrepiando os pelos da nuca, enrugando seus mamilos até virarem cerejas maduras.

Seus lábios se tocaram — *firmes... inflexíveis... ternos* — pegando Gemma de surpresa, pois não havia dúvidas de onde aquele beijo a levaria. Mas ele não teve pressa e a beijou com intensidade, com intenção. Ela teria pensado que queria um beijo quente e luxurioso, explodindo para prosseguir com o que viria a seguir, mas, na verdade, seu corpo — e um lugar mais profundo dentro dela — queria *esse* beijo. Um beijo suave e profundo podia ser quente e cheio de desejo também, pois tocava lugares dentro dela mais profundos do que as superfícies.

Ele a puxou, e ela se inclinou para frente, seu corpo implorando *por mais*. Ternura e intensidade eram boas, mas seu corpo tinha dores e necessidades que exigiam atenção.

Suas mãos encontraram os ombros largos dele, os músculos tensos sob seu toque enquanto ele a agarrava pela cintura e a puxava para si, de modo que seus joelhos caíam de cada lado de suas coxas grossas.

Carnal.

Essa era a palavra para descrever como seu corpo se sentia pressionado contra o dele — mesmo através de várias camadas de roupa. Seus braços em volta do pescoço dele. Sua masculinidade, rígida e grossa, contra o sexo dela. Suas mãos seguraram seu traseiro e a apertaram contra seu comprimento, seus quadris se inclinando instintivamente.

"Ah, Rake", ela murmurou.

Essa sensação... Era deliciosa.

A boca dele encontrou o pescoço dela, e ela inclinou a cabeça para o lado, os beijos dele e o roçar de seu queixo com a barba por fazer abrindo um rastro de prazer em sua garganta. Os dedos dela tatearam em busca da gravata dele e começaram a desatá-la, a camisa dele se abrindo, revelando seu peito e aqueles músculos definidos. Ele encolheu o ombro, tirou o casaco e o colete, dando à boca e às mãos ávidas dela liberdade para explorar seus ombros e peito, mesmo enquanto ela continuava a se pressionar contra *ele*... e ansiava por que essas camadas de roupa desaparecessem e que ele estivesse dentro dela.

Ele riu e se afastou o suficiente para encará-la. "Você sabia que vestidos têm suas utilidades."

"Tipo?" Gemma não conseguia pensar em nenhuma.

E, honestamente, quem estava pensando em vestidos naquele momento?

"Tipo, para um sexo fácil."

Ah. Nesse caso, ela preferiria estar usando um vestido agora. Mas sua mente se fixou em uma única palavra. "Você gostaria que eu fosse mais fácil?"

Seu olhar buscou o dela por um instante. A pergunta poderia ter sido interpretada de forma leviana. Mas não era uma pergunta leviana — e ambos sabiam disso.

"Eu gosto de você como você é."

E algo gradual, porém vital, se moveu entre eles. Algo em que ela pensaria mais tarde. Mas não agora. Não quando seu corpo exigia que ela encontrasse uma maneira de tirar essas camadas de roupa de entre eles.

Mas os dedos de Rake já estavam trabalhando nos botões de sua calça. "Eu nunca desabotoei as calças de uma mulher."

"Para ser totalmente precisa", ela disse contra a pele sensível do pescoço dele. Sua boca não conseguia se afastar dele. "São calças de homem."

Os dedos de Rake vacilaram e ele gemeu.

Gemma não conseguiu conter o riso. Havia tanta seriedade e intensidade naquele ato, mas também tanto deleite.

A calça se abriu, e os dedos de Rake percorreram a pele sensível de seu estômago, descendo, até que estavam escorregando para dentro de suas calças... deslizando ao longo de sua fenda. "Tão molhada para mim", ele rugiu contra sua boca.

Seus dedos deslizaram pela área mágica de pele que fazia estrelas aparecerem atrás de seus olhos. Quando ele encontrou a entrada de seu sexo e pressionou, ela ofegou.

Com intenção, enquanto ele deslizava para dentro e para fora dela, seu polegar tocando *aquele* lugar. "Oh, Rake", ela gemeu.

Mas — *oh* — ela queria *mais*.

Ela só percebeu que havia expressado seu desejo em voz alta quando ele se afastou. Ela abriu a boca para expressar uma objeção séria, mas ele pressionou levemente a ponta do dedo em sua boca. "Você confia em mim?"

Uma palavra queria sair de seus lábios, mas não era fácil de dizer.

Então, ela assentiu.

Mas foi o suficiente. Ele os virou para que ficassem de frente para o interior do quarto. "Vamos tentar conseguir mais para você, certo?"

Seus pés tocaram pedras empoeiradas, e os dela o seguiram. Ele a puxou para mais perto para um beijo antes de afastá-la. Ela conseguiu apenas vislumbrar seu sorriso malicioso antes que ele a virasse. Ela se agarrou ao batente da janela para se firmar, as palmas cravando-se na pedra áspera, o vale se espalhando abaixo, o sol brilhando acima, a chuva já tinha cessado.

Atrás dela, Rake se abaixou e tirou uma de suas botas, depois a outra. "Não tenho certeza se isso é estritamente necessário", ela disse por cima do ombro.

"É para o que eu quero fazer."

Bem.

Uma onda de calor percorreu sua coluna, deslizou por suas veias, acumulou-se em seu sexo. Ela se sentiu vulnerável e aberta — nervosa... excitada — como se estivesse fazendo uma curva, às cegas.

E só esse homem podia vê-la em segurança.

Botas jogadas de lado, suas calças escorregavam por suas pernas, e ele as jogou para longe também. Mãos hábeis deslizaram por baixo da blusa dela, expondo seu traseiro ao ar frio.

"Gemma", ele disse, e ela encontrou seu olhar por cima do ombro. "Sua bunda gostosa pode ter se tornado minha obsessão."

Mesmo que uma risada tenha escapado dela — lá estava, aquele deleite novamente — ele permaneceu totalmente sério enquanto se ajoelhava atrás dela.

Ele segurou seu traseiro com as duas mãos e mordeu levemente. "Exatamente como eu pensei", ele disse, seu hálito quente causando arrepios em sua pele.

Ele lambeu, e as mãos de Gemma apertaram o batente da janela. Seus joelhos ameaçaram ceder.

"Abra as pernas", ele instruiu.

O choque a percorreu — mesmo enquanto ela fazia o que lhe fora dito. Porque ali estava aquela sensação novamente.

Uma incerteza arrepiante.

E, no entanto, em meio ao choque e à incerteza, a *confiança*.

Ela estava muito curiosa para saber o que aconteceria ao virar aquela curva cega.

E ela confiava que aquele homem lhe mostraria.

Então ela sentiu... os lábios dele... a língua dele... beijando sua bunda... a parte de trás de suas pernas. Ela pulsava... Ela doía... Embora ele estivesse lhe dando *mais*, para o corpo dela parecia menos, como se um vazio tivesse se aberto em seu centro, implorando e exigindo ser preenchido. Certamente, era a única maneira de se sentir inteira novamente.

Ele segurou uma coxa em cada mão, e as pernas dela instintivamente se abriram mais. A língua dele... oh, sua língua escorregadia e safada encontrou... *ela*... deslizando ao longo de sua fenda, suas costas arqueando para lhe dar mais acesso àquele sensível — *mágico* — conjunto de terminações nervosas que exigia — *oh* — apenas um toque... apenas um pouco de pressão. Ele segurou seus quadris com firmeza, e lhe deu uma longa e leve carícia, e um gemido escapou dela que soou mais animal do que humano. A ponta de sua língua firmou, e ele a moveu contra ela.

Oh.

E de novo.

As pernas dela ficaram bambas e cada célula de seu corpo se

esforçou em direção ao local onde ele *a* tocava. Todo o seu ser se sentiu iluminado por dentro, enquanto a sensação corria por suas veias, paralisando a respiração em seus pulmões. Um redemoinho a envolveu em sua órbita selvagem, levando-a cada vez mais alto, provocando-a com a libertação... provocando-a... a empurrando a uma altura que certamente a levaria ao esquecimento. Se ao menos... *oh*... se ao menos ela pudesse...

No próximo movimento suave de sua língua talentosa, o redemoinho se dissipou e ela se desfez, toda a sua substância recebeu permissão para deixar sua forma corpórea e se desintegrar em luz e ar. Ela não estava simplesmente iluminada por dentro. Ela brilhava... Ela cintilava... Como se tivesse se tornado uma com o éter além das estrelas.

Inevitavelmente, em passos lentos, ela começou a retornar a terra, a esse quarto, à substância de si mesma, e olhou por cima do ombro para encontrá-lo acomodado sobre os calcanhares. Com aquele sorriso malicioso nos lábios, ele se inclinou para frente e deu um beijo de despedida em cada uma das nádegas dela, arrancando-lhe uma risadinha.

Uma *risadinha*.

Será que ela era o tipo de mulher que ria agora?

Mas essa não era a pergunta que lhe vinha à mente naquele momento.

Agora, ela tinha uma pergunta mais urgente para fazer a esse homem...

"Você não acha que terminou, acha?"

"Se eu acho?" ele perguntou levantando-se suavemente, seus dedos longos e habilidosos ajustando as pregas de sua calça. A malícia brilhava em seus olhos, desmentindo a pergunta.

"Você ainda não provou ser libertino o suficiente", ela disse tímida e sem fôlego.

As pernas se soltaram, e seu membro — grosso... túrgido... *pronto* — caiu para frente, e Gemma respirou fundo. Ela deveria se sentir boba, mas não se importava.

Não havia *"deveria sentir"* naquele momento.

Havia apenas *"sentir".*

E o que ela sentiu foi uma onda de desejo por esse homem tão forte que poderia derrubá-la.

Com os olhos escuros de intenção, ele se aproximou, roçando seu membro pesado contra o traseiro dela. *Oh...* a sensação de vazio dentro dela... "Preciso de você dentro de mim", ela disse... implorou... *implorou. "Por favor."*

Com aquele sorriso delicioso e perverso em seus lábios, ele segurou um quadril com uma das mãos e se guiou até ela antes de penetrá-la com um longo e reivindicativo Movimento.

Oh, o gemido que jorrava dela enquanto se ajustava à sensação dura e escorregadia dele dentro dela.

Por trás assim, parecia tão *safado.*

E tão... *bom.*

Mãos masculinas e levemente calejadas por anos de cavalgada se moviam por seu corpo, uma na base da coluna, a outra em seu ombro. Com maestria, seus quadris se moviam, acariciando para dentro e para fora dela.

Oh, a plenitude dele. Era como se seu corpo estivesse incompleto todo esse tempo, e ela não soubesse disso.

E agora sabia.

Suas costas arquearam, seu corpo querendo — *exigindo* — *mais.*

"Oh, sim", ele rosnou.

O suor pinicava sua pele enquanto ele apertava seu traseiro e a penetrava com profunda intenção — *mais forte... mais rápido* — e ela estava se movendo contra ele, incapaz de ter o suficiente desse prazer e dor de união... *dele.*

Ela sentiu o alívio dele crescendo, sua masculinidade de alguma forma — *impossivelmente* — ficando mais espessa e dura. O turbilhão a envolveu novamente — parecia que ainda não havia terminado com ela — e seu corpo ficou leve e instável enquanto ela se esforçava contra ele, exigindo mais do que ele oferecia... *exigindo tudo...*

Uma liberação repentina se expandiu e se rompeu dentro dela — *de alguma forma... impossivelmente* — e ela foi lançada aos elementos — alma e espírito se fragmentando em faíscas de relâmpago enquanto seu corpo se desintegrava, seu sexo pulsando em torno da masculinidade dele, sua exigência implacável.

"Gemma", ele murmurou. "Eu não consigo..."

Então ele se afastou dela, e ela gritou de dor pela perda. Ela se virou e desabou contra a parede. Os dedos longos dele envolveram seu eixo grosso enquanto ele se segurava e capturava o olhar dela, mantendo-o em seu aperto escuro. Sua boca ficou seca enquanto ela o observava se masturbar, a visão estranhamente erótica e ainda mais estranhamente íntima quando ele se liberou e despencou no chão com um grito abafado.

Ele estendeu a outra mão e segurou a nuca dela antes de puxá-la para si. Seus lábios se encontraram, não em luxúria impetuosa, mas em...

Mais uma vez, ela sentiu.

Ternura.

Esse homem e suas contradições. Como se passasse os dias lutando contra sua verdadeira natureza e ali estivesse ela, revelada apenas a ela. Não ao duque frio e controlador que ele representava. Nada esfriava dentro deste homem. Ele era puro calor, paixão e... *ternura.*

O beijo terminou — *cedo demais.*

Ela se afastou apenas o suficiente para sustentar o olhar dele. "Alguém mais sabe disso sobre você?" perguntou-se.

As sobrancelhas dele se franziram em perplexidade. "E eu?"

Ela balançou a cabeça, já arrependida da pergunta, optando por guardar a observação para si mesma.

A realidade começara a se impor. Esse homem — esse *duque* — não queria ser chamado de carinhoso.

Em silêncio, eles se vestiram.

Uma vez completamente vestido, Gemma o observou dar um nó na gravata e percebeu que poderia lhe dizer algo mais. Algo que ele precisava ouvir. E se ela não dissesse agora, a oportunidade poderia nunca mais surgir... "Você merece mais do que está se permitindo."

Seus dedos congelaram e seus olhos surpresos se ergueram. "Sou um duque. Não me nego nada."

Ela não se intimidou. "Mas você não se importa?"

Essa crença dele precisava ser desafiada, pois não era verdade.

Ele apoiou um ombro contra um arco de pedra e cruzou os braços sobre o peito, esperando que ela continuasse, com a tolerância de um duque.

"O casamento que você descreveu com a Duquesa de Acaster não o fará infeliz", ela arriscou.

Ainda assim, ele esperou. Mas ela notou que seu maxilar estava tenso.

Agora, a parte que ele precisava ouvir... "Mas também não o fará feliz."

As palavras dela afundaram, pesadas, no ar entre eles.

"E você tem alguma ideia sobre o tipo de casamento que me faria feliz?" ele perguntou.

A pergunta foi uma resposta instintiva, mas também um desafio, e respostas estranhas ocorreu a ela. Respostas que ela não daria voz.

Nem para si mesma.

Talvez uma Gemma mais corajosa as dissesse.

"Isso é você quem decide."

Ela não era uma Gemma mais corajosa.

Uma emoção opaca brilhou por trás dos olhos dele e desapareceu no instante seguinte, tão elusiva que poderia ter sido um truque de luz.

E foi o fim de tudo, pois em poucos minutos eles estavam montados e cavalgando de volta para Somerton.

Ainda assim, a mente de Gemma disparava.

O que ela estava pensando ao continuar com Rake — o *Duque de Rakesley*, ela se lembrou — daquela maneira?

Ela não estava em Somerton para se preocupar com o estado de felicidade — ou infelicidade — dele.

Ela estava ali para espionar as corridas de cavalos de um duque.

Uma certeza se instalou — uma que ela vinha negando a si mesma, mas não conseguia mais. Se Rake descobrisse que ela era uma espiã, ele passaria a odiá-la. Ele compararia a traição dela à de Felicity, e não estaria nem um pouco errado — exceto que era pior. Ele acreditaria que ela estava usando o próprio corpo — e o dele — para ter acesso aos seus segredos.

A culpa a consumia e dava nós em seu estômago. O ódio e a raiva dele ela conseguia suportar, mas a dor que causaria era mais difícil de encarar.

Não.

A culpa era uma distração. Era imperativo que ela recuperasse o foco e a intenção.

Se a vida não lhe ensinara mais nada, era que era preciso manter a vigilância — ou se poderia perder tudo.

Bastou um piscar de olhos para que um futuro passasse de brilhante a sombrio.

E ela estava farta do sombrio.

Um futuro diferente lhe fora apresentado — um que estava quase ao seu alcance. Tudo o que precisava fazer era manter a calma e o foco.

Não era pouca ironia que o próprio homem que ela espionava fosse a distração.

Uma distração perigosa e tentadora.

Pois ele lhe apresentara um futuro diferente.

Um com ele.

Como sua amante.

O futuro que sua mãe tivera com um conde.

Mas, sua mente respondeu, *Rake é um tipo diferente de homem.*
Um homem melhor.
Não.
Não importava.
Abraçar esse tipo de futuro seria decepcionar seu irmão.
Mas, acima de tudo, seria decepcionar a si mesma.

CAPÍTULO DEZESSETE

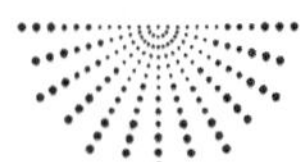

TRÊS DIAS DEPOIS

Rake entrou na pequena sala de jantar de Somerton — a usada para familiares e amigos — não para grandes jantares e visitas reais.

Aquela sala de jantar tinha mais em comum com uma caverna suntuosamente decorada, repleta de ecos e correntes de ar frio.

Este cômodo assemelhava-se mais a uma pequena joia cintilante, toda revestida de seda ametista nas paredes e cadeiras. Mogno rico enfeitava o piso, seu brilho refletindo o teto branco com painéis de madeira, enquanto no centro ficava uma grande mesa de jantar redonda construída em nogueira com incrustações de várias madeiras exóticas. Um lustre de cristal de dois níveis pendia acima do centro e lançava uma luz cintilante sobre todas as superfícies.

Rake jantava ali quando residia em Somerton, desde que se tornara duque. Sua mãe queria que ele jantasse na mesa mais formal, mas sua insistência em jantar ali fora uma de suas primeiras exigências ducais — aos oito anos de idade. Sua mãe poderia tê-lo ignorado, mas não o fez. Foi mais ou menos na época em que ela começou a chamá-lo de Rake, e, claro, não foi coincidência.

Ele era o duque; ele podia fazer o que quisesse.

Agora, ele entrou na sala, com os quatro ocupantes da mesa conversando sorridentes. Julian, a Duquesa de Acaster, Artemis e sua amiga do peito, Lady Beatrix, que havia chegado naquela tarde. Quando Rake se sentou, encontrou sua irmã e Lady Beatrix provocando Julian sobre o nome do potro que ele planejava colocar para correr no Derby.

"Mas, Julian", disse Artemis. *"Filthy Habit?"* [1]

Julian abriu bem os braços. "Eu não dei o nome a ele. Você sabe como são esses nomes de cavalos de corrida. Todos tentam superar uns aos outros para ver até onde conseguem ir."

"Sir Peter Teazle é um dos meus favoritos", disse a Duquesa de Acaster — Celia, ela insistia.

E Rake continuou tentando.

"Minha potranca se chama Light Skirt [2]."

"Mas é um fato bem estabelecido", disse Lady Beatrix com seu jeito pragmático, "que o Marquês de Ormonde é um dos lordes mais virtuosos do país. Um único olhar para sua aparência angelical lhe dirá isso. Ele não possui um único hábito imundo."

A duquesa tomou um gole de champanhe e inclinou a cabeça. "Receio que terei que discordar da senhora nesse ponto, Lady Beatrix."

Artemis ofegou. "Há algo que a senhora sabe sobre Julian que o resto de nós não sabe?"

"Não particularmente", disse a duquesa. "Mas, de modo geral, sim. Ao longo dos anos, me convenci de que não existe um homem nesta Terra que não possua pelo menos um hábito imundo." Ela deu de ombros, impotente diante das regras do universo. "Minhas desculpas, Lorde Ormonde, se o coloquei sob pressão", concluiu com uma risada e outro gole de champanhe.

"De maneira nenhuma", disse Julian, com um sorriso divertido

---

1. Filthy Habit tradução = Hábito Imundo.
2. Light Skirt = Saia Leve.

nos lábios que não chegava a atingir seus olhos. Apenas Rake notaria esse último detalhe sobre seu amigo.

Quanto à Duquesa de —*Celia*, Rake havia começado a gostar dela. Ela era inteligente, bonita, séria em relação aos seus estábulos e dotada de um senso de leviandade. Ele podia apreciar uma mulher assim.

Na verdade, tal mulher era exatamente o tipo que ele deveria tomar como esposa.

Enquanto a conversa fluía ao seu redor, seu olhar deslizou para o lugar vazio à sua direita. Um convidado para o jantar ainda não havia chegado.

Gemma.

Amanhã, todos começariam a levar seus potros e potras para Newmarket, o que levaria alguns dias, já que o processo era lento para não cansar os cavalos. Como essa noite era a última noite deles em Somerton, Rake decidira oferecer um pequeno jantar e convidar seu jóquei. Essas coisas eram feitas. Não importava que ela não fosse uma aristocrata; ele era um duque, e se quisesse convidar seu jóquei para jantar, isso era prerrogativa inteiramente sua.

Agora, ele só podia esperar que sua jóquei agraciasse o encontro com sua presença.

Ele só a vira no campo de treino ou de passagem nos últimos três dias. A cada vez, por mais fugaz que fosse, sentia um choque no corpo — e uma atração.

Mas ele resistira e se contentara com os relatórios diários de Wilson, como a maioria dos donos.

Se isso pudesse ser chamado de satisfação.

Não era.

Ele não deveria tê-la convidado para aquela noite por dois motivos simples.

Primeiro, ele deveria ficar longe dela. Depois do último encontro, ele percebera que tinha ido longe demais.

Em mais de um sentido.

Ele precisava se controlar. Não se tratava tanto do ato físico, mas sim das palavras ditas — e das que não foram ditas.

O casamento com a Duquesa de Acaster não o fará feliz.

Isso não era o pior. Ele seguiu as palavras dela com outras — um desafio maior, na verdade.

E você tem alguma ideia sobre o tipo de casamento que me faria feliz?

Ele dificilmente poderia justificar essa pergunta.

Não.

Não eram suas palavras que ele não podia justificar. Era um impulso momentâneo — mal contido — de seguir essas palavras até uma conclusão diferente.

Uma que o levaria ser rejeitado imediatamente ou...

Noivado com seu jóquei.

Uma ideia que desafiava a credibilidade.

Mas será que desafiava mesmo? disse uma vozinha que não o deixava em paz.

Ele havia se feito de bobo uma década atrás com Felicity. Três dias antes, ele se viu prestes a se fazer de bobo novamente — com seu jóquei.

E havia o segundo motivo pelo qual ele não deveria tê-la convidado para jantar com eles naquela noite.

Ele havia lhe dado o poder de recusar.

Sinceramente, ele não era confiável perto de mulheres.

Cavalos eram uma aposta muito mais segura.

Assim como duquesas que lançavam olhares brilhantes e convidativos em sua direção.

Célia ergueu sua taça de champanhe em um brinde silencioso destinado apenas aos dois. Rake ergueu seu copo e bebeu, grato por tê-la sentado à sua frente e não ao seu lado na cadeira do convidado de honra. Aquela cadeira estava reservada para seu jóquei — *Gemma* — e permanecia teimosamente vazia.

"Irmão, qual é a sua opinião?" perguntou Artemis. O olhar travesso em seus olhos lhe dizia que ela o vira desatento à conversa e o pegara de propósito. Era uma de suas brincadeiras favoritas desde a infância.

"Sobre...?" ele perguntou sem se importar.

"As damas andam discutindo sobre o Conde de Bridgewater", acrescentou Julian.

Rake deu de ombros, indiferente. "Não tenho muita opinião sobre Bridgewater além do que todos sabem. Ele leva seus cavalos à loucura e faz o mesmo com suas mulheres."

"Ele acabou de se casar", acrescentou Lady Beatrix. Não era de se admirar que ela e Artemis fossem amigas do peito. Ambas as damas eram curiosas ao extremo e não tinham medo de expressar isso. "E a nova noiva dele é trinta anos mais nova."

Era uma grande disparidade de idade, mesmo para os padrões da *alta sociedade*.

"Trinta anos?" zombou Celia. "Ora, isso não é nada. Tente cinquenta e seis."

Um silêncio desconfortável se estendeu. Rake sabia que os anos entre Acaster e sua duquesa tinham sido ótimos, mas cinquenta e seis... Era inconcebível, na verdade.

Desnecessário dizer que Celia certamente havia mais do que merecido a liberdade que a viuvez lhe proporcionara. E, no entanto... lá estava ela, presumivelmente ansiosa para se acorrentar a Rake um ano após a morte do duque.

Curioso.

Ele pigarreou e ergueu sua taça de champanhe com um pouco de frescor. "Desejo muita sorte à Condessa de Bridgewater. Ela vai precisar."

"Por quê?" perguntou Celia. "Além dos motivos habituais, é claro", acrescentou, a leveza de suas palavras desmentida pela seriedade em seus olhos.

O casamento certamente não fora gentil com a Duquesa de Acaster.

"Bridgewater é mais conhecido por seu estábulo de amantes do que por cavalos."

"Ah, mas você está supondo muito."

"Qual?"

"Que a condessa dele fez um casamento por amor."

Isso provocou alguns arqueamentos de sobrancelhas divertidos ao redor da mesa, e Rake percebeu que, de fato, fizera essa suposição. Mesmo depois de Felicity — e mesmo com suas próprias intenções em relação a essa mesma duquesa — ele presumira um casamento por amor por parte da dama.

O que estava acontecendo com ele?

"Veja bem", continuou Celia, com o olhar firme no dele, "eu seria o tipo de noiva que acolheria um entendimento com meu marido."

Amantes. Rake estaria livre para ter amantes.

Uma perspectiva em potencial lhe veio à mente... A mulher por quem ele poderia ter desenvolvido certa obsessão.

Ele jamais sentiria algo parecido pela duquesa, o que deixava poucas dúvidas de que ela era a esposa perfeita para ele.

No entanto, Rake duvidava.

Por que então ele não havia proposto casamento para ela nos últimos três dias? Ele tivera algumas oportunidades.

E ainda assim não conseguiu fazer o pedido.

Você merece mais do que está se permitindo.

Que combinação seria melhor do que uma duquesa compreensiva com um estábulo cheio de cavalos de corrida?

A vozinha dentro dele abriu a boca para responder — parecia abrigar noções de uma combinação diferente — e ele a silenciou.

Nada de bom poderia advir daquela resposta.

Como se seus pensamentos tivessem o poder de conjurar a mulher, uma figura apareceu na porta.

Gemma, hesitante enquanto olhava ao redor com incerteza, vestida com o novo conjunto de roupas que ele mandara entregar em seu quarto hoje. Não um vestido de seda e sapatos de cetim, como ele se sentira tentado a enviar, mas um conjunto masculino, desde botas de couro preto polidas com um brilho espelhado, calças cinza e casaco combinando, até gravata de seda branca pura e colete verde-musgo com a intenção de disfarçar a cor de seus olhos. Com o cabelo preso em seu rabo de cavalo habitual, ela parecia bastante elegante.

Mas o que ela não parecia era um homem.

Uma Gem limpa tinha uma semelhança impressionante com uma Gemma.

Julian captou o olhar de Rake e ergueu uma sobrancelha inquisitiva.

Na verdade, enquanto Rake olhava ao redor da mesa, viu pela inclinação da cabeça das pessoas que todos haviam chegado à mesma conclusão.

"Ah, Gem", disse Rake, "que bom que você se dignou a se juntar a nós."

Isso provocou uma mudança curiosa nos olhares de todos para Rake. Não importava. Era entre ele e Gemma. Ele indicou a cadeira à sua direita. "Para a convidada de honra."

Ela não aceitou a oferta imediatamente, parecendo pronta para dar meia-volta e fugir. Em vez disso, endireitou-se e entrou na sala como se pertencesse ali tanto quanto o duque, a duquesa, o marquês, a filha de um duque e a filha de um marquês que já estavam na sala.

Se ela não tivesse nascido de pais que não tinham sido casados, ela realmente pertenceria a esse ambiente.

A conversa à mesa continuou, mas Rake não se importou. Sua mente só tinha espaço para Gemma.

Um criado puxou a cadeira dela, e ela se sentou. Separados por não mais de meio metro, Rake imaginou que podia sentir o calor dela.

Só que não era o calor dela que ele sentia. Era o seu próprio.

O motivo?

Simplesmente porque seu sangue corria mais rápido em suas veias quando ela estava por perto.

Embora a sopa tivesse chegado, foi o cheiro dela que ele

sentiu. Limpo e fresco do banho que ela certamente tomara. Ele não pensaria em vê-la se limpando, ou ficaria excitado aqui na mesa do jantar.

Oh, *maldição*, ele já estava na metade do caminho.

Mas ela também cheirava a Gemma — a mulher, feno e levemente a cavalo.

Ela jamais cheiraria levemente a cavalo.

Ele gostava disso nela.

Por baixo dos cílios dourados, seu olhar percorreu a mesa, observando os outros e tirando suas próprias conclusões sobre todos.

Nobres.

Essa seria a conclusão dela.

Lady Beatrix tomou um gole de sopa e dirigiu uma pergunta a Celia. "O novo Duque de Acaster já foi localizado?"

Um suspiro sofrido escapou da duquesa. "Não que eu tenha sido informada. Sério, parei de me preocupar em verificar. Rumores, é claro, persistem, mas nada substancial. A Coroa dará mais seis anos antes de encontrar outra pessoa ou permitir que o título seja extinto." Ela deu de ombros. "Enquanto isso, continuarei como duquesa viúva." Seu olhar encontrou o de Rake. "De qualquer forma, o principal é que os cavalos nos estábulos do duque são meus por direito. Acaster os deixou para mim em seu testamento."

Um fato que ela lembrava a Rake em todas as oportunidades — e que ela era, objetivamente, a combinação perfeita para ele.

E a mulher à sua direita, tentando decidir qual colher usar para a sopa... Ela não era.

Ele deslizou a mão e discretamente bateu na colher de fora.

"Falando em cavalos, Celia", disse Artemis, inclinando-se para trás na cadeira para permitir que o criado pegasse sua tigela de sopa vazia. "Sua *Light Skirt* é uma égua maravilhosa."

"Ela não é mesmo?" Celia permitiu que o prato de peixe fosse servido à sua frente.

"Ela vai ganhar a One Thousand Guineas", disse Artemis com sua certeza habitual. Ela cortou seu filé de truta. "Anote o que eu digo."

Rake desviou sua atenção de Gemma, que havia dado uma mordida na truta e mastigava o peixe lentamente, como se o saboreasse sabor por sabor. A mulher apreciava boa comida. "Artemis", ele disse, "você deveria inscrever Dido nq One Thousand Guineas."

Como esperado, ela revirou os olhos para o teto. "Acho que não posso culpá-lo por tentar, irmão", ela zombou. "Não tenho dúvidas de que ela conseguiria a One Thousand Guineas —"

"Ela poderia tentar", acrescentou Celia. "Mas, com todo o respeito, ela teria que passar pela minha Light Skirt — e isso não será fácil."

"Claro", admitiu Artemis, como a boa esportista que era. "Mas é a minha Dido que vai derrotar Hannibal e levar a Two Thousand Guineas em uma semana." Ela ergueu sua taça de vinho, brindou atrevidamente a Rake e bebeu o conteúdo de uma só vez.

"Você está concorrendo a uma vaga na Corrida do Século, duquesa?" perguntou Julian.

Rake notou que Gemma havia se adiantado em seu assento, a comida esquecida. Ela observava a conversa com a atenção aguçada de uma competidora avaliando suas rivais. Talvez uma informação útil escapasse e lhe desse uma vantagem.

Celia lançou à sala sua risada alegre, com a intenção de encantar a todos que encontrasse. "Não estamos todos?"

"Eu ainda acho que é um nome ridículo para a corrida", disse Ártemis. "O século nem chegou a —"

"Ainda nem passou da metade", Rake completou por ela, arrancando uma risada de Julian.

"Bem", Artemis fungou, "não passou."

"Alguma notícia sobre os investidores misteriosos?" perguntou Julian com um sorriso displicente.

Todos os olhares se voltaram para Lady Beatrix, que se aproximou um pouco, os olhos cheios de conhecimento. "Rumores abundam, é claro", disse a dama. "Mas tenho informações confiáveis de que o Duque de Richmond é um investidor, e o outro é..." Sua boca se curvou em um sorriso — o tipo de sorriso que se sente confortável em fazer uma sala se prender às suas palavras.

"Beatrix!" exclamou Artemis, completamente irritada com a amiga.

"Gabriel Siren", cedeu Lady Beatrix, finalmente.

As sobrancelhas de Artemis se franziram. "Quem?"

"Dono do Archangel", completou Julian.

"O Archangel?" perguntou Artemis, não mais esclarecida do que antes.

"Como você descreveria o Archangel, Rake?" perguntou Julian. "Não é exatamente um inferno de jogo."

"É para onde aqueles com dinheiro vão para ganhar mais dinheiro", disse Rake.

A duquesa riu. "Ah, é só isso?"

"E esse Gabriel Siren", disse Artemis. "Quem é ele?"

"Um jovem rapaz que saiu de Cambridge há poucos anos, bem depois de Julian e eu."

Durante a conversa, Rake sentiu Gemma ao seu lado, atenta, absorvendo tudo, formando suas próprias impressões sobre as revelações e aqueles que as proferiram.

"Tem o toque de Midas", disse Lady Beatrix. "Pelo menos, essa é a sua reputação. Conhecido como um prodígio da matemática, eu acho."

"Bem, se eu fosse apostar nas corridas de Newmarket", disse Julian, "Archangel é onde eu apostaria. A melhor chance de não ser enganado."

O olhar da duquesa percorreu a mesa e pousou à direita de Rake — em Gemma. Um brilho intenso iluminou suas profundezas âmbares luminosas. Gemma não pareceu notar, pois estava raspando o molho cremoso do prato. Enquanto chupava o resto dos dentes do garfo, Rake observava, paralisado.

"E você, Senhor?" começou Celia.

Todos os olhares se voltaram para Gemma. Levou alguns instantes para que ela percebesse que ela era o *Senhor...*

Seu garfo caiu ruidosamente no prato, e ela limpou a boca rapidamente com o guardanapo. "Hã." Ela pigarreou. "Cassidy", disse ela. "Gem Cassidy."

A boca de Celia se abriu em um sorriso que não alcançou seus olhos. O brilho havia se aguçado. "Sr. Cassidy", começou ela, "o senhor é uma aquisição recente do duque?"

Gemma congelou no lugar. Todos, exceto os olhos, que piscaram, como se não tivessem muita certeza de ter ouvido o que pensava ter ouvido.

Então ocorreu uma mudança — uma que só Rake reconheceria. O maxilar de Gemma se apertou e um brilho correspondente surgiu em seus olhos.

E lá estava ela.

A Gemma que ele conhecia.

A mulher que domara um cavalo indomável e o cavalgara sem medo. A mulher que não tinha medo de falar mal de um duque quando precisava.

Com esta Gemma, a duquesa com um sorriso inocente e puro não tinha a menor chance.

Rake se preparou.

"Receio que isso não seja possível", ela disse, baixa e segura.

Ela não estava falando como Gem, mas como Gemma. Rake duvidava que ela percebesse.

"E por quê?", perguntou Celia com toda a altivez de uma duquesa.

"Não posso ser *adquirida*, porque não sou objeto, nem escrava, nem cavalo."

Como Rake sentira falta dessa mulher nos últimos três dias.

CAPÍTULO DEZOITO

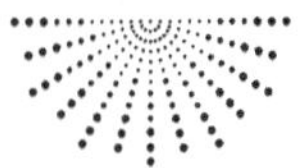

Um silêncio atordoado se espalhou pela sala, preenchendo-a até o limite.

Gemma até mesmo se surpreendeu.

As sobrancelhas perfeitamente delineadas da Duquesa de Acaster se franziram e se soltaram.

"Vossa Graça", Gemma só se lembrou de acrescentar cinco segundos depois.

Cinco dos segundos mais longos de sua vida.

Ela não ousou olhar para Rake, embora sentisse o calor do olhar dele na lateral do seu rosto.

Justamente quando o silêncio atordoado ameaçava se estender pelo próximo século, a duquesa o quebrou. "E você também não é uma dama", ela disse erguendo sua taça de champanhe recém-renovada. "E pode confiar em mim, Sr. Cassidy, o senhor está em melhor situação por isso." Ela virou o conteúdo do copo de uma só vez.

A mulher não apenas parecia genuinamente arrependida, mas também completamente desconfiada da parte *"senhor"* de suas palavras. Ela não acreditou por um momento que o Sr. Gem Cassidy era um rapaz.

Gemma lançou um olhar furtivo ao redor da mesa. Era provável que ninguém naquela sala a considerasse um *senhor*.

Ela estava limpa demais. Esse era o problema. Faltava-lhe a camada de sujeira que a tornava possível.

Como ela estava, devia parecer mais semelhante a uma mulher excêntrica.

Felizmente, a conversa voltou a ser fofoca, e Gemma considerou o prato de carne fatiada coberta com um molho marrom delicioso e as batatas com creme à sua frente. Sentiu uma pontada de saudade de sua mãe, que poderia facilmente ter preparado aquela refeição. Era assim que a comida daquela noite estava saborosa. Era o maior elogio de Gemma.

Agora mesmo, um nome foi pronunciado... Um nome que arrancou Gemma de seu devaneio gustativo e congelou cada músculo de seu corpo. Com o olhar fixo no prato, ela ouviu. Certamente o nome tinha sido um truque de ouvido...

"De onde vem o nome Deverill, afinal?" perguntou Lady Artemis.

"Irlanda?" respondeu Lorde Ormonde com um dar de ombros indiferentes.

"Eles o chamam de Lorde Diabo", completou Lady Beatrix, que tinha uma semelhança impressionante com uma raposa, com seus olhos rápidos que não deixavam nada escapar. "Dizem que ele tem espiões em todos os excelentes estábulos de corrida da Inglaterra. Você pode até ter um no seu, Rake", ela concluiu balançando levemente as sobrancelhas.

Rake bufou desdenhoso.

Ele tinha.

Para seu detrimento.

"Não em Somerton", ele disse com tanta certeza. "Wilson mantém os rapazes na linha e os estábulos limpos. Ele já desbaratou dois espiões esse ano."

Um zumbido começou nos ouvidos de Gemma, e uma onda

de calor a percorreu. Era sempre assim quando ela ficava angustiada. A carne se transformou em pó insosso em sua boca.

"De qualquer forma, sempre há algum sujeito assim com mais dinheiro do que bom senso", ele continuou. "Consegue um bom cavalo e acha que vai dominar a temporada. Mas um único cavalo não faz um estábulo. Não há profundidade."

Lady Artemis sorriu, provocante. "Ouvi dizer que esse Deverill se parece com o próprio Lúcifer."

Lorde Ormonde bufou. "Chifres pontudos e tudo?"

A expressão de Lady Beatrix passou de astuta para felina. "Ela está dizendo que ele é a mais bela de todas as criações de Deus."

"Lindo demais para ser contemplado diretamente, foi o que ouvi", corrigiu Lady Artemis. "Dizem que seus olhos azuis são tão impressionantes que penetram até o âmago da alma de uma dama."

Rake bufou novamente.

Gemma se calou.

O que havia para dizer, realmente? Além do fato de que ela era espiã de Lorde Diabo, é claro, e vinha enviando a ele dois relatórios por semana sobre a operação de Somerton.

"Que bobagem." Rake apontou um dedo falsamente sério para Lady Artemis. "E eu a proíbo de se casar com ele."

A dama soltou uma risada repentina. "Não me casarei com ninguém, então não se preocupe com isso, irmão. Nossa querida e doce mãe me ensinou desde pequena sobre as consequências de casamentos imprudentes e inadequados." Uma ponta incomum de amargura percorreu sua risada seguinte.

Rake não pareceu notar. "O fato é que uma potranca com a linhagem de Little Wicked não tem nada a ver com o estábulo de um homem como Deverill."

Os olhos de Lady Beatrix se estreitaram. "E o que é um homem *como Deverill*? Não um aristocrata como você?"

"Não um homem do campo", respondeu Rake. "Correr é uma

brincadeira para alguém como ele. E da última vez que verifiquei, Lady Beatrix, você era filha de um marquês."

Lady Beatrix franziu a boca e assentiu, admitindo o ponto. "Touché."

"E Bolton?" perguntou Lorde Ormonde.

O zumbido nos ouvidos de Gemma transformou-se no toque de pânico de um alarme.

Bolton.

Certamente, ele estava falando de um Bolton diferente.

"Ouvi dizer que ele está inscrevendo um potro na Two Thousand Guineas", continuou o marquês, como se não tivesse acabado de virar a sala de cabeça para baixo. "Bloody Hell [1] é o nome dele, eu acho."

Era.

Gemma estivera presente na baia de parto quando Bloody Hell nasceu.

Seu coração ameaçou romper suas costelas, tão forte e rápido ele que batia.

Lorde Ormonde não estava falando de um Bolton diferente.

"Lorde Bolton é o homem mais desagradável que já conheci", disse a duquesa, com o garfo de batatas a meio caminho da boca. "E isso diz muito, porque —" Ela deu uma mordida, mastigou e engoliu, tudo em seu próprio ritmo. A sala esperou. "Eu fui casada com o Duque de Acaster", concluiu ela com uma risada irônica.

Embora certamente não compartilhasse nada em comum com a duquesa — bem, a mulher amava seus cavalos, Gemma tinha que admitir — Gemma sentia algo familiar naquela mulher linda e bem protegida.

Ela havia sofrido danos...

De um homem.

---

1. Bloody Hell tradução = Inferno Sangrento

Era uma experiência com a qual Gemma estava particularmente atenta.

Rake tirou um fiapo de seu paletó. "Ele não é de competição. Faz anos que não inscreve um cavalo em uma corrida."

"Alguém sabe por quê?" perguntou Lady Artemis.

Gemma sentiu-se enjoada.

Todos os olhos se voltaram para Lady Beatrix — novamente. A dama parecia extremamente bem informada sobre assuntos da sociedade e fofocas do território. "Sussurros estranhos sobre ele persistem."

"Tipo?" incitou Lady Artemis.

"Como se ele tivesse enlouquecido de tristeza."

"Tristeza?"

"Eu não sabia que a condessa havia falecido", disse Rake.

Ele olhou para as mãos de Gemma, que haviam torcido o guardanapo em um nó, e então se levantaram para encontrar o olhar dela, com uma pergunta nos olhos.

"Não a condessa", disse Lady Beatrix.

Foi a maneira como ela pronunciou as palavras que deixou a mensagem clara. *Não a condessa,* mas uma mulher diferente em sua vida. Ninguém precisou dizer "Ah" para que aquele "ah" ecoasse pelas quatro paredes da sala de jantar.

"Dizem que ela era a cozinheira dele — e tem mais."

Todos esperaram com a respiração suspensa até que Lady Artemis exclamou, bufando de frustração: "Desembucha, Beatrix."

"Crianças."

Mais um *"ah"* que não precisava ser pronunciado. *Crianças...* nascidas fora do casamento.

"Crianças?" zombou Lorde Ormonde. "Uma é um acidente. Duas é simplesmente má administração."

Antes que Gemma pudesse pensar direito em suas ações, sua cadeira estava arrastando no chão e ela se levantou de um salto. Ela precisava ir embora.

Agora.

Antes que as paredes a apertassem e a sufocassem. Com os pés já em movimento, ela murmurou algumas palavras indistintas e fugiu da sala...

A casa...

Atravessando os estábulos e entrando em seu quarto, todos aqueles passos um borrão enquanto ela desabava contra a porta fechada, sua respiração áspera e irregular na garganta e nos pulmões.

Bolton.

Ele estaria presente na Two Thousand Guineas. Claro que estaria. E se as condições fossem favoráveis, ela não tinha dúvidas de que Bloody Hell poderia vencer. O potro tinha um temperamento doce e sólido desde o momento em que nasceu. Quando ela e Liam tomaram a decisão de deixar a propriedade de Bolton, foi de Bloody Hell de quem ela se despediu.

Mas vê-lo novamente significava ver Bolton.

Ela começou a rasgar todas as roupas finas e emprestadas enviadas por Rake e imediatamente vestiu seus trapos velhos e familiares. O instinto a fez atravessar o quarto correndo e abrir o guarda-roupa, pegando o resto dos seus pertences e guardando-os na mala.

O fato era que ela podia ir embora — *naquela noite... agora.*

Ela já havia coletado informações suficientes sobre a operação Somerton para Deverill.

E ela não precisava cavalgar na Two Thousand Guineas.

Uma pontada de angústia a atingiu só de pensar nisso. Ela queria terminar a corrida com Hannibal. Com ela nas costas, ele mostraria à Inglaterra o que era capaz de fazer.

Não. Ela não podia deixar que tais pensamentos a atrapalhassem.

Ela pediria o pagamento a Deverill, e então ela e Liam partiriam para Nova York.

Era simples assim.

E doloroso assim.

Ali estava algo precioso, perdido.

Mas será que aquilo — o algo precioso que ela perdera — já fora dela?

Duas batidas leves soaram na porta. Ela parou no meio do caminho e o silêncio prevaleceu.

Ele estava esperando.

Era isso que importava para o Duque de Rakesley. Ele era um homem paciente. Podia esperar, esperar e esperar. Era um homem teimoso também.

Se ela quisesse fugir de Somerton, teria que passar por ele.

Era isso que a presença dele à sua porta dizia.

Ela recuperou o que restava de sua coragem e abriu a porta bruscamente. Evitou o olhar dele e silenciosamente se afastou. Ele ia entrar. Ela podia muito bem convidá-lo.

Quando ele passou, ela respirou fundo. Não conseguiu se conter. Ele era o homem com o cheiro mais delicioso que ela já conhecera. É claro que a maioria dos homens que ela encontrava trabalhava em estábulos. Mesmo assim...

Ele deu uma rápida olhada no quarto. "Vai a algum lugar?"

Gemma desviou o olhar de seu olhar perspicaz. "Talvez seja melhor se eu..."

Ela não conseguiu terminar a frase. Cada parte dela se rebelava contra ir embora.

E ainda assim ela precisava.

Ele atravessou o pequeno quarto em dois passos rápidos, puxou uma cadeira de debaixo da mesa de madeira frágil e sentou-se, recostando-se e apoiando o tornozelo na coxa. Parecia completamente à vontade e no comando.

Gemma não iria a lugar nenhum ainda. Era isso que Rake lhe dizia sem dizer uma palavra. Ela colocou a mala na cama.

"É Bolton, não é?" ele disse indo direto ao ponto da maneira que só ele conseguia.

"Bolton?" ela perguntou. Saiu mais como um guincho do que como uma palavra.

"Bolton", ele pronunciou lentamente.

Conhecimento.

Era isso que brilhava em seus olhos.

Ela assentiu com firmeza.

Silenciosamente, ele a desafiou a desviar o olhar — e esperou.

Ela não precisava se explicar para aquele homem.

Mas descobriu que queria. Pigarreou. "Você já sabe de algumas coisas. Do Liam e do meu —"

"Seu irmão?"

"Sim." Uma verdade revelada. Ela já se sentia mais leve.

Rake assentiu.

"Nossa mãe era uma moça do interior do Condado de Cork que foi trabalhar para um lorde local."

Lágrimas não derramadas obstruíram a garganta de Gemma, mesmo que fosse bom falar sobre sua mãe, reconhecê-la. Trazê-la à luz depois de tantos anos que ela passou na sombra de Bolton. Algumas lágrimas de raiva se misturaram às de luto.

Ela foi até os pés da cama e se sentou na beirada. Um lorde visitante — Bolton — provou sua culinária e a atraiu para a Inglaterra com a promessa de aventura. Ele tinha mãe irlandesa e sentia falta dos sabores do país. E sua mãe era linda. Cachos ruivos selvagens que brilhavam em tom alaranjado à luz. Suponho que os assuntos entre eles levassem aonde os assuntos entre homens e mulheres levam, e sua mãe teve gêmeos, um menino e uma menina, no primeiro ano de vida.

"E a Condessa de Bolton não tinha nada a dizer sobre esse arranjo?" O ceticismo estampava as feições de Rake.

Oh, havia tanta coisa que esse homem não compreendia, porque ele simplesmente não conseguia conceber.

"A condessa não tinha filhos, e Bolton considerou a gravidez de mamãe e o nascimento, não de um, mas de dois filhos, como prova de que havia algo fundamentalmente errado com sua esposa. Ela não lhe foi de muita utilidade depois disso."

"Ainda assim", protestou Rake, "ela era a Condessa de Bolton. Ela teria alguns direitos."

"Acho que ela teria vergonha de buscar quaisquer direitos por meio da lei."

Rake manteve o silêncio. Ambos sabiam que era verdade.

"O problema com Bolton é que..." Gemma não conseguia articular bem como dizer o que precisava ser dito.

"Sim?"

"Ninguém pode dizer nada contrário aos seus desejos."

"Então, vocês todos viviam sob o mesmo teto como uma grande e feliz família?", zombou Rake, incrédulo.

"Sob o mesmo teto, sim, mas *feliz* seria exagerar a situação."

"Ele educou você e Liam."

"Ele trouxe um tutor, sim", ela disse cuidadosamente.

"Mas você não saiu da propriedade." Ele parecia estar entendendo. "Ele garantiu que ninguém soubesse sobre você e Liam."

"Nunca fomos reconhecidos abertamente, especialmente pela condessa. Éramos seus filhos-sombra, os que nunca podiam ser vistos." Era assim que Gemma se sentira durante a maior parte da vida — como uma sombra. "Pertencíamos a ele. Todos nós. A condessa. Mamãe. Liam. Eu."

A testa de Rake se franziu. No instante seguinte, seu rosto ficou estrondoso. "Como assim, você *pertencia* a ele? Ele a conteve fisicamente?"

Essa era a parte difícil de explicar — até para si mesma. "Não."

"Sua mãe poderia ter ido embora com você e Liam."

"Enquanto crescia, eu também não entendia a escolha dela, até perceber que não era uma escolha."

"Receio que eu não entendo."

"Bolton moldou o mundo dela. Ele moldou todos os nossos mundos." Gemma proferiu palavras e ideias em voz alta que nunca haviam sido expressas. "Nós existíamos para servi-lo. Não havia pensamentos ou sonhos além dele. Ele sabia da afinidade que Liam e eu tínhamos por cavalos, então planejou que Liam um dia cuidaria dos estábulos."

"Parece razoável para um filho ilegítimo."

"Parece", disse Gemma. "Eu sei que sim."

"E ele sabia disso, não é?" disse Rake.

Aqui estava a compreensão que tornava o fardo mais leve. "Então, mamãe adoeceu. No começo, ela estava cansada. Depois, começou a tossir e mal conseguia sair da cama. Isso continuou por um ano."

"E Bolton?" perguntou Rake. "Não consigo imaginar que ele tenha lidado bem com isso."

"Quanto mais mamãe decaía, mais controlador ele se tornava. Antes da doença de mamãe, Liam e eu já havíamos discutido um plano para ir embora. Mas assim que percebemos que ela não se recuperaria, ficamos. E então..." Um soluço repentino interrompeu as palavras restantes de Gemma.

Rake tirou o tornozelo da coxa e cruzou a distância entre eles, acomodando-se ao lado dela na cama e pegando sua mão. Esse homem... tão impressionante, capaz e... *terno*. Ela talvez fosse a única pessoa na Terra que soubesse disso sobre ele.

"Ela faleceu", ele disse por ela.

O soluço diminuiu. "Bolton tornou-se imprevisível. Num momento, ele era quase carinhoso, e no outro, não suportava ver nossos rostos porque o lembrávamos de sua perdida Maeve. Então..."

"Você e Liam foram embora."

Gemma assentiu. "Primeiro para Chester, depois para Manchester, mas essas cidades eram muito pequenas."

"Ele perseguiu vocês?"

"Homens estranhos apareciam e nos seguiam, rondando, certificando-se de que os víssemos."

"Homens contratados por Bolton."

"Nós acreditávamos que sim."

"Ele estava te deixando saber que ainda detinha todo o poder e que o usaria em seu próprio tempo."

"Até fazermos a viagem para Londres."

"Uma cidade grande o suficiente para se perder."

"Não ficávamos no mesmo alojamento por mais do que alguns meses, pulando de estábulo em estábulo."

Rake inclinou a cabeça. "Há quanto tempo você vive assim?"

"Mais de um ano."

"Você não pode fugir para sempre."

"Não."

E era aqui que Gemma sabia que a história tinha que terminar. Ela e Liam não podiam fugir para sempre — e era por isso que haviam aceitado a oferta de Deverill.

Era por isso que ela estava traindo o homem terno e impressionante sentado ao seu lado.

"Eu ainda não entendo", disse Rake.

Gemma se preparou. Era ali que ela teria que começar a mentir novamente.

"Como você foi parar no estábulo do The Drunken Piebald?"

Gemma encontrou verdade suficiente para se basear. "Liam planejava procurar emprego em Somerton."

"Ah", disse Rake. "O que explica sua ousadia naquela primeira noite. Mas, ainda assim, por quê?"

"Liam é um jóquei bastante talentoso. Em Londres soubemos que você estava com problemas com o seu jóquei, então ele decidiu se arriscar."

"E Liam, onde ele está, afinal?"

"No The Drunken Piebald, cuidando de uma perna quebrada."

Um instante se passou. "Então, você decidiu tomar o lugar dele."

"Liam não gostou muito da ideia."

"E o resto é história."

"Algo assim."

"Mas não de verdade, né?"

O pânico a percorreu. Será que ele tinha lido o resto da verdade nas entrelinhas do que ela dissera?

"Bolton não deve ter parado de perseguir vocês dois."

"É."

"E agora você sabe que ele estará na Two Thousand Guineas."

"Você está tentando me fazer sentir pior?"

Rake colocou o polegar sob o queixo dela e virou a cabeça dela, deixando-a sem escolha a não ser encará-lo. "A questão é a seguinte, Gemma. Você não pertence a Bolton. Você pertence apenas a si mesma."

Ouvir aquelas palavras ditas em voz alta — palavras que ela mesma nunca tivera coragem de dizer — mexeu com algo dentro de Gemma.

Porque aquele homem acreditava nelas.

E se ele acreditava, talvez ela também pudesse acreditar.

"Eu posso te ajudar, Gemma."

As palavras dele desencadearam uma tempestade contradi- tória de emoções dentro dela. Se ele soubesse o que ela vinha fazendo para se livrar de Bolton, não as estaria dizendo.

E, no entanto... Como era sedutora essa oferta dele — essa ideia.

De ele e ela estarem do mesmo lado.

Era apenas uma fantasia sedutora, era tudo o que era.

"Fique, Gemma", ele disse.

CAPÍTULO DEZENOVE

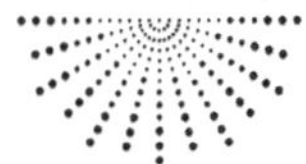

*F*ique...

A palavra não era uma ordem, mas um apelo.

Uma coisa contra a qual Gemma era impotente.

Ela ficaria, sabia, porque fora ele quem pedira.

Ela assentiu, e um lampejo de alívio passou pelos olhos dele.

O que estava acontecendo entre eles?

Ou a pergunta correta seria... o que já havia acontecido entre eles?

Verbo no tempo passado.

Esse era o sentimento por trás desse sentimento — tanto como se tivesse surgido recentemente quanto como se sempre tivesse estado lá. Como se tivesse se infiltrado quando ela não estava olhando e se tornado parte dela — agora integral.

Se ela fosse embora, uma parte essencial dela deixaria de existir por completo.

Então, ela ficaria.

Essa noite.

Então, em uma semana, depois de ter conduzido Hannibal à vitória certa, ela cortaria essa parte integral de si mesma e partiria.

Mas, ainda restava essa noite.

Ela tocou o rosto dele, a barba por fazer do dia áspera sob a ponta dos dedos. "Seus convidados não vão se surpreender com sua ausência?" Mesmo enquanto fazia a pergunta, seu olhar pousou nos lábios dele.

Ela precisava deles novamente.

"Talvez." Seus olhos lhe diziam que ele se importava, não com seus convidados, mas com...

Ela.

A mão dela deslizou em volta do pescoço dele, os dedos percorrendo os cabelos grossos e sedosos que se enrolavam nas pontas. A cabeça dele se inclinou para baixo e o rosto dela se ergueu. A respiração dele deslizou por sua boca e seus lábios se encontraram.

O corpo dela puxava — *implorava* — para aprofundar o beijo, para descer diretamente ao carnal.

Mas outras partes dela queriam algo mais.

Ela se afastou e encontrou uma pergunta nos olhos dele. Mas ele deixou por isso mesmo. Este homem poderoso e impressionante estava cedendo o controle e deixando que ela tomasse as rédeas. Ele poderia facilmente ter todo o poder naquele momento, mas estava reconhecendo o poder dela.

Agora, o que fazer com isso?

O que ela queria?

Ele.

Uma resposta fácil.

A verdadeira questão era...

Como?

Como ela queria aquele homem poderoso e carinhoso?

Ela enfiou as mãos por baixo do casaco dele e o tirou. Não tinha certeza de como o queria exatamente, mas certamente era com menos peças de roupa. Desfez o nó da gravata dele e a jogou no chão. Enquanto a seda branca esvoaçava no chão, um sorriso se contorceu em seus lábios, mas seu olhar permaneceu sério e totalmente centrado nela.

Ela encontrou a curta fileira de botões do colete azul dele e os abriu desajeitadamente. Então, foi jogado de lado, e a camisa de musselina branca se abriu em V, revelando a penugem escura do peito e os músculos densos por baixo.

Tão... *másculo.*

Uma sensação derretida percorreu suas veias, acumulando-se em sua vagina, fazendo com que suas coxas se apertassem. Ela poderia tomá-lo assim, o volume espesso pressionando contra suas calças dizia isso a ela. Apenas alguns movimentos dos botões de suas calças a separavam do que ela queria... *desejava.*

Mas ela ainda não havia descoberto *como.*

Ela puxou a camisa dele e a tirou pela cabeça. Ele apoiou as palmas das mãos na cama atrás de si e se recostou, com curiosidade e desafio nos olhos. O olhar dela se deleitou nele — seus ombros largos, peito musculoso, barriga definida, cabelo escuro que se estreitava e puxava seu olhar para baixo...

Um arrepio de expectativa a percorreu. Sua masculinidade parecia prestes a transbordar pelas calças, e uma ideia de como ela o queria lhe veio à mente.

"Nunca fui possuído assim", retumbou em seu peito.

E a atingiu.

Assim como ela nunca tivera esse tipo de controle, ele nunca o cedera. Cada um deles estava se aventurando em um novo tipo de lugar.

Um lugar de liberdade para ambos.

"Eu sei", ela disse.

Ela colocou uma mão em cada uma de suas coxas grossas e musculosas e as afastou o suficiente para passar por entre elas. Esse homem era dela.

Exatamente *como* ela queria.

Ela pegou uma bota, depois a outra, removendo-as com alguns puxões eficientes. As meias seguiram rapidamente.

Com lenta intenção, ela afundou de joelhos entre as coxas

musculosas dele. Ao longo de seu corpo seminu, ele a observou, seus olhos impenetravelmente escuros. Seu pulso batia visivelmente em sua garganta.

Os dedos dela percorreram as coxas dele, apertando aqueles músculos densos, abrindo caminho deliberadamente para cima... subindo... subindo... Encontraram a saliência dura da sua masculinidade e o toque dela tornou-se leve, acariciando-o ao longo do comprimento, roçando as unhas por seu pênis. Ele inspirou profundamente. Ela aumentou a pressão da mão, esfregando-o através do tecido cinzento superfino.

"Não tenho certeza de quanto eu consigo aguentar."

Ela começou a se perguntar o mesmo sobre si mesma.

Com os dedos trêmulos, ela desabotoou um botão, depois outro, e outro, até que *o* tivesse exposto aos seus olhos.

Uma palavra retornou a ela.

Banquete.

O homem esparramado diante dela era um banquete.

E, oh, como ela queria provar.

Seus dedos envolveram seu membro duro e aveludado e começaram a acariciá-lo. Um longo gemido escapou dele. Ela se inclinou para frente, envolvida por seu cheiro almiscarado e masculino, antes que sua língua se estendesse e o provasse. *Sal.* Sua mão envolveu sua base enquanto sua língua deslizava por seu longo membro.

Mas ela queria mais do que provar.

Ela o tomou em sua boca, centímetro por centímetro, sua mão ainda o agarrando, acariciando-o, enquanto ele e ela encontravam um ritmo.

"Oh, Gemma", ele falou.

Mais fundo, ela o absorveu mais um centímetro, e seu olhar escuro encontrou o dela por todo o corpo. Gemma nunca havia experimentado a intimidade que sentia naquele momento. Que esse homem estivesse se tornando vulnerável a ela era um presente.

Um que ela não merecia.

Mas esse pensamento ficaria para depois.

Por enquanto...

Com a boca, ela o tomou... o saboreou... deixou-o louco.

Se isso era poder, ela queria mais.

Mas, oh, como seu sexo doía. Precisava *dele* dentro dela.

Ele estendeu a mão e acariciou seus cabelos, entrelaçando dedos longos e habilidosos em seus cachos. "Gemma, eu não quero gastar esse tempo assim."

E ela entendeu. Assim como ele a havia levado ao orgasmo com a boca, ela o havia levado à beira do orgasmo com a dela.

Ela se moveu para trás e, lentamente, ele deslizou de sua boca.

Com as pernas trêmulas de desejo, ela se levantou.

Por cima da cabeça, a blusa, por baixo das pernas, a calça. E ele ainda observava com seu olhar escuro e inescrutável enquanto ela permanecia nua diante dele, corpo e, talvez, alma também.

Talvez, naquele momento, fosse seguro ser assim.

"Gemma, você é uma beleza do começo ao fim."

Seu olhar queria se desviar, ignorar as palavras dele — sua resposta natural aos elogios. Ser notada nunca tinha sido bom em seu mundo

Mas ela queria ser considerada bonita por aquele homem. Da boca dele, não era mentira nem bajulação. Era a verdade.

Ele a via como bonita.

Ele passou o braço pela cintura dela e a puxou para si. Por instinto, ela montou em suas coxas e envolveu seus braços em volta do pescoço dele, peito com peito, seus mamilos duros pressionando-se contra ele, os músculos rígidos.

Ah, ele era todo duro, não era?

Com a outra mão, ele posicionou a ponta do seu membro contra a vagina dela. Então, centímetro por centímetro, deliberadamente, ela se abaixou sobre ele, cravando-se em seu membro grosso e pesado.

Ah, a sensação dele dentro dela — *quente... substancial...*

Os dedos dele deslizaram para envolver seu traseiro, e ela enganchou um tornozelo sobre o outro em volta de sua cintura enquanto se ajustava à sensação *dele*. Com os lábios dele nos dela, ela exalou um longo gemido em sua boca, sem dúvida alguma de que estava tendo aquele homem exatamente *como* o queria.

Havia — *ah* — simplesmente tanto dele.

Com lenta intenção, ele começou a movê-la sobre seu membro grosso, seus quadris respondendo intuitivamente ao ritmo que ele impunha. Uma fina camada de suor cobria seus corpos, deixando a pele avermelhada.

No centro desse ato havia ternura, mas também uma exigência. Um empurrão e um puxão. Um ato cheio de contradições. Um ato tão cheio de tudo o que era humano — o prazer... a dor... o desejo... a necessidade... o impulso... a ganância — tudo isso em um só ato...

Com a pessoa certa.

E enquanto seu corpo se entregava à sua própria humanidade — *o prazer... a dor... o desejo... a necessidade... o impulso... a ganância* — ela entendeu que aquele homem era a pessoa certa.

Uma sensação começou a se acumular em seu sexo — uma que lhe havia sido tão familiar por causa daquele homem. Ela sentiu o mesmo nele quando ele começou a penetrá-la com uma intenção mais focada. Embora fossem duas pessoas distintas, com ideias, ambições e impulsos próprios, naquele momento, ela era uma só com ele.

Ela encontrou o olhar dele e o manteve. *Ali.* Aquele mesmo sentimento... aquela conexão... a vulnerabilidade que tornava tal conexão possível.

Um sentimento afundou e se desenrolou dentro dela.

Um sentimento que ela carregaria consigo muito depois de tê-lo deixado.

Um sentimento que certamente partiria seu coração em dois.

Mas o sentimento, naquele momento, apenas amplificava o que seus corpos estavam vivenciando.

Ela sentiu-se começar a ficar tensa em cima dele, seu corpo fazendo exigências que pareciam impossíveis de satisfazer e, no entanto...

Dedos gananciosos apertaram com mais força seu traseiro enquanto ele a empurrava para ele, golpe após golpe , implacável.

"Oh, Rake", ela ofegou.

"Demais?" ele perguntou em seu pescoço, seus lábios deslizando contra a pele úmida.

"Não", ela disse sem fôlego, prazer e dor a percorrendo, misturando-se, um inseparável do outro.

Era tanto. Ele era tanto. Certamente demais. Mas de alguma forma... *improvável* — ela aceitou tudo dele... *exigiu* tudo dele.

Prazerosa até o limite, seu sexo se manteve por um momento incerto, balançando a beira do abismo antes de cair e se partir, um grito irregular saindo dela enquanto ela o segurava com força, a sensação de leveza florescendo dentro dela, formigando por suas veias até as pontas dos dedos das mãos e dos pés.

"Gemma", ele gemeu em seu pescoço enquanto continuava a movê-la sobre ele, cada vez mais fundo, a promessa de seu próprio clímax o atraindo para dentro.

No último momento, ele se afastou dela e se segurou. Instintivamente, os dedos dela empurraram os dele para o lado e o envolveram. "Assim?" ela perguntou, dando uma carícia experimental em seu membro, uma sensação inesperada de poder a percorrendo.

"Ah, sim", ele sussurrou, com a voz rouca como veludo, o olhar sombrio observando-a levá-lo ao orgasmo, depois além dele, enquanto ele gritava seu clímax em direção ao teto, sua semente pulsando em seu estômago. Ele caiu de costas sobre um cotovelo, completamente exausto.

Gemma pegou um pano na pia. Com algumas passadas rápidas, ela o limpou e desabou ao lado dele.

Ele deslizou um braço sob a cabeça dela e se virou de lado, de modo que a encarou. Seu olhar transbordava de palavras não ditas.

Palavras que ele parecia determinado a dizer.

Ainda não, veio um apelo de dentro dela.

Com palavras, a realidade se infiltraria no momento.

E ela ainda não estava pronta para a realidade.

"Gemma", ele disse.

Ela tocou a ponta do dedo em seus lábios. "Ainda não."

Ele pegou a mão dela e a levou ao peito. Sob a palma da mão dela, seu coração batia, firme e seguro.

"Você está segura."

E a realidade caiu em cheio naquele momento.

"Rake—"

Agora era ele tocando a boca dela com a ponta de um dedo silenciador.

"Comigo", disse ele. "Você está segura comigo."

"Eu sei."

E era verdade.

Ela sabia disso.

Mas sabia de outra coisa.

Não poderia durar.

Mas ele não sabia disso.

Daqui a uma semana, o resto de sua vida começaria — sem ele.

Ela engoliu a emoção repentina que queria se libertar. "Partirei com Hannibal ao amanhecer." A mudança de assunto era absolutamente necessária.

"Você não precisa ir ainda", respondeu ele. "Wilson e Blankenship podem levá-lo com alguns rapazes. Você pode ir no final da semana."

A tentação a dominava.

Tentação de ficar mais alguns dias.

Tentação por mais noites como esta.

Mas se ela cedesse à tentação, não conseguiria ir embora.

E ela não podia ficar.

Não depois de tê-lo traído.

Como ela desejava poder voltar atrás.

Mas era tarde demais para isso.

"Preciso ir."

Ambos sabiam que ela estava falando de mais do que apenas acomodar Hannibal em Newmarket.

Rake tinha o ar de um homem que não tinha terminado de lutar.

Um homem que não sabia que a luta já estava perdida antes mesmo de começar.

"Você vai dormir na baia com Hannibal a semana toda, não vai?"

"Sim", ela disse. "Ou os blacklegs e os vigaristas vão pegá-lo. Ele só vai beber água e comer a comida que eu der."

Rake assentiu. Era um fato triste no esporte de corrida de cavalos que táticas como veneno fossem usadas para impedir que os melhores cavalos vencessem, se não fossem os melhores dos blacklegs.

"Não na noite anterior à corrida", ele disse, firme.

"Essa é a noite mais importante em que eu durmo com ele."

"Vou dizer ao Wilson para fazer isso", disse Rake. "Você precisa estar descansada e revigorada no dia da corrida."

Relutantemente, Gemma entendeu a sensatez e assentiu.

"E você só vai no dia da corrida?" ela perguntou.

"Tenho outros assuntos para tratar nos próximos dias."

De vez em quando, Gemma conseguia esquecer que ele era um duque.

Mas ele era um — em sua essência. Um homem extremamente consciente de seus deveres e responsabilidades.

E o jeito como ele a olhava...

Como se agora a visse como parte de seu mundo. Talvez não

como uma responsabilidade, mas sob sua proteção, como tantos outros em sua órbita.

Era uma sensação boa. Como um lugar onde ela pudesse ficar...

Para sempre.

Certo.

Ela rolou para o lado e ignorou a pontada de desejo assim que seu corpo não tocou mais o dele. Pegou a blusa e a vestiu pela cabeça. As calças logo a seguiram.

E durante todo o tempo, ele a observou em silêncio, os pensamentos escondidos atrás dos olhos escuros, até que ela terminasse de se vestir. Então, disse: "Suponho que essa seja a minha deixa para ir embora?"

Sem pressa, ele se levantou da cama e ficou descalço. Gemma tentou não olhar por baixo dos cílios, realmente tentou, mas lá estava ele — nu, um homem magnífico. Peça por peça de roupa, ele se escondia, e ela não tinha ninguém para culpar além de si mesma.

Assim que se vestiu, seu olhar se desviou e encontrou o dela diretamente. Dentro dele brilhava conhecimento. Ele sabia que ela estava observando furtivamente e se deixou observar. Ele a deixou ver o que ela estaria perdendo.

O calor da mortificação a percorreu, e ela pigarreou. "Até o dia da corrida."

O tempo passou lentamente antes que ele acenasse e se virasse para a porta. Ele colocou a mão na maçaneta, mas não a girou. Em vez disso, se virou com determinação nos olhos e nos passos, enquanto fechava a distância entre eles. Gemma só compreendeu sua intenção um instante antes de ele a tomar nos braços e beijá-la como se fosse com todo o seu ser.

Beijou-a até que suas pernas vacilassem e ameaçassem ceder.

Então ele a soltou, abriu a porta bruscamente e foi embora.

Deixando-a parada no meio do quarto, atordoada, as pontas

dos dedos pressionando levemente os lábios esmagados pelo beijo.

Deixando-a boba com o beijo.

Deixando-a com a vontade de persegui-lo, agarrá-lo e beijá-lo loucamente.

Uma vontade que ela reprimiu.

Ela deveria ir embora, veio-lhe um pensamento mais sensato.

Mas ela também reprimiu esse pensamento.

Ela não conseguia ser sensata quando se tratava de Rake. Era isso que ela estava começando a entender sobre si mesma.

Cada vez mais, sentia-se atraída para o irracional.

Ela o desejava, e começava a lhe ocorrer que talvez o desejasse mais do que a própria liberdade.

Não.

Sua mãe fora amante de um lorde, e todo o seu ser se concentrava em agradar aquele homem. Com o tempo, isso a havia destruído.

Gemma havia jurado há muito tempo que não viveria daquele jeito.

Ela não devia se entregar à fantasia de um futuro com o Duque de Rakesley.

A realidade era que ela quase alcançara tudo o que almejava para garantir um futuro para si e para Liam.

A realidade era que ela traíra o homem que a seduziu com fantasias.

E se — *quando* — ele descobrisse, passaria a desprezá-la e não ia querer mais nada com ela.

Essa era a realidade — a realidade dela.

Ela não devia esquecer.

CAPÍTULO VINTE

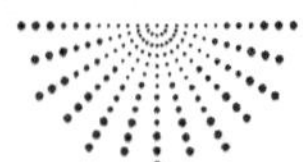

NEWMARKET, SEIS DIAS DEPOIS

Gemma parou diante do espelho de corpo inteiro e deu uma última olhada em seu corpo limpo e arrumado, com as bochechas coradas pela toalha áspera e os olhos ainda brilhantes dos treinos de Hannibal naquela tarde.

Hannibal levou alguns dias para se acostumar com a Rowley Mile de Newmarket, já que não gostava de mudanças, mas hoje tinha corrido bem. Ontem, ele estava com os ombros tensos, mas hoje se alongou livremente e atingiu seu ritmo ideal.

Ele estava pronto.

E a julgar pelos olhares que recebera dos blacklegs observando o percurso, eles entendiam que precisavam estar prontos para ele. Ela tinha certeza de que as chances de Hannibal já haviam diminuído. Mas se as chances não melhorassem, isso lhe diria algo: os blacklegs tinham um plano para impedir que Hannibal vencesse.

Esta noite, eles teriam que passar por Wilson, que também estava de guarda sobre Dido. Com a faca equilibrada no joelho enquanto vigiava a noite toda, o homem não estava com humor para brincadeiras.

"Eles saberão o que os esperar se eles tentarem entrar nas

baias de Hannibal ou Dido", ele explicou, pragmaticamente. "Sou um homem justo."

Justo, de fato.

Gemma não era uma mulher de apostas, mas no jantar daquela noite, ela diria a Liam para apostar algumas moedas em Hannibal amanhã. A perna de Liam havia melhorado a ponto de ele agora conseguir mancar sozinho com uma bengala, então seu irmão gêmeo pegou uma carruagem para Newmarket enquanto Gemma cavalgava com Hannibal.

Ela semicerrou os olhos para sua imagem no espelho. Embora tivesse amarrado os seios, prendido o cabelo para trás e jogado o chapéu sobre a testa, ela parecia cada vez menos um rapaz a cada dia.

Seu coração havia se desfeito da farsa. Essa era a questão principal.

Não importava.

Essa noite era a véspera da Two Thousand Guineas — e sua última como rapaz.

Ela não tinha certeza do que o futuro reservava, mas estava pronta para começar a viver a vida fora das sombras.

E isso começava com ela sendo totalmente ela mesma.

O que significava a vida como mulher.

Exceto... ela não tinha vivido *por inteiro* como um rapaz nas últimas semanas, tinha?

Na verdade, por algumas noites, ela tinha sido uma mulher *por inteiro* com...

Rake.

Era bom que ele não tivesse vindo a Newmarket essa semana. Se ele estivesse ali, ela duvidava de sua capacidade de resistir a ele — ou aos seus próprios desejos, tanto carnais quanto... mais profundos.

E ela precisava resistir.

Ela sabia disso.

Uma ternura havia se desenvolvido entre eles, uma que ela não poderia ter previsto.

E essa ternura não podia continuar.

Ela o espionou. Ela o enganou. Havia certos limites que ela não ultrapassou em seus relatórios sobre as corridas em Somerton, mas foi seu primeiro engano que tornou qualquer tipo de futuro com ele impossível.

Ela não podia continuar com ele e esconder a verdade.

E ainda assim... e se...

E se ela lhe contasse a verdade?

E se... ele a perdoasse?

A pergunta não justificava nada mais do que uma rejeição imediata. Aos olhos dele, ela não seria melhor do que Felicity e, pior ainda, uma espiã...

Uma inimiga.

Ela não tinha escolha a não ser seguir o plano e ir embora no final do dia seguinte.

Lá embaixo, no bar do The Running Horse, Liam e Deverill aguardavam um relatório final. Então ela e o irmão estariam livres para começar uma nova vida.

Mais um dia.

Só que ela não se sentia a beira da liberdade — mas sim o oposto.

Ela se sentia presa.

À sua duplicidade.

Incrivelmente, a Rake.

A dor surda em seu peito lhe dizia isso vinte vezes por dia.

E como fazia vinte vezes por dia, ela a superava e vestia seu enorme casaco.

Poucos minutos depois, ela descia as escadas em direção à taverna. A atmosfera do The Running Horse estava barulhenta desde o momento em que ela pisara ali, alguns dias antes, e a festa não dava sinais de diminuir à medida que mais espectadores, blacklegs, cambistas, donos, jóqueis e toda a Londres lotavam Newmar-ket. Com o Two Thousand Guineas e a One Thousand Guineas no dia seguinte, esta era a maior semana do ano para a cidade.

Encolhido atrás de uma mesa em um canto relativamente silencioso, Liam acenou.

Liam. Sua família... sua *única* família — ou, mais precisamente, sua única família que importava.

Embora espionar os estábulos de Somerton não fosse exata-mente certo, também não era exatamente errado.

Ela não voltaria atrás.

Não quando isso significava manter Liam e ela em segurança.

Mesmo que não tivesse conseguido manter seu coração a salvo.

Enquanto ela se movia pelo bar, lotado de homens alegres e festivos que tudo o que queriam era mais uma rodada, o olhar de Gemma se desviou de Liam para o homem de cabelos negros sentado ao lado dele na pequena mesa. Como somente Liam tinha contato direto com Deverill, esta era a primeira vez que ela via o homem pessoalmente.

Enquanto Liam era alto e magro, esse homem era grande além de sua forma física. Ele tinha presença. De repente, sua cabeça se inclinou, e olhos penetrantes do azul de uma geleira se moveram e a avaliaram de cima a baixo.

Lorde Diabo.

Mesmo sem terem trocado uma palavra, Gemma entendeu o apelido.

O homem era quase bonito demais para ser olhado dire-tamente.

Ela sentou-se ao lado de Liam, em frente à Deverill, e fez um sinal pedindo uma cerveja que não beberia.

"*Gem*", disse Liam, meio irônico.

Gemma assentiu, firme. Deverill recostou-se na cadeira e a observou abertamente, quase exigindo que ela o encarasse.

Um sorriso irônico se instalou em sua boca — uma boca

quase em desacordo com o resto do rosto. Onde suas feições eram todas duras e angulosas, seus lábios eram macios e suaves.

Lorde Diabo tinha uma boca bonita.

Ele abriu aquela boca bonita. "E todo mundo acredita que você é um homem?"

Do tom de descrença em sua voz ao olhar cético em seus olhos, ele estava claramente perplexo.

Liam bufou.

"Um rapaz", corrigiu Gemma. Era uma distinção importante.

Deverill inclinou a cabeça, sem se convencer. "Quantos anos?"

"Dezessete anos."

Ele acenou com a cabeça lentamente, pensativo, e o momento se prolongou até o limite. Gemma não gostava daquele homem. Ela decidiu na hora.

Ele balançou a cabeça e ergueu as sobrancelhas pretas e retas. "Acho que você é aceitável."

"De modo geral", disse Gemma, "as pessoas acreditam no que você apresenta a elas."

Mas não o Duque de Rakesley, ela parou. Ela nunca contara a Liam que Rake descobrira seu disfarce — ou o que se seguiu.

Seu irmão não precisava saber de tudo isso.

Enfim, por que ela estava discutindo com Deverill?

Hábito, ela supôs. Na verdade, tudo o que ela queria dele era o pagamento pelos serviços prestados e nunca mais vê-lo.

"A sujeira ajuda", ela acrescentou.

Deverill franziu aquela boca bonita e assentiu, concordando.

"É nisso que as pessoas se fixam."

"Mesmo assim, Rakesley deve ser um tolo", disse Deverill, sem se incomodar com o fato. "Como a maioria dos nobres." Ele tomou um longo gole de cerveja.

Gemma lançou um olhar para Liam. Só então percebeu que ele evitava seu olhar. Algo estava acontecendo sob a superfície...

Deverill limpou a espuma do lábio superior. "Que sorte ele ter te nomeado jóquei para Hannibal."

Gemma não teria ido tão longe a ponto de dizer isso.

O olhar de Deverill se estreitou sobre ela. "E amanhã..."

"Amanhã?" Gemma se arrepiou. Ali estava. O algo que ela havia sentido. "Para nós, não existe amanhã. Fiz tudo o que você pediu, relatando a operação em Somerton."

"Você fez, mas —"

Ela se inclinou para frente e cravou o indicador no centro da mesa. "Eu ganhei o dinheiro prometido."

E se... E se ele decidisse ir embora sem pagar? Que tipo de recurso ela e Liam teriam?

A resposta era fácil.

Nenhum.

Ainda assim, Liam não a encarou.

"Mas o que eu estou pensando é..." Deverill se recusou a desviar o olhar. "Você gostaria de ganhar mais?"

Liam se remexeu na cadeira. Ele tinha o olhar de um irmão que sabia que a irmã não gostaria do que estava prestes a ouvir.

"E o que exatamente eu teria que fazer para ganhar mais?" ela perguntou em um tom baixo, uma sensação de pavor a percorrendo.

Deverill deu de ombros. "Um pouco de trevo misturado ao feno de um cavalo. Só isso. Nada que causasse um dano permanente."

A indignação tomou conta de Gemma. "Você quer tanto derrotar Rakesley que está disposto a me fazer prejudicar Hannibal?"

Deverill pareceu genuinamente surpreso. "O que isso tem a ver com Rakesley?"

As sobrancelhas de Gemma se franziram em confusão. "O que não tem a ver com Rakesley?"

"Tudo."

"Mas Hannibal..."

"Hannibal não."

"E Rakesley —"

"Rakesley não."

O maldito homem parecia estar se deliciando em confundi-la.

Gemma recostou-se, perplexa. "Sobre o que foi tudo isso, então Rakesley e Hannibal?"

Deverill abriu bem as mãos. "Rakesley tem a melhor operação de corridas de cavalos da Inglaterra."

"Fato comprovado", ela disse secamente.

"*Eu* quero ter a melhor operação de corridas de cavalos da Inglaterra."

"Mas por quê?" Gemma perguntou. "Você não é fabricante de máquinas a vapor?" Ela se lembrou do fato do jantar de Rakesley uma semana antes.

"Andou fazendo pesquisa?" ele perguntou sarcástico. Ali estava um homem que não gostava de ser conhecido. "Não basta que eu goste de ser o melhor em tudo o que faço?"

Gemma balançou a cabeça lentamente. "Acho que não."

Uma batida pesada de tempo passou. "Como alguém se encaixa no mundo deles se não se torna parte do mundo deles?" Deverill pronunciou as palavras com uma leveza que não combinava com a gravidade de seus olhos glaciais. "Alguém tirou algo precioso de mim, e eu quero de volta."

Ah... "Isso nunca foi sobre Rakesley, certo?"

"Não sobre o homem em si, não."

Um estranho alívio percorreu Gemma. A informação que ela havia fornecido sobre Somerton fora um meio para um fim — não o fim em si. Ainda assim, uma coisa precisava ficar clara. "Eu não vou machucar um cavalo."

"Não estou pedindo nenhum dano real ou duradouro."

"O que eles dizem sobre você é verdade."

"O que *eles* dizem?" Deverill zombou. "Eu nunca dei a mínima para o que as pessoas pensam."

"Você não pertence a esse esporte."

Ele se inclinou para frente, o humor substituído por seriedade absoluta. "Eu pertenço a qualquer lugar que eu bem entender."

Agora, era seu dedo cravando-se no centro da mesa. "E eles têm que aceitar mesmo que não gostem."

O olhar de Gemma se voltou para Liam. "E você está de acordo em concordar com isso?"

Ele se remexeu, desconfortável. "Ah, Gemma, um pequeno trevo é tudo. Nada de ruim vai acontecer."

"Nada de importante pode se tornar mortalmente sério com um cavalo muito rapidamente. Você sabe disso." Sua atenção voltou-se para Deverill. O que ela estava prestes a dizer poderia significar o fim de todas as ambições dela e de Liam. Mas era preciso traçar um limite em algum lugar e mantê-lo. Aqui estava o limite dela. "Eu não farei isso. Assim que você nos pagar — *agora* — nossos negócios estarão encerrados."

Um momento se passou, e o medo se instalou profundamente nas entranhas de Gemma. Ele poderia se recusar a honrar o acordo, e ela e Liam não teriam recurso.

E depois?

Teria sido tudo em vão.

E se ela e Hannibal não vencessem amanhã, ela e Liam estariam de volta exatamente ao ponto de partida.

Por fim, a mão de Deverill deslizou para dentro de um bolso do casaco e emergiu segurando uma bolsa de couro que tilintou ao bater na mesa. "Cinquenta libras, como combinado."

O alívio tomou conta de Gemma. Ela viu isso também nos olhos de Liam, enquanto ele pegava a bolsa e a guardava.

Se ela e Hannibal ganhassem a Two Thousand Guineas amanhã, aquelas 200 libras adicionais tornariam seu futuro real — os tornariam seguro.

Mas...

Uma vozinha queria falar, e ela não podia permitir.

Ela só conseguia se concentrar no que havia ganhado — e não em quem estava prestes a perder.

Não.

Rake não era dela para ela perder. Ele nunca fora dela, para começo de conversa.

Amanhã ela daria o troféu para Rakesley, e ponto final.

Para *eles*.

Agora não era hora de perder a coragem.

A cadeira de Deverill raspou no piso áspero de pinho. "Acredito que nosso negócio chegou ao fim."

Liam acenou em despedida, e Gemma encarou o homem enquanto ele atravessava a taverna e saía pela porta, aliviada ao vê-lo pelas costas.

"Vou para a cama, irmã", disse Liam. "Amanhã é um grande dia."

Mas Gemma tinha algo a dizer ao irmão. "Você estava concordando com aquele homem?"

"Claro que não", ele respondeu. "Mas é você nas trincheiras amanhã, não eu. Eu não decido por você."

Ele estava certo. Era melhor Deverill ter convidado ela — e que ela não tivesse concordado com ele.

Ela se levantou. "Vou dar uma última espiada na baia de Hannibal essa noite. E você?"

O olhar de Liam pousou no traseiro balançante de uma senhora vinda da cidade. "Vou apreciar a vista de Newmarket um pouco mais."

Gemma bufou e puxou a aba do chapéu de aba larga para baixo, cobrindo a testa. Enquanto abria caminho em meio à multidão que se intensificava, jurou que amanhã ia atear fogo naquele chapéu e em todas as roupas que vestia. Nenhum resquício dessa vida a acompanharia em seu futuro.

Ela reprimiu a pequena semente de dúvida de que estava apenas se enganando.

De que ela, de fato, carregaria um resquício.

Mas se ela não desse luz ou ar a essa semente, ela com certeza murcharia e pararia de causar uma dor tão profunda.

Com certeza.

CAPÍTULO VINTE E UM

ake entrou no The Running Horse, na esperança de um pouco de alívio da atmosfera turbulenta das ruas de Newmarket, e rapidamente viu suas esperanças frustradas.

A multidão estava tão barulhenta dentro do bar quanto fora.

Aquele era o fim de semana da corrida.

A corrida ia durar apenas alguns minutos, mas a celebração continuaria por dias.

Ele nunca se importou muito com as festividades antes, mas naquela noite não pôde deixar de olhar ao redor, procurando por alguém. Claro, Gemma não tinha motivos para esperá-lo. Mas ele queria ver por si mesmo se tudo estava bem com Hannibal e, para ser sincero, verificar se tudo estava bem com Gemma.

A última noite deles juntos...

Ele não conseguia parar de pensar nisso.

Havia mais que ele queria dizer a ela — que ele *precisava* dizer a ela.

Ela não estava sozinha no mundo.

Ela agora estava sob sua proteção — e não da maneira como Bolton fizera com sua mãe.

O fato era que Gemma não precisava ser sua amante.

Ele precisava dizer isso a ela também.

Mas se não como amante, então como o quê?

Essa era a pergunta. A que ele não tinha uma resposta, para ser sincero. Porque a resposta era... complexa.

A resposta, ele suspeitava, exigiria que ele mudasse todos os planos que fizera para o futuro.

Não era uma resposta fácil de encontrar. E ainda assim...

Talvez ele já tivesse conseguido.

Ele havia dado dois passos para dentro da taverna quando seu olhar captou um brilho familiar de cabelo ruivo-dourado aparecendo por baixo de um chapéu de abas largas.

Gemma.

Ela ocupava uma pequena mesa no canto mais distante da sala, envolvida em uma conversa intensa com dois homens. O que tinha o mesmo tom de cabelo ruivo-dourado, Rake reconheceu instantaneamente como seu irmão gêmeo. *Liam.* Mas o outro...

De cabelos escuros, ele vestia roupas tão elegantes quanto qualquer dândi [1] da *alta sociedade*. Roupas sob medida, para acomodar a largura dos ombros que pareciam pertencer a um boxeador.

A testa de Rake se franziu. Que diabos estava acontecendo?

Por que Gemma estava encontrando um homem assim em uma taverna de Newmarket na noite anterior a Two Thousand Guineas? Um local e horário muito próximos para não serem suspeitos.

Talvez o homem fosse dono e tivesse visto Gemma na pista com Hannibal e estivesse tentando cortejá-la. Coisas assim aconteciam na noite anterior às corridas o tempo todo.

Ou talvez ele fosse amigo de Liam.

Talvez.

---

1. Costumava-se denominar dândi um homem de bom gosto e fantástico senso estético, mas que não necessariamente pertencia à nobreza.

Rake deveria deixar para lá. Não era da conta dele. Exceto...

Não podia ser.

Perder Gemma na noite anterior à corrida seria um desastre completo. Não havia tempo para tentar outro cavaleiro com Hannibal.

Rake girou nos calcanhares e abriu caminho até a recepção, passando por um grupo recém-chegado de jovens fidalgos. Ele cruzou o olhar com o estalajadeiro. O homem imediatamente abandonou o que estava fazendo, que era entregar a chave do quarto a outro hóspede, e foi atender Rake. O Duque de Rakesley era conhecido em todas as cidades das corridas.

"Vossa Graça", disse o homem com uma reverência que beirava a subserviência.

Rake assentiu impacientemente. "Preciso saber o número do quarto de um de seus hóspedes."

O homem arrastou os pés e torceu as mãos. "É só que", começou mansamente, claramente temendo a ira de um duque. "Eu não deveria —"

"Gem é o nome dele." Rake se conteve. "O homem é meu jóquei e preciso dar-lhe algumas instruções de última hora."

Era uma mentira próxima o suficiente da verdade.

Rake jogou uma moeda no balcão, para amenizar qualquer escrúpulo restante.

"Claro, Vossa Graça", disse o homem, deslizando a moeda sobre o carvalho e guardando-a no bolso antes que Rake mudasse de ideia. "Deve ser o Quarto 5."

"E pode me indicar a escada dos empregados?" Não seria bom atravessar a taverna até a escada principal à vista de todos, inclusive de Gemma.

Com a confusão estampada no rosto do estalajadeiro, o homem silenciosamente apontou para Rake um pequeno corredor.

E Rake partiu, localizando rapidamente a escada e subindo de dois em dois degraus até o segundo andar. Apoiou o ombro no batente da porta do Quarto 5, cruzou os braços e esperou.

Gemma eventualmente precisaria dormir — e Rake era paciente.

Vários grupos iam e vinham, alguns reconhecendo o Duque de Rakesley, mas nenhum tendo a audácia de perguntar a um duque o que ele estava fazendo vagando por um corredor público. Mesmo assim, não demorou muito para que o leve som de passos familiares soasse na escada. Uma figura usando um chapéu de aba larga apareceu acima do patamar.

O olhar de Gemma se ergueu e seus passos hesitaram até parar. "Você não deveria estar aqui."

Rake bufou. "Sentiu tanta falta assim?" ele perguntou. Seu coração parecia que ia saltar do peito só de vê-la.

Ah, ele estava imerso nisso, não estava?

A ruga em sua testa se aprofundou. "Você veio ver como Hannibal está, eu acho."

"Sim", disse Rake. "Entre outras coisas."

Como você, mas ele não disse.

O olhar em seus olhos verdes e salpicados de dourado parecia saber disso, de qualquer forma.

Quando ela se aproximou, ele se manteve na porta, não exatamente bloqueando-a, mas também não facilitando para ela. Fazendo com que ela tivesse que se aproximar a poucos metros dele e encontrar seu olhar. Ela ergueu a chave do quarto. "Posso?"

"Sem dúvida", disse ele, imóvel.

Aquilo era tudo muito pouco cavalheiresco da parte dele, com o qual ele se sentia perfeitamente em paz. Ela girou a chave na fechadura e a porta se abriu. Mesmo assim, ele bloqueou a passagem. Se ela quisesse entrar no quarto, ele teria que se mover.

Ela bufou e balançou a cabeça. "Você poderia pedir para entrar."

"Posso entrar?"

"E se eu disser não?"

"Você vai dizer não?" Ela hesitou, com uma expressão de conflito nos olhos. "Não."

Ele se afastou, e ela passou por ele. Ele talvez tenha percebido que ela revirou os olhos.

A porta se fechou atrás dele, e Rake observou o ambiente. "É um quarto bonito."

Gemma arqueou uma única sobrancelha. "Sob suas instruções, presumo."

"Nada além do melhor para o meu jóquei."

Ele colocou o chapéu sobre a mesa, puxou uma cadeira e sentou-se. Com o fogo aconchegante queimando na lareira e uma cama cercada por travesseiros macios e colcha, o quarto transmitia uma sensação acolhedora e aconchegante.

Uma sensação muito diferente do que ele testemunhara lá embaixo.

"Há algo que você gostaria de discutir?" perguntou Gemma, sentando-se na cadeira do outro lado da mesa. Ela ignorou a cama enquanto pegava uma bota e a tirava, depois a outra. O chapéu largo veio em seguida, com mechas vermelho-douradas escapando do rabo de cavalo e se enrolando sobre os ombros.

Deliciosamente desgrenhada. Era assim que ele a descreveria.

"Eu vi você na taverna." Melhor ir direto ao ponto.

Nenhum traço de surpresa se registrou em seus olhos. "E?"

"Você estava com dois homens."

"Não há lei contra isso."

"Um deles era seu irmão, certo?"

Ela assentiu. "Sim, Liam."

"E o outro?" Rake perguntou, baixinho.

Uma irritação a envolveu. Embora soubesse que a pergunta viria, não queria respondê-la. "Um amigo do Liam."

As palavras saíram como se arrancadas de sua boca.

"Um amigo?" Rake não conseguiu esconder a descrença em sua voz.

"Sim", ela disse. "Liam faz amigos por onde passa."

Embora as palavras soassem verdadeiras, não eram toda a verdade. Ele podia sentir.

Ele podia sentir outra coisa.

Ela não gostava de mentir para ele.

"Você foi à Rowley Mile hoje?", ela perguntou tentando desajeitadamente mudar de assunto.

Ele deixou.

Por enquanto.

"Sim", ele disse. "Está melhor do que nunca."

"A grama tem um pouco de elasticidade."

"Vai ser um boa cavalgada."

"Sim."

Ele queria ter uma conversa com ela da qual ela não iria gostar. "Sobre amanhã..."

A suspeita surgiu em seus olhos. "O que tem?"

"Quero que você largue na frente." Antes que ela pudesse recusar, Rake continuou: *"Dê a Hannibal um bom começo e deixe-o se manter na dianteira. Ele consegue."*

Gemma balançou a cabeça, inflexível. "Vi vários blacklegs na Mile hoje."

"Aqueles canalhas estão sempre rondando as pistas."

"Eles estavam de olho em Dido, em particular. Ela correu bem." Ela fez uma pausa. "Muito bem."

Rake começou a entender. "Você acha que haverá várias largadas falsas amanhã?"

Gemma assentiu. "Ela é animada, e eles vão tentar assustá-la." Seu olhar encontrou o dele. "Não vou largar rápido com Hannibal. Ele tem coração. Ele vai conquistar seu lugar."

"Então qual é a sua estratégia de corrida?" ele perguntou, mas sua testa já estava franzida em compreensão. "Você não está sugerindo a Corrida Chifney."

Ela não se mexeu. "Acontece que —"

"Não."

"Você não pode me dizer não."

"Eu posso, e digo. É muito perigoso."

"Está se tornando cada vez mais popular entre os jóqueis."

"Esses jóqueis são todos homens." Quando ela abriu a boca para protestar novamente, ele continuou: "Caso não tenha notado, você é uma mulher, Gemma." Ele passou a mão irritada pelos cabelos. "Você é simplesmente pequena para cavalgar com segurança, com toda a força necessária para manter a posição." Ele abriu as mãos diante de si. "Então, a resposta é *não*."

Seus dentes posteriores rangeram. "Se você quer ganhar a Two Thousand Guineas... se você quer uma chance na Corrida do Século..." Ela se inclinou para frente. Queria que ele soubesse que ela estava falando sério e totalmente destemida. "*Eu* cavalgo do jeito que *eu* cavalgo. *Eu* escolho. Ninguém mais."

Rake não queria concordar. Mas ele ouviu necessidade em sua voz. Uma necessidade que ela raramente teve satisfeita em sua vida.

Escolha.

Ela precisava escolher seu próprio caminho — e ele precisava ficar de lado e não desafiá-la. Ela era a amazona mais habilidosa que ele já vira. Se ele queria que ela confiasse nele, ele precisava confiar nela.

Então, ele assentiu, e certa tensão se dissipou dos ombros dela.

Ainda assim, uma pergunta precisava ser feita. "E setembro?"

"E setembro?" Os olhos dela lhe diziam que ela sabia o que ele estava pedindo.

Ele se recostou na cadeira e sustentou o olhar dela. "Você poderia montar Hannibal na Corrida do Século", ele falou. "Você poderia ficar."

Uma emoção turva passou por seus olhos. Se pressionado a dar um nome a isso, Rake diria que parecia suspeitamente próximo de desejo.

Ela piscou, e a emoção desapareceu. Ela balançou a cabeça.

"Eu dobraria... *triplicaria* seu pagamento." Ele não desistiria tão facilmente.

Gemma balançou a cabeça. "Meu disfarce de Gem não vai durar mais de uma corrida. Estou surpresa que tenha durado tanto tempo. Se vencermos —"

"*Quando* vencermos", interrompeu Rake.

"*Quando* vencermos, devo desaparecer imediatamente."

"Não existe uma regra oficial que diga que uma mulher não pode ser jóquei."

As sobrancelhas dela se ergueram em incredulidade. "Você está sendo teimoso."

Ele deu de ombros. "Não conheço outra maneira de ser."

"Você é um duque", ela zombou. "Alguém já lhe disse isso?"

"Artemis pode ter mencionado de passagem."

Uma risada irrompeu de Gemma, e foi bom tê-la arrancado dela.

Mesmo assim, ele continuou tão sério quanto sempre estivera sobre qualquer coisa em sua vida. "Você não está planejando desaparecer amanhã porque pode ser exposta como Gem."

O sorriso dela desapareceu aos poucos. "Não."

"Isso é sobre Bolton."

Uma ponta de pânico passou por seus olhos. "Ele estará lá amanhã", ela disse com as palavras cuidadosamente calculadas.

"Sim." Ele esperava isso.

"Ele vai me reconhecer", ela disse. "Não tenho dúvidas disso."

Rake assentiu. "Ele vai."

"Preciso ir embora."

O desespero na voz dela era claro, e tudo o que Rake queria era tirá-lo de lá.

Como duque.

Como homem.

Como o homem que —

A respiração parou em seu peito — o mundo poderia ter

parado de girar em seu eixo — enquanto uma verdade, imutável e certa, se aprofundava nele e se revelava.

Como o homem que a amava.

Mas ele não conseguia falar essa verdade tão diretamente.

Ela precisava se acostumar com a ideia.

"Se você ficasse", ele começou.

"Eu não posso ficar", ela disse segura de suas palavras.

"Mas, se você ficasse" — ele não se deixaria dissuadir — "você não teria que ficar como meu jóquei."

Sua cabeça se inclinou, mas ela permaneceu em silêncio.

"E você também não teria que ficar como minha amante."

Mesmo assim, ela não falou.

No entanto, as palavras insistiam em sair de sua boca. Palavras não guiadas por sua mente, mas por seu coração.

"Você poderia ficar como minha —"

Seus olhos se arregalaram e sua mão disparou sobre a mesa, tocando os lábios dele com a ponta de um dedo. "Não diga nada de que se arrependerá amanhã."

Rake estendeu a mão, seus dedos se curvando suavemente em torno de seu pulso delicado. Ele virou a mão dela e pressionou a boca contra a palma dela. "Faremos do seu jeito, Gemma", ele disse contra sua pele quente, seu olhar firme. "Por essa noite." Uma pausa. "Mas amanhã, terminarei essa frase."

Uma promessa.

"Essa noite, no entanto..." Ele se levantou e puxou a mão dela, convidando-a a segui-lo. "Quero te mostrar uma coisa."

Ele a conduziu até o espelho, seu corpo maior atrás do corpo menor dela. Seus olhares se encontraram no reflexo. Dentro dele, ele encontrou uma conexão — mas também uma pergunta.

Ele pegou o casaco largo dela e o tirou dos ombros. Dentro dos olhos dela, ele também viu conhecimento. Ela sabia o que ele estava fazendo.

Mas não tudo.

Havia algo que ele queria mostrar a ela.

Algo que ela precisava ver.

Sobre si mesma.

Ele puxou a blusa dela para soltá-la do cós da calça. "Você não precisa mais viver nas sombras, Gemma." Ele puxou a blusa sobre a cabeça dela, expondo outra peça de roupa — se é que se podia chamar assim. O pedaço de linho que cobria seus seios. Que escondia Gemma do mundo.

Seus dedos encontraram a ponta dobrada para baixo e começaram a desamarrá-la. "Aqui, na luz, comigo, você pode ser completamente você mesma."

Nos olhos dela, ele detectou um desejo de acreditar nele.

Mas ela não conseguia.

Pelo menos, ainda não.

Ela chegaria lá.

Ele estava determinado.

"Você é um diamante, Gemma. Você não é uma mancha de vergonha ou praga no mundo."

O último pedaço do tecido caiu e voou até o chão, deixando o peito dela exposto ao seu olhar. Mamilos rosados tensos, seios erguidos e orgulhosos. Delicadamente, ele passou os dedos pela cintura dela, ambos os olhares seguindo o rastro enquanto se moviam sobre sua barriga e subiam para envolver aqueles seios pequenos e perfeitamente formados.

Ela respirou fundo e observou enquanto ele apertava levemente seus mamilos.

Ele inclinou a boca em direção ao ouvido dela. "Perfeição", murmurou.

Ele afrouxou a tira de couro que mal prendia seus cabelos. "Eu gostaria de ver seus cabelos em longos cachos descendo pelas costas."

A emoção brilhou em seus olhos. Ela poderia querer a mesma coisa, mas disse: "Eu não estarei aqui para —"

Ele tocou levemente a boca dela com a ponta do dedo. "Não vamos falar em termos absolutos esta noite."

As mãos dele percorreram a pele marfim dos ombros dela, atraindo novamente o olhar dela. Juntos, eles observaram por onde os dedos dele passavam. Abaixo da linha da barriga dela, encontraram o cós da calça.

Aqui, Rake hesitou.

Dali, não havia retorno.

Seu olhar se ergueu. "O que você está esperando?" ela perguntou com as bochechas rosadas e sugestivas.

Um sorriso surgiu no canto da boca dele. "Que você peça exatamente isso."

Os dedos dele abriram lentamente os botões — um... de... cada... vez — os olhos dela escureceram de desejo, e a expectativa rugiu por ele. A carnalidade o puxava e exigia que ele se apressasse, puxasse as calças dela até os joelhos, a curvasse e a penetrasse com um golpe rápido e satisfatório. Seu pênis pulsava de desejo.

Mas esse não era o tipo de união que o resto dele precisava.

Ele precisava de uma conexão diferente com Gemma. Acima de tudo, precisava que ela sentisse essa conexão — não apenas seu pênis dentro dela.

Seus dedos encontraram os cachos ardentes dela. Um gemido escapou dela, e ela se derreteu contra ele, seus braços se estendendo e envolvendo seu pescoço... seu torso de marfim esticado, mas lânguido... seus mamilos rosados tensos, enquanto os dedos dele deslizavam ao longo de sua fenda, agora deliciosamente molhada de desejo.

"Talvez seu nome combine com você", ela murmurou. *"Rake."*

"Eu tenho meus momentos", ressoou dele.

Arrepios percorreram sua pele, enquanto ela arqueava a cabeça para trás e se encostava em seu ombro. Com um dedo, ele a penetrou e, com o polegar, acariciou seu clitóris doce e sensível. Ela inspirou rapidamente, depois exalou um gemido longo e ofegante, seu traseiro redondo e atraente arqueando-se contra sua virilidade rígida, enquanto ela o observava lhe dar prazer em seu reflexo.

"Oh, Gemma", ele rosnou em seu ouvido, mantendo seu olhar cativo.

Aqui estava a conexão. Aqui, eles estavam nus um para o outro, sem sombras... sem lugar para se esconder. Seus desejos, vontades e dores desprotegidos e sem disfarces.

Aqui estava a intimidade.

Seus quadris encontraram o ritmo com os dedos dele. Ele podia sentir sua impaciência. Ela queria alívio — *agora* — e ele queria dar a ela.

Somente com grande força de vontade ele conseguiu mover a mão até a cintura dela e virá-la de frente para ele, empurrando-a para trás em direção à cama.

Ele iria prendê-la a si mesmo por meio justos ou injustos.

Tudo era justo no amor e na guerra, certo?

Ela se sentou na beira da cama, apoiada nos cotovelos, com um sorriso nos lábios.

E ela pensou que o deixaria amanhã?

Ele tirou as calças dela e as jogou longe. Ela soltou uma risada encantada. "Está com pressa, Vossa Graça?"

Ele grunhiu e puxou as botas, pulando em um pé, depois no outro. Em seguida, todas as outras peças de roupa foram saindo em rápida sucessão enquanto ela observava da cama, seu corpo como o mais delicioso banquete — criado para ser devorado.

Ele segurou uma perna em cada mão, e ela mordeu o lábio inferior entre os dentes, os olhos ardendo, enquanto ele beijava o arco de um pé. Ele se posicionou entre as coxas cremosas, seu membro rígido liderando o caminho.

Mais uma vez, a carnalidade vil o convidava a tomá-la, mas era outro sentimento entrelaçado ao qual ele dava ouvidos.

Ternura.

Ele sabia que não duraria enquanto seus corpos sucumbiam à

luxúria. Mas poderia ser um começo. Uma maneira de seu coração se expressar.

Ele se inclinou para frente e continuou sua trilha de beijos — o arco do pé dela... a curva do tornozelo esbelto... a covinha acima do joelho... a pele esticada logo abaixo do osso ilíaco... a ponta firme do mamilo... a depressão na base do pescoço... Ele era um homem que adorava aquela mulher e queria que ela entendesse.

Ele apoiou um antebraço na lateral da cabeça dela, o corpo pesado contra o dela, e encontrou seus olhos vidrados de luxúria. "Rake", ela sussurrou, "o que aconteceu entre nós?"

"Amanhã, lembra?" ele falou.

A testa dela franziu por um instante e se soltou.

Ele estendeu a mão entre eles e se segurou. As pernas dela se abriram para acomodá-lo, um pé deslizando para baixo e enganchando-se na parte de trás da perna dele, enquanto a coroa de sua masculinidade pressionava contra sua vagina, lisa, escorregadia e inchada de desejo.

Pronta, ela sempre estava para ele.

A boca dele encontrou a curva do pescoço dela e a percorreu para tomar a boca dela, o beijo doce e exigente enquanto ele a penetrava lentamente, preenchendo-a centímetro a centímetro deliberadamente. Os quadris dela giravam, ávidos por mais, mas ele se manteve firme. Essa união não se tratava apenas do que seus corpos queriam, mas do que suas almas precisavam.

Ele entrava e saía dela, provocando-lhe suspiros, gemidos e grunhidos. Proporcionando-lhe todo o prazer que seu corpo era capaz de lhe dar.

Ele estendeu a mão por baixo e segurou seu traseiro, controlando não apenas seus movimentos, mas também os dela. Os braços dela se entrelaçaram em volta do pescoço dele enquanto suas investidas se intensificavam, talvez culminando na dor do prazer para ela — do jeito que ele sabia que ela gostava.

Havia um tempo para a ternura.

Mas em toda união, inevitavelmente chegava o momento em que o carnal assumia o controle.

No entanto, com Gemma, era diferente.

Com Gemma, ele não conseguia se entregar o suficiente.

Por causa do sentimento que pulsava em seu coração por ela.

E ele sabia.

Embora tivesse se convencido do contrário, nunca havia experimentado essa sensação antes.

Não assim.

Não como se quisesse se entregar totalmente a outra pessoa.

E assim, juntos, seus corpos se movendo em uníssono e abandono, ela começou a ficar tensa debaixo dele. Um gemido escapou dela quando eles chegaram ao clímax, o esquecimento se aproximando. Como um só, eles se inclinaram sobre aquele limite, o grito de orgasmo dela acompanhado pelo grito dele, seus corpos meros recipientes mortais para outro tipo de expressão — a de suas almas.

Os limites da terra se dissiparam e eram apenas ele e ela, ali.

Inundado pelo brilho da saciedade, ele a envolveu em seus braços, desejando que ela não falasse, mas deixasse aquele momento perfeito acontecer.

A respiração dela tornou-se suave na cadência do sono, e Rake sentiu as batidas gêmeas de euforia e determinação ressoarem dentro dele.

Pelo resto da vida, seriam apenas ele e ela.

Agora, deveria convencê-la disso.

Não, agora não.

Amanhã.

Amanhã, ele teria tudo o que sempre quis.

CAPÍTULO VINTE E DOIS

NO DIA SEGUINTE

O dia da corrida em Newmarket amanheceu perfeito — o céu azul sem nuvens, sem um sussurro de brisa no ar.

Era o tipo de dia que praticamente garantia uma corrida impecável.

Gemma passou a escova pela pelagem preta e brilhante de Hannibal e guardou esse último pensamento, para não se precipitar e transferir a sensação para ele.

O que não daria certo.

Ele precisava de calma.

Embora este não fosse um dia comum em seu box habitual em Somerton, ela fizera tudo o que podia para manter a rotina habitual dele nos horários habituais. Era tão importante para ela quanto para Hannibal.

Os nervos pulsavam e vibravam pelo seu corpo em uma alta frequência — ansiedade, medo, excitação e expectativa tomavam conta dela.

Mas ela era a jóquei de Hannibal.

Ela era quem estava no controle.

Ela precisava se segurar firme.

Hoje, ela até parecia uma jóquei. As roupas sujas de terra e o chapéu largo de Gem haviam desaparecido. Em seu lugar, brilhavam as cores de Rake, verde-primavera e azul-escuro, a camisa listrada de seda passada e elegante, o gorro de seda combinando e as calças de montaria cinza perfeitamente ajustadas. Com o cabelo preso em um rabo de cavalo, ela estava limpa e apresentável.

Qualquer um que olhasse para Gem com atenção hoje conseguiria facilmente ver Gemma.

Ela não se importava. Não era mais a espiã de Deverill, e hoje era sua primeira e última corrida profissional como jóquei.

Ela passou a palma da mão ao longo do nariz aveludado de Hannibal e aproximou a testa para tocar a dele. Juntos, eles iriam um pelo o outro.

Em pouco tempo, eles estariam na linha de partida, corpos amontoados... o suor, a determinação, o pânico, a euforia... o tiro soaria...

E eles partiriam para seus destinos.

O sangue correu forte em suas veias só de pensar nisso.

Uma cabeça apareceu na baia. "Tudo como deveria estar?" perguntou Wilson, o piscar de um olho denunciando sua ansiedade.

Gemma assentiu. "Algum problema ontem à noite?" ela não pôde deixar de perguntar.

Ele bufou. "Nenhum." Sua faca estava fora de vista, o que não significava que não estivesse à mão. Cavalos, dinheiro e problemas eram companheiros habituais, e Wilson não queria nada disso.

E Wilson partiu. Ele sabia que não devia interromper a rotina de Gemma com Hannibal. Wilson não era o sujeito mais simpático, mas Gemma o respeitava. Ele administrava um ótimo estábulo.

Um que ela nunca mais veria.

Uma pontada de arrependimento por algo que ela ainda não havia perdido a percorreu.

Uma figura esguia passou pelo portão aberto e fez uma saudação brincalhona. Cal. Embora ela o tivesse visto apenas por uma fração de segundo, seus olhos brilhavam intensamente com a energia de Newmarket no dia da corrida. Era impossível não se contagiar com a energia. Ela também sentiria falta dele.

No entanto, havia um de quem ela sentiria mais falta do que todos...

Rake.

Durante a noite, dormiram entrelaçados. Novamente naquela manhã, fizeram amor, em silêncio, seus corpos falando um com o outro na língua que só eles conheciam.

Mesmo enquanto tentava manter a mente clara e se concentrar em Hannibal, as palavras da noite anterior continuavam retornando à sua mente. As palavras que ele dissera — e as palavras que não dissera.

As palavras que ela não permitira que ele dissesse. Palavras das quais ele certamente se arrependeria hoje.

Assim como as palavras que ela deixara de dizer.

Palavras que ansiavam por libertação.

Palavras que ela reprimia e esperava que eventualmente se calassem.

Era pedir demais que elas desaparecessem completamente, sem serem expressas.

Essas palavras haviam se aprofundado em seu coração.

Elas jamais desapareceriam.

Você não precisa mais viver nas sombras, Gemma.

Mais palavras que ainda ressoavam através dela. Ela queria que fossem verdadeiras com cada fibra do seu ser.

A ironia não lhe passou despercebida. Uma vida longe das sombras era exatamente a vida pela qual ela vinha lutando e se enganando. Uma vida onde ela pudesse ser totalmente ela mesma.

Uma vida honesta, baseada na desonestidade.

Para Rake... para o mundo... para si mesma.

E, no entanto, mesmo através das camadas de mentira — tantas camadas que ela havia perdido a noção — ele viu a verdadeira Gema. Que *ela* só podia ser quando estavam sozinhos juntos.

Mas eram as mentiras que tornavam impossível qualquer tipo de relacionamento — jóquei... amante... aquela outra palavra não dita — impossível. Ele lhe oferecera proteção, e que tentação era aceitá-la e se abrigar sob suas asas.

Mas aquela vida seria sempre uma mentira.

E embora ela talvez não merecesse coisa melhor, ele merecia.

Uma garganta pigarreou no portão. Vestida da cabeça aos pés de amarelo-açafrão, Lady Artemis a observava com um sorrisinho. "Obcecada com a estratégia da corrida, não é?"

"Algo assim", respondeu Gemma, cuidando da trança que ela estava fazendo na crina de Hannibal. Ela silenciosamente esperava que Lady Artemis fosse embora. Embora tivesse passado a admirar a mulher, e até mesmo gostasse dela, precisava manter distância da irmã perspicaz de Rake.

Mas a dama permaneceu, sorrindo e imóvel. "Você não vai voltar para Somerton depois de hoje, vai?"

Gemma continuou trançando. "Não."

"Já imaginava", disse Lady Artemis com seu jeito descontraído de sempre.

E mesmo assim, ela não se moveu.

"Como está Dido essa manhã?" perguntou Gemma, em busca de algo para dizer.

"Com bom humor", disse Lady Artemis com uma risadinha. Gemma detectou nervosismo naquela risada. "Mas não estamos todos?"

"Sim", disse Gemma, sentindo que Lady Artemis precisava que ela dissesse isso para acalmar seu próprio ânimo elevado.

Lady Artemis entrou na baia e acariciou o focinho de Hannibal. Ele deu um relincho de aprovação. "Esse sujeito parece estar com a mesma coragem de sempre."

Gemma notou uma ponta de dúvida em Lady Artemis. "Dido não precisa correr hoje", disse Gemma, em tom de conversa, para não assustar a ideia. "Ela pode correr na corrida das potras amanhã, ou no Derby no mês que vem."

"Ela pode vencer hoje, sabia?" disse Lady Artemis com uma rispidez incomumente frágil.

Intuitivamente, Gemma a tratou como um cavalo arisco que precisava ser acalmado. "É. Mas..."

As sobrancelhas de Lady Artemis se franziram. *"Mas?"*

"Todos podem, Lady Artemis", disse Gemma. "São todos animais lindos e fortes, criados para esse dia. Mas apenas *um* vencerá."

Aquele com mais coração, ela não conseguiu dizer.

Alguns instantes de silêncio se passaram enquanto as palavras de Gemma pairavam no ar. Lady Artemis deu a Hannibal um beijo de despedida no focinho aveludado e um desejo de boa sorte. "Não sei para onde você vai depois de hoje", disse ela a Gemma, "e não preciso saber. Mas se você leva a sério a ideia de ajudar cavalos da maneira que descreveu, tenho uma propriedade em Yorkshire que acho que seria adequada para esse propósito. Chama-se Endcliffe Grange. Se um dia você se encontrar por lá, sempre haverá um lugar para você."

Uma emoção repentina apertou a garganta de Gemma. "Essa é uma oferta muito gentil, Lady Artemis."

E impossível de aceitar.

O riso retornou aos olhos de Lady Artemis. "E egoísta. Rake ficaria completamente verde de inveja se eu a roubasse dele."

Ah, se Lady Artemis soubesse da metade. Mas algo nos olhos da dama dizia a Gemma que talvez ela já soubesse.

Certo.

E com isso, Lady Artemis se despediu com um adeus de "que a melhor mulher vença" e começou a cuidar do seu dia. Em três segundos, Wilson tomou seu lugar na abertura do portão. "É a vez do Hannibal na pesagem."

Chegara a hora de levar Hannibal até a Rubbing House para ser pesado, depois seguir para a linha de largada da Rowley Mile, onde o melhor cavalo venceria.

As palmas das mãos dela ficaram úmidas com uma nova onda de nervosismo e excitação.

Gemma e Hannibal saíram da baia, semicerrando os olhos contra o céu brilhante e ensolarado. Newmarket no dia da corrida era um espetáculo para se ver. Bandeiras tremulando no alto, o som peculiar de violino girando no ar, junto com o aroma saboroso de pastéis e tortas — e também o perfume peculiar e caro das damas. Embora esse fosse o esporte dos reis, também era o entretenimento das massas, as classes baixas se misturando com a classe alta.

Na verdade, todos os tipos de indústrias surgiam durante a temporada de corridas. Blacklegs e apostadores. Jornalistas e jornais especializados em turfe. Pintores de cavalos, capturando a ação do dia. Jóqueis, treinadores, tratadores e cavalariços. Costureiras que costuravam as roupas de sedas dos jóqueis. Selarias e ferreiros que tornavam a equitação possível.

Esse esporte de reis era um negócio sério para muitos, e estar ali, em Newmarket no dia da corrida, era ser humano e estar vivo.

O murmúrio de vozes se transformou em rugido à medida que os espectadores deram a primeira boa olhada em Hannibal, sua pelagem negra brilhando ao sol, a força e o poder dos músculos densos visíveis para todos verem. A multidão se abriu como o Mar Vermelho diante deles enquanto caminhavam em direção à laje de peso. Ela viu os blacklegs correndo pela multidão em direção ao posto de apostas, onde uma multidão grande e barulhenta estava reunida. A simples visão de Hannibal já faria as apostas mudarem.

Na plataforma de pesagem, as patas de Hannibal foram colocadas em posições marcadas para que sua altura e peso reais pudessem ser medidos. Era para ser um sistema justo, mas todos os anos alguns trapaceiros ainda inventavam maneiras de burlá-lo. Seja treinando o cavalo para ficar com os pés bem abertos para redistribuir sua altura e peso, seja treinando-o para "encolher". Isso era conseguido por treinadores que rotineiramente batiam na cernelha dos cavalos durante o treinamento. Assim, no dia da corrida, sempre que os cavalos eram tocados na cernelha, os animais instintivamente encolhiam, perdendo assim alguns centímetros de altura. Muitos fariam qualquer coisa — inclusive maltratar um animal — para perder peso e ganhar vantagem. Isso enojava Gemma profundamente.

Enquanto Wilson e Blankenship cuidavam da pesagem, Gemma se afastou e observou a multidão. Seu olhar se perdeu, e a decepção a percorreu. Ela estava procurando por Rake. Não conseguiu se conter.

Seus olhos, no entanto, encontraram uma figura muito diferente — e familiar.

Bloody Hell.

Ela não queria dizer *maldição.*

Mas o cavalo.

Um sorriso instintivo se espalhou por seu rosto. Com sua rica pelagem castanha, crina negra e porte forte, ele era a beleza que sempre prometera ser.

Uma súbita onda de pânico a atingiu. Se *Bloody Hell* estivesse ali, então...

Seu olhar se desviou e localizou com precisão o dono de *Bloody Hell* a uns cem metros de distância, lá no alto da Charneca.

Bolton.

Sentado em uma carruagem castanha, seu olhar capaz de ver além do óbvio já estava sobre ela. Como ele não demonstrou surpresa, ela intuiu que ele a estivera observando todo esse tempo. Ele tirou o chapéu, a boca se curvando em um sorriso, e o medo percorreu as veias de Gemma.

Claro que ele a encontrara.

Era inevitável.

O que só reforçava o quão vulnerável ela era a ele.

Por enquanto, porém, ela tinha certa proteção. Contanto que permanecesse à vista de todos. Que não duraria para sempre. A pontada cruel no sorriso dele lhe dizia isso.

Um plano movido pelo pânico e por uma necessidade tão familiar se formou em um instante. Logo após a corrida, ela seguiria direto para o The Running Horse, e ela e Liam partiriam para Londres. Lá, poderiam desaparecer em seus becos e vielas sombrios e labirínticos, onde ninguém poderia ser encontrado, se não quisesse. Já tinham feito isso antes.

Uma vozinha ofereceu uma opção alternativa.

Aceitar a proteção prometida por Rake.

Ela estremeceu mentalmente.

Não era uma opção.

Nunca fora.

Ele não ia querer nada com ela se soubesse de sua farsa.

Agora, Cal devolveu Hannibal ao bloco de montaria onde Gemma estivera esperando. Ela passou uma perna por cima da sela, a mão firmemente agarrada ao punho enquanto se acomodava. Com o tiro de largada iminente, o ar de Newmarket tornou-se selvagem e indomável. A necessidade exigia que Gemma deixasse de lado as preocupações da vida e se concentrasse em Hannibal, que batia o pé e relinchava irritado.

Cal pegou as rédeas e começou a guiá-los pela multidão. Gemma inclinou-se para frente e começou a falar sem parar no ouvido de Hannibal, que havia parado de vibrar ao som baixo e familiar de sua voz. "Estão todos aqui para ver você correr, meu amigo."

Na linha de largada, a multidão de cavalos empinava-se, seus jóqueis em vários estágios de calma e caos. Num relance, Gemma conseguiu conectar os cavalos aos seus donos pelas cores. Havia Filthy Habit com as sedas azul-celeste e brancas de Lorde Ormonde, observando serenamente a cena ao seu redor como se estivesse prestes a sair para um trote vespertino. Bloody Hell de

Bolton em verde-floresta e bege-claro. Seu olhar pousou no Little Wicked de Deverill, em berinjela e cinza-escuro.

Deverill estava ali — claro.

Embora parecesse não ter nenhuma queixa pessoal com Rake, os homens se veriam, possivelmente até seriam apresentados, e Rake reconheceria Deverill como o homem que vira com ela na noite anterior no The Running Horse. Em menos de um instante, ele juntaria as peças do quebra-cabeça e saberia que Gemma fora uma das muitas espiãs de Deverill durante todo esse tempo.

E ele saberia de sua traição.

Uma pontada de arrependimento atravessou seu estômago.

Arrependimento por ter que se conter.

Haveria tempo para isso mais tarde.

Cal entregou as rédeas de Hannibal para Gemma. "Eu e os outros rapazes apostamos um guinéu no seu velhote aqui."

Gemma não se mexeu. "As chances?"

"Quatro para um."

Isso soava certo. Hannibal não era a escolha do Ring, mas eles reduziram as chances, reconhecendo-o como um concorrente. "E Dido?"

"Vinte para um."

Embora a potranca fosse rápida como um raio, o Ring não a havia classificado como uma possível vencedora.

O que significava uma coisa: o Ring a impediria de vencer.

O olhar sombrio de Cal disse a Gemma que ele já havia imaginado isso.

O rapaz tirou o boné antes de desaparecer na multidão.

Gemma desviou do campo enquanto começava a conduzir Hannibal para o outro lado. Quando chegaram ao centro do tumulto, ela avistou amarelo-açafrão e cinza. Dido. Ela precisava deixar para lá. A estratégia de corrida para Dido não era da sua conta, mas a potranca estava claramente infeliz, com as orelhas se mexendo e os olhos faiscando de ansiedade. Deeds parecia pensar que a única solução era usar o chicote.

Um mau pressentimento se instalou no estômago de Gemma.

Sem pensar, ela redirecionou Hannibal e gritou para Deeds. "Você não vai tirar o melhor dela desse jeito."

O outro jóquei lançou-lhe um olhar frio. "Cuide da sua vida, hein?"

Sem outra opção, Gemma continuou acompanhando Hannibal até a extremidade externa da linha de partida, seguindo sua própria estratégia. Sua principal responsabilidade era com sua montaria.

Uma voz chamou os cavalos para seus lugares. Quando todos assumiram suas posições para o toque de largada, o rugido da multidão diminuiu para um zumbido estridente. O coração de Gemma martelava em seu peito, e a expectativa a percorreu enquanto se inclinava para frente, em posição de montaria, com os quadris leves e os pés firmes nos estribos. Hannibal sentiu a sutil mudança em seu cavaleiro e ficou imóvel, mesmo com todos os músculos de seu corpo tensos.

Ele estava pronto.

Chegara a hora de ver que tipo de coração pulsava no peito de Hannibal — e no dela.

CAPÍTULO VINTE E TRÊS

Do alto de Moonraker, na Charneca, Rake cumprimentou lordes, damas e conhecidos do turfe de longa data, enquanto observava de perto a pesagem que acontecia algumas centenas de metros abaixo.

Entre todas as cores que denotavam cavalos da realeza, da aristocracia e até mesmo alguns da classe média, ele procurou o brilho listrado de seda verde-claro e azul. Gemma e Hannibal, com a pelagem negra brilhando ao sol, crina trançada, o peito erguido e orgulhoso. Mas era Gemma quem prendia a atenção de Rake, fazendo seu coração bater tão forte no peito, que parecia perfeitamente possível que ele fosse levado embora.

Talvez já tivesse acontecido, considerando todo o absurdo poético que lhe embaralhava a mente ao olhar para a mulher.

Vê-la vestida com sua libré e suas cores provocou uma reação visceral em seu corpo e uma única palavra.

Minha.

Claro, ele não a possuía. No entanto, parte dele — uma parte não controlada pela razão ou pela lógica — reagia a essa reivindicação dela como sua.

Por enquanto, era como seu jóquei.

Em breve, ele a reivindicaria como algo mais.

Essa manhã, no intervalo entre a noite e o amanhecer, ele acordara com ela em seus braços e, com lenta deliberação, fizera amor com ela mais uma vez. Então, partira sem dizer nada.

Ele sabia quais seriam suas próximas palavras para ela — e elas precisavam esperar.

Embora nunca tivesse imaginado que fosse possível se sentir assim, não se importava muito se Hannibal vencesse a Two Thousand Guineas, contanto que Gemma fosse sua no final daquele dia.

Mas Gemma se importava. Ela vinha trabalhando com dedicação e determinação para levar Hannibal à vitória. Rake não faria nada para distraí-la disso.

Uma figura montada em um cavalo castanho surgiu na periferia do campo de visão de Rake, cavalo e cavaleiro parando a uns três metros de distância. Rake lançou um olhar para o lorde — e o reconheceu meio segundo depois.

Bolton.

Instintivamente, Rake cerrou os punhos e, com grande relutância, os soltou. Não importava o que Rake pudesse sentir em relação ao homem, ele precisava manter a conversa civilizada.

Bolton pigarreou. "Você tem um belo cavalo aí."

Rake assentiu — e esperou. Bolton não estava ali para falar sobre Hannibal.

"Da linhagem Darley?"

"Byerley" corrigiu Rake.

Bolton cruzou os braços sobre o peito. Gemma tinha um pouco da aparência do homem. Cabelo ruivo-dourado e nariz reto e estreito. Era aí que a semelhança terminava. Onde a boca de Bolton se contorcia cruelmente, a de Gemma se curvava com gentileza. Onde Bolton emitia severidade fria, Gemma irradiava generosidade calorosa.

Bolton buscava possuir.

Gemma buscava compreender.

Em primeira mão, Rake viu a situação como ela se apresentava — Gemma precisava ser protegida daquele homem.

"E o seu rapaz?" perguntou Bolton, suavemente, como se estivesse conversando à toa. "Onde você o encontrou?"

Rake tinha uma escolha. Ele podia continuar a encarar Bolton paralelamente e fingir indiferença — ou ir direto ao ponto.

Para Rake, havia apenas uma opção.

Ele se virou para encarar Bolton e olhou diretamente nos olhos do homem. "O *rapaz* está sob minha proteção."

A boca de Bolton se contraiu nos cantos, e seu olhar se estreitou em uma lasca avaliadora. "Você quer dizer a seu serviço, é claro."

Rake não estava jogando o jogo daquele homem. "Você ficará longe do rapaz", afirmou: cada palavra clara e intencional. "Você não terá contato com o rapaz."

Bolton brilhava com uma afronta mal contida. Condes não eram tratados dessa forma. "E o que o rapaz significa para você?"

Como Bolton só entendia o mundo em termos de posse e subjugação, Rake falou na língua que o homem conhecia. *"Minha."* Era possível que ele tivesse rosnado.

Embora parecesse um pouco errado usar tal palavra sobre outro ser humano, parecia *certo* usá-la em relação à Gemma.

Ela era dele.

Não era sua posse.

Mas *dele.*

A sobrancelha de Bolton se ergueu e a compreensão iluminou seus olhos. Ele zombou incrédulo. Quando Rake não se mexeu, piscou. Então zombou novamente. Mas Rake podia ver que o homem estava começando a entender.

Ótimo. Ele tinha mais a dizer. "Nem você nem seus homens devem chegar a menos de um quilômetro de Gemma ou do irmão dela."

Bolton estufou o peito, como um pombo tentando parecer

maior e mais assustador do que realmente era. "Você não tem o direito de —"

Rake sorriu, e o resto da frase morreu na boca de Bolton. Sua pele adquiriu a tonalidade de leite estragado. "Eu sou o Duque de Rakesley", disse Rake, baixo e implacável. "Tenho todo o direito. Mais do que a maioria, na verdade."

Como duque, era apenas a verdade, e ambos sabiam disso.

Um escarlate brilhante subiu pelo pescoço de Bolton, fazendo sua gravata parecer repentinamente apertada demais. "Então você é um tolo", ele cuspiu. Agora o homem estava revelando seu verdadeiro eu — e que sujeito desagradável ele era. "Um par de ingratos teimosos desde o momento em que nasceram. A mãe deles era praticamente uma prostituta."

Rake não ia tolerar. "Ela era a mãe dos seus únicos filhos." Havia ainda mais que ele diria. "O jeito como você a tratou... você achou que era amor?"

A boca de Bolton se fechou de repente, e ele engoliu o nó que certamente se formara em sua garganta.

"Aqui está o que alguém como você não entende e não pode entender", continuou Rake. "Isso não é amor. É poder e controle. Qualquer coisa que machuque o outro não é amor."

"Eu os protegi", proclamou Bolton. "Todos eles."

Rake balançou a cabeça lentamente. "Como uma prisão protege seus prisioneiros dos elementos externos?"

"Você... você..." gaguejou Bolton. "Você ultrapassa os limites, Rakesley."

Rake não se intimidou. "Isso não é proteção. Isso é cativeiro." Ele ainda não havia terminado. "Se você algum dia contatar Gemma, não descansarei até ter arruinado tudo o que você ama."

Com isso, ele apertou os joelhos, fazendo Moonraker se mover, e eles desceram a suave encosta do Heath, deixando para trás um Bolton tempestuoso. Rake não tinha tempo nem inclinação para explicar o amor a alguém que jamais o entenderia.

Ele próprio apenas começara a compreendê-lo.

Mas o objetivo principal havia sido alcançado. Bolton não seria mais uma fonte de preocupação para Gemma.

Depois de cumprimentar vários lordes e damas no curto trajeto até a arquibancada, Rake deixou Moonraker com um cavalariço e entrou aos empurrões na estrutura reservada para espectadores da aristocracia. Embora ele e Artemis tivessem combinado de se encontrar ali antes da corrida, assistiriam do lado de fora, de suas montarias, assim como muitos espectadores em Newmarket. O Jockey Club vinha tentando acabar com a prática há anos, mas não havia maneira melhor de assistir a uma corrida na Rowley Mile do que montado no próprio cavalo.

Rake examinou a sala lotada. Artemis estaria ali, socializando com seus amigos, ouvindo e espalhando fofocas sobre o assunto. E então contando tudo na manhã seguinte para Rake durante o café da manhã.

À frente, com o quadril apoiado em uma grade de madeira, uma figura chamou a atenção de Rake. Um homem — grande, impecavelmente vestido, cabelos negros. Um homem que Rake não conhecia pelo nome, mas que ele conhecia de vista.

Não *um* homem, mas sim *o* homem que ele vira na taverna The Running Horse na noite anterior, sentado a uma mesa de canto com Gemma.

Uma voz veio de trás de Rake. "E como está sua sorte hoje, Vossa Graça?"

Ele olhou ao redor e encontrou Lady Beatrix o encarando, com um sorriso travesso e maldoso estampado na boca. "Aquele homem", ele disse erguendo o queixo para indicar o homem da noite anterior. Aquele com penetrantes olhos azuis e atualmente cercado por nada menos que cinco damas — todas casadas. "Quem é ele?"

Um sentimento se agitou nas entranhas de Rake.

Ele não gostaria da resposta.

Disso ele já sabia.

"Ah", começou Lady Beatrix, claramente prolongando o

momento para sua própria diversão. Não era de se admirar que ela e Artemis fossem melhores amigos. Pássaros da mesma plumagem, o mesmo interesse e a mesma personalidade, aquelas duas. "Aquele seria o notório Lorde Diabo."

O estômago de Rake caiu aos seus pés.

Deverill.

Um brilho de interesse iluminou os olhos de Lady Beatrix. "Vocês se conhecem tão bem a ponto de justificar uma expressão tão severa?"

"Eu nunca conheci esse homem." Rake precisava se controlar, mas parecia impossível. Ele não conhecia Deverill, mas...

Gemma conhecia.

Gemma conhecia aquele homem que atraía todas as mulheres num raio de dezesseis quilômetros...

Esse homem com um interesse recém-descoberto por corridas de cavalos...

Esse homem com um espião em cada estábulo da Inglaterra.

"Bem, então vou deixá-lo", disse Lady Beatrix. "Boa sorte para Hannibal." Ela jogou as palavras por cima do ombro antes de desaparecer na multidão.

Outros se moveram para ocupar seu lugar e ter uma conversa alegre com o Duque de Rakesley. Mas, após um único olhar para o rosto dele, viravam na direção oposta.

Gemma conhecia o homem que tinha um espião em cada estábulo de Londres.

Gemma estivera na companhia daquele homem apenas na noite anterior.

Gemma...

Era espiã de Deverill.

A informação penetrou fundo em Rake e criou raízes emaranhadas.

A respiração se recusava a entrar ou sair de seus pulmões. Atordoado, era assim que ele se sentia.

Ele sentia algo mais também.

Ele tinha agido como um tolo por uma mulher.

De novo.

Por vontade própria, seus pés deram um passo determinado à frente, depois outro, enquanto uma ideia o dominava. Ele iria confrontar Deverill.

"Irmão", disse uma voz atrás dele.

Rake se virou e percebeu que sua irmã se movia em sua direção, com um sorriso largo e feliz no rosto.

Ela se posicionou na frente dele e o fez parar, uma única sobrancelha erguida em questionamento. "Você tem um rosto como uma tempestade, Rake", ela disse completamente despreocupada. "Preocupado porque Dido vai superar o seu Hannibal?"

Rake grunhiu. Se alguma vez houve um momento em que ele não estava com vontade de ficar com sua irmã, seria esse. Deverill havia se movido de seu lugar na grade e caminhava com seu harém de damas casadas em direção a uma fileira de assentos.

Tão rápido quanto surgiu, o impulso de confrontar o homem desapareceu. Ele não tinha o menor interesse em conversar com Deverill. O homem não contaria a Rake nada que já não soubesse.

Gemma era sua espiã.

E, assim, as últimas peças do seu quebra-cabeça se encaixaram.

Artemis agarrou seu braço e puxou. "Venha, vamos para os nossos cavalos. O homem com o tiro de largada está caminhando em direção à linha de chegada."

Do lado de fora, eles se empurraram pela densa multidão até o trecho da grade onde o cavalariço esperava com seus cavalos. Julian e a Duquesa de Acaster estavam cavalgando para encontrá-los.

Pela primeira vez, Rake olhou para a duquesa — olhou de verdade para ela — e, finalmente, e viu como ela realmente era.

Perfeição.

A Duquesa de Acaster era perfeita.

Ele entendia isso até os ossos.

Mesmo que outras partes dele — ou seja, a parte que pulsava no centro do peito — rejeitassem veementemente a ideia.

Os corações podem demorar a se recuperar.

Montada em seu cavalo, vestindo as cores marfim e rosa de Ashcote Hall, na forma de um traje de montaria marfim e uma faixa rosa vistosa, estava sentada uma mulher que jamais o faria de bobo.

Essa era a mulher com quem ele deveria se casar.

A ordem do universo praticamente exigia isso. E, no entanto...

Até dez minutos atrás, ele estivera determinado a virar o universo de cabeça para baixo por uma mulher diferente.

Talvez...

Seu coração, ao que parecia, ainda guardava esperança.

Talvez houvesse uma explicação.

Talvez ela tivesse dito a verdade e Deverill fosse apenas um amigo de seu irmão.

Naquele momento, o homem emergiu da arquibancada. Lá caminhava um aventureiro que havia ascendido ao escalão superior da sociedade por meio de trabalho duro e maquinações incansáveis. Ele não era um homem que colecionava amigos.

Ele era o tipo de homem que colecionava inimigos.

Rake certamente o considerava assim.

"Oh, Rake", gritou Artemis com uma voz cantada. "Anda logo?"

Ele desviou o olhar de Deverill e encontrou Artemis, Julian e Celia o encarando de cima de suas montarias com variadas expressões de curiosidade. Julian parecia o mais preocupado, enquanto a duquesa parecia a mais avaliadora. Artemis só queria se apressar e, na verdade, já estava fazendo isso.

Rake montou em Moonraker e partiu em direção ao ponto médio da Rowley Mile. Para este percurso, os dois primeiros furlongs foram planos, seguidos pelo penúltimo furlong em declive que terminava em "The Dip", deixando os cavalos correrem morro acima para o trecho final do furlong e a chegada.

A Corrida Two Thousand Guineas era uma corrida difícil e

emocionante, e apenas o cavalo com mais garra chegaria à vitória.

Ao passarem pela linha de largada, ele vislumbrou suas cores. Gemma. Ela parecia estar trocando palavras com o jóquei de Dido. Artemis percebeu. "Você sabe do que se trata?" ela gritou.

Rake balançou a cabeça, mas sabia. O homem segurava um chicote. Gemma não gostava disso.

Mas essa não era sua principal preocupação.

Gemma... Uma onda de emoções o inundou ao vê-la. Alegria... *raiva... incerteza...*

Ela era uma espiã? Ou...

Ela era dele?

Um arco-íris sedoso de cores brilhava sobre cavalos e jóqueis sob a luz do sol, uma euforia imprudente percorrendo o ar. O momento que todos esperavam estava próximo.

Gemma e Hannibal tomaram seus lugares do lado de fora, enquanto os outros encontravam seus lugares preferidos. Como os puros-sangues são uma raça particularmente animada, a maioria não aceitava bem a proximidade. Ele compreendeu a sabedoria de Gemma em levar Hannibal para fora, mas eles teriam muito trabalho pela frente. Esse era um grupo de cavalos velozes.

Alguns minutos depois, Rake levou uma luneta ao olho, aguardando o tiro de largada com a respiração suspensa e o coração acelerado, como todos os outros. Àquela distância, não era possível ouvir os comandos sendo dados, mas era claro: o próximo comando seria o disparo do tiro.

Um pensamento lhe ocorreu: se Gemma fosse espiã de Deverill, ela perderia a corrida?

Afinal, ela havia oferecido seu corpo a ele e o usado para obter acesso aos seus segredos. Até onde ela não iria?

Logo após essas perguntas, veio uma certeza.

Não.

Seu amor por Hannibal era real — mesmo que todo o resto tivesse sido uma farsa.

Uma fumaça repentina cobriu o ar, cinza, seguida um instante depois pelo som do tiro.

A corrida havia começado.

Só que não.

Um segundo disparo se seguiu rapidamente, sinalizando uma largada falsa.

Ah, lá vamos nós — disse a duquesa com um suspiro resignado.

Artemis encontrou o olhar de Rake. "Você acha que os blacklegs descobriram Dido e subornaram o juiz de largada?"

"Não necessariamente", completou Julian. "Eles sempre subornam o juiz de largada. Prevejo pelo menos mais duas largadas falsas antes de começarmos."

Uma pequena carranca preocupada se formou na boca de Artemis.

"Eles estão tentando ver quem conseguem intimidar, só isso", disse Rake para acalmá-la.

Mas suas palavras não ajudaram em nada a acalmá-la.

Dido ficaria intimidada.

Ele mudou o ângulo da luneta e encontrou Gemma, inclinada sobre Hannibal, murmurando em seu ouvido, mantendo-o firme. Ela o acompanharia até o fim.

Ele achou difícil acreditar que uma mulher assim pudesse conter um pingo de duplicidade.

Tinha que ser um mal-entendido.

Um que eles esclareceriam depois da corrida.

Julian estava certo. Mais duas largadas falsas foram disparadas. Então, não foram apenas os cavalos e os cavaleiros que se tornaram cada vez mais briguentos, mas também a multidão. Com todo o dinheiro que circulava em torno das competições de corrida, os blacklegs tomaram o controle onde podiam, geralmente por meio de subornos, envenenamentos, apreensões, apostas fraudulentas... e a lista continuava. Eles encontravam os espaços sombrios entre as linhas de controle do Jockey Club, mantendo-se um passo à frente das leis, até que finalmente foram pegos.

Então, reavaliaram e começaram uma nova conivência sob uma nova perspectiva, implacáveis em sua busca por dinheiro.

O sujeito com o tiro de largada foi substituído — com sorte, por um homem que não estivesse nas mãos dos blacklegs. Uma nova seriedade preencheu o ar, enquanto todos sentiam que o próximo tiro podia ver a corrida verdadeiramente começar.

Hannibal estava pronto para correr, e Gemma também. Mesmo dali, Rake podia ver isso.

Tudo o que eles vinham buscando se resumia a esse momento.

O tiro disparou e os cavalos se puseram em movimento.

A multidão prendeu a respiração coletiva.

Sem um segundo tiro...

A multidão rugiu.

A corrida começou.

Dido e Filthy Habit abriram uma vantagem inicial, com Little Wicked e Bloody Hell meio corpo atrás. Gemma e Hannibal estavam bem atrás, sem sequer serem concorrentes.

O maxilar de Rake se apertou seu coração galopando descompassadamente no peito.

A expectativa explodiu em euforia enquanto ele a observava começar a ultrapassar um cavalo, depois outro, permitindo que Hannibal se esticasse totalmente em seu ritmo, sua ação livre e suave e tão enganosamente rápida na reta. De forma agressiva e metódica, Gemma os conduziu pelo campo, sem chicote ou espora, empregando, em vez disso, estratégia e habilidade e a completa confiança que Hannibal tinha nela.

Uma confiança compartilhada por Rake.

Agora na liderança por um corpo inteiro sobre Filthy Habit, a velocidade de Dido era relâmpago. O Ring não tinha acertado em tentar assustá-la. Trabalhando e se esforçando em meio à confusão de outros cavalos e cavaleiros, Gemma teria muita dificuldade para alcançá-la.

Mesmo assim, ela seguiu em frente.

"Você instruiu Deeds a usar chicote e espora com Dido?" Rake perguntou para Artemis.

Ela balançou a cabeça com força. "Não."

Dido não estaria acostumada a tal tratamento, pois nunca o experimentara em Somerton. Não era necessário que Deeds a pressionasse tanto, tão cedo na corrida. Depois de um furlong, ela ampliou sua vantagem sobre o grupo em dois corpos. O sucesso inicial só fez seu jóquei usar mais o chicote. Artemis ficou em silêncio, com a boca apertada enquanto observava os nós dos dedos brancos em volta das rédeas de seu cavalo castanho.

E ainda assim Hannibal continuou. Era um brigão, aquele cavalo. Destemido e ousado em sua perseguição a Dido. Ele agora estava ao lado de Filthy Habit, cujo jóquei tentava empurrar Gemma e Hannibal para fora da linha reta. Era uma prática comum, mas Rake mal suportava assistir. Gemma era franzina, mas determinada e astuta. Hannibal, no entanto, tinha o corpo maior entre os dois cavalos e não cedeu terreno quando terminaram o segundo furlong e galoparam para a rápida descida da corrida em direção a The Dip.

Dido apenas ganhou velocidade e criou mais espaço entre si e os outros cavalos, o resultado dessa corrida já era uma conclusão inevitável. Hannibal havia ultrapassado o resto do pelotão, mas não ganhou terreno sobre Dido, que estava quatro corpos à frente, com seu ritmo alucinante — e duramente conquistado, enquanto seu jóquei continuava a usar as esporas e o chicote.

Eles chegaram ao fundo do The Dip e agora galopavam morro acima para o último furlong.

De repente, Hannibal começou a ganhar terreno sobre Dido. A princípio, Rake achou que seus olhos o estavam enganando, mas não, ele e Gemma estavam, de fato, se afastando do resto do pelotão e se aproximando de Dido.

"Rake", disse Artemis, com um leve tremor na voz.

Não era tanto que Hannibal estivesse ganhando terreno sobre Dido, mas sim que ela o estava perdendo... rapidamente. Sem saber o que mais fazer, seu jóquei usou chicote e espora. Mas sem sucesso. Dido estava perdendo velocidade a um ritmo alarmante.

A três quartos de furlong do final, Hannibal ultrapassou Dido e assumiu a liderança.

Sem dizer uma palavra, Artemis incitou seu cavalo a um galope repentino, e ela partiu.

Rake seguiu em rápida perseguição. O que quer que estivesse acontecendo, não era bom. Artemis não enfrentaria isso sozinho.

Dido tropeçou, e o resto do pelotão passou galopando por ela enquanto ela desabava na grama, derrubando seu jóquei, que era experiente o suficiente para saltar para longe antes de se ver entre um cavalo caído e o chão implacável.

Em segundos, Artemis estava na cerca, desmontou e correu pela pista. Quando Rake saltou do cavalo, um rugido se elevou da multidão, e ele alcançou a linha de chegada. Gemma e Hannibal cruzaram a linha, os vencedores.

Mas agora não era hora para comemoração.

Ele pulou a cerca da pista e estava correndo na pista, em perseguição a Artemis. Isso não seria bom. Cavalos desmaiavam durante e depois das corridas o tempo todo, um fato trágico do esporte. A causa geralmente estava relacionada ao coração.

À frente, Artemis caiu no chão ao lado de Dido, cujo fôlego estava ofegante e forte. "Rake" gritou sua irmã por cima do ombro. Ela lançou-lhe um olhar suplicante, um olhar que pedia que ele fizesse alguma coisa, qualquer coisa. Ele era seu irmão mais velho, que sempre sabia o que fazer... como fazer qualquer situação dar certo.

Quando uma pequena multidão de curiosos e pessoas inúteis começou a se reunir ao redor, uma figura apareceu à distância, correndo em direção a eles. Gemma, com as bochechas coradas pela cavalgada, o suor escorrendo pelas laterais do rosto e o peito arfando de esforço.

"Ajude-a, Gem", soluçou Artemis.

Gemma não hesitou, foi direto até Dido e se ajoelhou sobre ela, com a orelha pressionada contra o peito de Dido, que havia ficado estranhamente imóvel. Alguns instantes depois, ela levantou a cabeça e seus olhos brilhantes encontraram os de Rake. Ela balançou a cabeça levemente, o que Artemis percebeu.

Artemis lançou um soluço de pura e inconsolável dor e descrença para o céu, e Rake abraçou a irmã.

Alguns segundos depois, quando ergueu os olhos, Gemma havia desaparecido na multidão.

Imerso em todas as outras emoções dos últimos minutos, Rake sentiu a pontada da perda.

Nada seria o mesmo depois daquele dia.

Ele tinha certeza disso.

Ele havia vencido.

Mas havia perdido muito mais.

Lady Beatrix abriu caminho pela multidão que se intensificava, gritando para todos: "Afastem-se imediatamente!" e abraçou Artemis, que começou a soluçar no ombro da amiga.

Por enquanto, sua irmã estava sendo atendida.

Rake tinha outro assunto para resolver.

Gemma.

Antes que aquele dia terrível terminasse, ele saberia a verdade sobre ela.

Ele suspeitava que já sabia.

Mas precisava ouvir diretamente da boca dela.

Com determinação, ele partiu.

CAPÍTULO VINTE E QUATRO

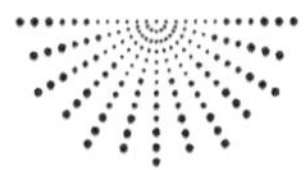

om a garganta arranhada de tanto agradecer aos cumprimentos e as costas doloridas de tanto aceitar tapinhas de congratulações, Gemma acompanhou Hannibal até os estábulos e os tirou das festividades de Newmarket, que haviam passado de turbulentas a tumultuadas agora que a corrida havia terminado. Uma grande festividade viria após o pôr do sol, com certeza.

O que ela e Hannibal precisavam era de calma e rotina. Ela havia terminado de esfriá-lo, e agora ele precisava de um pouco de comida, um balde d'água e uma boa e longa sessão de escovação. Ela imaginou que teria tempo para isso como sua despedida.

Mas com a relativa calma do estábulo — apenas um pouco mais contida que o terreno da pista — veio à imagem que ela vinha afastando da mente naquela última hora.

Dido.

Gemma ainda não conseguia entender. Num instante, Dido e Hannibal estavam lado a lado, e no instante seguinte, ela havia sumido. Naquele momento, a emoção da euforia explodiu em Gemma. Ela e Hannibal iriam vencer a corrida. Só depois de cruzarem a linha de chegada, e de Filthy Habit ter chegado duas distâncias atrás, Gemma olhou para trás.

O resto era um grande borrão.

Ignorando a multidão que se apressava em meio a gritos de aplausos e vaias, ela desmontou e entregou as rédeas de Hannibal para Wilson. Então, ela começou a correr, seus pés batendo na grama com a mesma força que as batidas do seu coração contra as costelas. Não era uma corrida tranquila. Ela teve que se desviar e se mover por entre os cavalos, cavaleiros e multidões de curiosos, torcendo para que estivesse errada sobre o que havia vislumbrado.

Então, ela abriu caminho pela última camada da multidão, que se aproximava o máximo que ousava, e seus pés pararam de repente, sua mente registrando apenas imagens. Dido de lado, imóvel. Lady Artemis curvada sobre sua amada égua inconsolável. O braço de Rake envolvendo as costas da irmã. Então, Lady Artemis implorou a Gemma que fizesse alguma coisa. Embora já soubesse qual seria o resultado, encostou o ouvido no peito de Dido, que estava imóvel demais. Não ouvira as batidas do coração intrépido da potranca.

Ela encontrou o olhar de Rake. Talvez ele, assim como a irmã, tivesse mantido a esperança de que ela fosse capaz de fazer alguma coisa. Seu primeiro instinto foi ir até ele. Mas ela se conteve, balançando levemente a cabeça.

Havia o tempo antes da corrida — e o tempo depois.

O tempo para ela ir.

Para se separar do mundo dele.

Para deixá-los se curar.

Sem ela.

Começando agora.

Ela lançou um olhar para Hannibal. "Você é um rapaz muito bonito com essa guirlanda de flores enfeitando seu pescoço."

Ele deu um leve relincho, como se reconhecesse a verdade das palavras dela.

Chegaram ao seu box e Gemma parou abruptamente no centro da abertura do portão. Lá, encostado em uma das paredes da baia, estava Rake, com os braços cruzados sobre o peito, esperando.

Magnífico.

Como sempre, essa foi a primeira palavra que lhe veio à mente ao vê-lo. Seu coração deu um pulo forte no peito.

Como sempre.

No entanto, um brilho nos olhos dele — um que ela particularmente não queria ler. Não era preocupação, tristeza ou euforia por ter vencido a Two Thousand Guineas. Um olhar impenetrável e fechado.

Raiva. Não do tipo quente e tempestuoso, mas sim frio e lúcido.

Ele sabia.

Certo.

Gemma acompanhou Hannibal até o box, passou as rédeas pela argola e começou a remover a sela antes de escová-lo.

O tempo todo, ela sentia aqueles olhos raivosos sobre ela. Ela ergueu a sela sobre a parede do box e ouviu uma voz baixa e firme às suas costas. "Vamos fazer isso aqui, então?"

Gemma congelou. Ela esperava que ele a deixasse escovar e alimentar Hannibal primeiro. Ela balançou a cabeça. "Não aqui com Hannibal", ela disse sabendo que era a coisa certa a fazer. "Ele precisa de calma."

Gemma não tinha certeza se conseguiria manter a compostura durante a conversa que se aproximava.

"Wilson" gritou Rake.

Ele era um verdadeiro duque. Mas, falando sério, como Wilson podia ouvir...

Uma cabeça apareceu. "Precisa de alguma coisa, Vossa Graça?"

"Traga um rapaz aqui para escovar e alimentar Hannibal."

Gemma não conseguia ficar em silêncio. "Mas eu já estou aqui. Eu posso cuidar de—"

Rake balançou a cabeça brevemente. A boca de Gemma se fechou. "Você não."

Se Wilson detectou algo inapropriado, não deu nenhuma indicação enquanto seguia as ordens de seu mestre.

"Depois de você", disse Rake.

Mas Gemma não podia ir ainda. Ela se virou para encarar Hannibal e acariciou seu focinho. "Você mostrou seu coração hoje, meu amigo", ela disse em voz baixa, apenas para os ouvidos dele. "Eu nunca vou te esquecer." Ele abaixou a cabeça, e ela se inclinou para frente, de modo que sua testa encontrou a dele. "Adeus."

Ela enxugou as lágrimas inevitáveis, Rake a observando. Por um instante, ela pode ter vislumbrado uma emoção diferente de raiva. Então ele piscou, e a emoção desapareceu, e ele gesticulou para que ela liderasse o caminho.

Eles saíram do estábulo, semicerrando os olhos contra a luz quente da tarde, sob uma explosão de aplausos e mais tapinhas nas costas. Gemma estaria toda marcada amanhã.

"Era isso mesmo, meu velho", veio um parabéns.

"Você podia ter me avisado que tinha um candidato", veio uma reclamação.

"Onde você encontrou o rapaz?"

"Tem ficado em silêncio sobre isso, não é?"

Gemma não conseguia acompanhar todas as palavras que lhes eram ditas, a maioria vindas de lordes em variados estados de embriaguez. O tempo todo, Rake tinha uma expressão como se uma tempestade estivesse prestes a desabar. Mas os frequentadores de Newmarket deviam estar acostumados com isso vindo do Duque de Rakesley, pois isso não os desanimava nem um pouco. Gemma manteve o olhar fixo no chão e seguiu para onde Rake a guiava.

Para o acerto de contas que se aproximava.

Embora estivesse completamente esgotada, tanto emocional

quanto fisicamente, e suas costas ameaçassem ceder a qualquer segundo, isso precisava acontecer.

Tanta coisa havia sido expressa entre eles.

Mas tanta coisa ainda permanecia não expressado.

Só quando chegaram é que Gemma viu que ele os havia conduzido até a carruagem. Ele abriu a porta bruscamente e se afastou, deixando claro que ela deveria entrar antes dele.

Ela hesitou, lançando-lhe um olhar antes de entrar e encontrar seu olhar. Lá estava de novo — aquele lampejo opaco de emoção. E a atingiu — a outra emoção que acompanhava a raiva nos olhos dele...

Dor.

De alguma forma, era pior do que a raiva.

Ela cortou o contato e entrou na carruagem com um grunhido de dor, estremecendo antes de se sentar. Suas costas não estavam nada satisfeitas por estar sentada dentro de uma carruagem, por mais suntuosa que fosse. Na verdade, porém, o interior da carruagem de um duque era mais confortável do que as camas da maioria das pessoas.

Ela se livrou daquela última palavra. Não seria bom pensar em camas — ou no que ela fizera nelas com aquele homem.

Ele se sentou no banco em frente a ela e esticou as longas pernas em um esparramado que sugeria poder. Ele deu duas pancadas fortes no teto, e a carruagem se pôs em movimento.

Gemma queria olhar pela janela... para suas mãos agora entrelaçadas no colo... para qualquer lugar, menos para o homem lindo e furioso esparramado à sua frente, mas ela não era tão covarde assim, então ergueu o olhar e encontrou o dele.

Ela detectou uma emoção totalmente inesperada naquelas profundezas. *Preocupação.*

"Você se machucou durante a corrida?"

"Só minhas, hã..." Ela hesitou. "Minhas costas."

Minhas costas.

Não suportava pensar no que aquele homem havia feito há

pouco tempo para fazer suas costas — e outras partes dela — se sentirem melhor.

Ela detectou a mesma compreensão nos olhos dele.

A preocupação não desapareceu.

Mesmo sabendo o que ela havia feito, ele queria protegê-la.

Era a sua natureza.

"Eu vou ficar bem."

Um momento se passou antes que ele assentisse brevemente em concordância. Enquanto a carruagem avançava lentamente pelo hipódromo, ele disse: "Hoje eu tive alguns encontros interessantes. Gostaria de ouvir sobre eles?"

Aquele olhar em seus olhos... "Não tenho certeza."

Uma risada, amarga e dura, irrompeu da linha firme de sua boca. "Ah, Gem, sempre o rapaz honesto." O riso feio desapareceu, e Gemma ficou feliz pela pequena misericórdia. "Só que isso não é verdade, é?"

Gemma possuía bom senso suficiente para ficar quieta — mesmo com partes dela clamando para ser ouvida.

Clamou para dizer que havia verdades sobre ela que só ele sabia — que só eles sabiam um sobre o outro.

Mas o tempo havia passado para que essas verdades fossem expressas.

Na realidade, esse tempo nunca existiu.

"Finalmente vi o notório Lorde Diabo."

Gemma se preparou.

"Só que isso não é bem verdade, é? Porque eu o vi ontem à noite." Uma pausa. "Com você."

"Sim."

"Engraçado você não ter mencionado o nome dele então", disse Rake, em tom de conversa. "É quase como se você estivesse escondendo alguma coisa."

Ah, Rake estava bem e excitado. Um fato que ele não estava tentando esconder. E o que ela diria em seguida só o deixaria ainda mais irritado.

"Você não precisava saber."

Suas sobrancelhas negras se ergueram, incrédulo. "Certamente não lhe falta audácia", ele zombou, meio admirado.

Depois de tanto segredo, chegara a hora de contar toda a verdade. "Meu trabalho para Deverill terminou. Encontrei-me com ele ontem à noite para receber o pagamento."

"E, presumivelmente, seu trabalho para Deverill era *me* espionar."

"Você não." Gemma queria que isso ficasse claro. "O trabalho do seu estábulo."

Essa havia sido uma distinção vital em sua mente — e ainda era. Não que ela esperasse que o homem furioso sentado à sua frente visse ou entendesse.

Ele se inclinou para frente, o antebraço apoiado na coxa musculosa. "E quanto Deverill pagou?" ele perguntou cada palavra uma ponta afiada projetada para infligir dor. "Ele sabe até onde seu *rapaz do estábulo* foi para obter informações?"

Uma raiva repentina percorreu Gemma. Suas costas ficaram rígidas de indignação, e ela imediatamente se arrependeu, fazendo uma careta contra o protesto. "Você... você...", gaguejou. "Está me chamando de prostituta?"

Os olhos de Rake se transformaram em diamantes negros brilhantes. "Se essa é a palavra correta."

Ele estava ferido, e estava pronto para ferir. Cavalos sofrendo atacavam assim. Embora Gemma entendesse, ela ainda sentia a dor infligida. "Você sabe que não era assim... entre nós."

Ele não cederia. "Eu não sei de nada."

"Então saiba disso, Vossa Graça." Ela pronunciou as duas últimas palavras com ênfase especial. "Ano após ano, vi minha mãe se esforçar até a morte por um homem que não lhe dava outra escolha a não ser sua propriedade. Era assim que ele a tratava. Como ele tratava Liam e a mim. É algo que você não consegue entender."

"Ah, eu entendo traição muito bem."

Claramente, suas palavras não a haviam atingido nem um pouco.

Gemma sentiu sua raiva dobrar de força. "Porque uma mulher que não o amava, em primeiro lugar, o deixou por outro homem?" ela zombou.

Ele ficou imóvel.

"Confesse, Vossa Graça", ela continuou, imprudentemente, em uma curva fechada. "O senhor também não a amava de verdade. Foi o seu orgulho que foi ferido todos aqueles anos atrás — não o seu coração."

"Você não sabe nada sobre o meu coração."

Ela sabia que agora havia uma fortaleza ao redor dele que permaneceria para sempre impenetrável.

E que ela a havia colocado lá.

"Aqui está o que eu sei", ela disse. Era hora de alguém apresentar alguns fatos ao duque. "Eu conheço a necessidade. Você só conhece o desejo. O que você quer, você tem. Quando Felicity te deixou, foi a primeira vez que um desejo lhe foi negado?"

Seu maxilar se apertou. Ele não gostava de ser visto sob essa luz específica.

Que pena.

A verdade doía.

"Alguns de nós nunca têm o luxo de realizar um desejo", ela continuou implacável. "Estamos ocupados demais cuidando das nossas necessidades. Sim, eu fui espiã em Somerton." Ela deixou a declaração de lado por um momento. "Para que Liam e eu pudéssemos deixar para trás uma vida de constante necessidade e ter o futuro que desejamos."

Rake inclinou a cabeça, o olhar estreito, avaliando tanto as palavras dela quanto ela. "E que futuro é esse?"

"Liam e eu fizemos planos."

Sua testa franziu. "Que planos?"

Ela não deveria contar a ele. Ela não era mais problema dele. Isso estava claro. No entanto... "Nós vamos para Nova York."

E ela sabia — ela não queria ir.

Embora não fosse passar mais tempo de sua vida com aquele homem do que o tempo restante naquela viagem de carruagem, a ideia de colocar um oceano entre eles fez com que um abismo negro se expandisse dentro dela.

"América?" ele perguntou completamente perplexo.

"Liam já comprou nossa passagem para o dia 30."

"Isso é dentro de duas semanas."

"E você nunca mais precisará me ver." Ainda assim, uma pergunta escapou de sua boca. Uma pergunta que ela não precisava fazer... "Você pediu a Duquesa de Acaster em casamento?"

Seu maxilar se apertou e relaxou. "Ainda não."

Ainda não...

"Assim que fizer", Gemma disse, contornando o nó que se formara em sua garganta, "você e a Duquesa de Acaster poderão viver felizes para sempre."

De repente, as palavras que ele não dissera na noite anterior e jurou dizer hoje preencheram o ar entre eles.

"Ela não será mais a Duquesa de Acaster", disse ele. "Ela será a Duquesa de Rakesley."

"Tenho certeza de que vocês dois serão muito felizes juntos." As palavras tinham gosto de marmelo amargo na boca de Gemma.

"Claro, seremos felizes. Todos os nossos interesses se alinham perfeitamente."

Gemma não sabia ao certo o que era pior— as próprias palavras... ou o fato de ele as ter pronunciado com tanta frieza.

"Sabe", ela começou. Ah, por que ela estava falando? Por que não podia deixar para lá? Esse homem tinha o futuro todo traçado diante de si. Ela não precisava dizer mais nada... "Você aguentaria deixar um pouco de caos entrar na sua vida."

Rake piscou atônito. Uma longa gargalhada se seguiu. "Eu diria que já o fiz, na forma de uma mulher franzina que já foi meu rapaz de estábulo."

Um fato que Gemma não podia negar. Mesmo assim... "Você não precisa segurar as rédeas do controle com tanta força o tempo todo. Tipo, quando eu monto o Hannibal, não se trata de controlá-lo. Trata-se de nos libertar e ver aonde isso nos leva. É no espaço intermediário que a magia da vida acontece."

Seu sorriso condescendente diminuiu aos poucos.

Um dia, eles se libertaram e encontraram essa magia — juntos.

Ele queria duvidar, mas a verdade era a verdade. Ela existia e não podia ser negada ao nada.

Ele enfiou a mão no bolso interno do sobretudo, e sua mão emergiu com uma bolsa de couro grossa, que ele jogou sobre o vão dos pés. Gemma a pegou e testou seu peso pesado e estridente. A bolsa de 200 libras por vencer a Two Thousand Guineas.

"Suas trinta moedas de prata."

Gemma não ia deixá-lo escapar impune. "Ah, Deverill me pagou ontem à noite." Ela ergueu a bolsa de couro. "Ganhei isso hoje por um trabalho bem feito. Você levou Hannibal à Corrida do Século." Ela não havia terminado de provocá-lo. "Nós dois conseguimos o que queríamos."

Ela não pretendia que as palavras soassem como uma ironia, mas sim como uma provocação barata.

Parecia o oposto.

Embora ambos tivessem conquistado o que queriam no início, os desejos haviam mudado nas últimas semanas e possivelmente se transformado. Existia a possibilidade de que, por um breve momento, eles tivessem desejado um resultado completamente diferente.

Um resultado que poderia ter sido uma possibilidade.

Em outra vida.

A carruagem entrou no pátio dos estábulos do The Running Horse. Chegara a hora de Gemma desocupar aquela carruagem.

E nunca mais ver aquele homem.

Mesmo quando o veículo diminuiu a velocidade até parar, nenhum dos dois se moveu para abrir a porta.

"Vocês não precisam mais se preocupar com Bolton", disse Rake, sem pensar, como se as palavras não significassem muita coisa.

Gemma piscou. "O que você quer dizer?"

"Ele entende que você agora está sob minha proteção."

Sua testa franziu. "Quando você—"

"Eu falei com ele hoje."

"Mas..." Ah, isso precisava ser dito. "Eu não estou sob sua proteção."

"Bolton não precisa saber disso."

Um longo momento se estendeu entre eles enquanto as implicações das palavras de Rake a penetravam. Ela não podia sair daquela carruagem sem dizer algo. Mesmo com tudo o que havia sido dito, duas palavras ainda permaneciam. "Obrigada."

O maxilar de Rake se apertou. Ele não queria aceitar o agradecimento dela, isso era evidente. Mesmo assim, ele assentiu. Então, estendeu a mão para a maçaneta e empurrou a porta.

Gemma forçou os músculos rígidos a se moverem e, de alguma forma, conseguiu sair da carruagem. A porta se fechou atrás dela.

Ela não esperava encontrar o olhar dele pela janela. Tanta coisa ainda pulsava e se interpunha entre eles.

Tudo isso impossível.

O abismo entre eles era grande demais... *intransponível.*

Ele deu duas pancadas fortes no teto, e a carruagem se pôs em movimento.

Sozinha no pátio da pousada, Gemma a observou sumir de vista. Mas ela não estava sozinha. Rake a deixara com um presente.

O presente da liberdade.

Ele estava zangado com ela. Não queria mais nada com ela —

e, no entanto, não era vingativo. Era generoso. No fim das contas, ele era um bom homem — um homem honrado.

Ele era o homem que ela amava.

Pois ali estava o presente — ela e Liam não só estavam livres de Bolton, como também não precisavam mais deixar a Inglaterra. Não enquanto Bolton acreditasse que eles estavam sob a proteção do Duque de Rakesley. E Gemma sabia que Rake jamais desmentiria Bolton dessa crença.

De repente, seu futuro se abriu diante dela. Não por causa do dinheiro que ganhara de Deverill e por vencer a Two Thousand Guineas. Mas por causa de Rake — sua generosidade... sua proteção.

Aquele era o homem que ela amava.

Aquele era o homem que ela não poderia ter.

O homem que ela poderia ter tido em uma vida diferente.

Se...

Se sua mãe tivesse sido casada com seu pai.

Se ela não o tivesse traído.

Se ela fosse uma pessoa completamente diferente — e isso ela não podia ser.

Ela só podia ser ela mesma, aproveitando ao máximo a vida em que nascera.

Mesmo assim, ela entendia que todos os *"ses"* a assombrariam pelo resto de seus dias.

E mais um *"se"*.

Se... ela pudesse ser de Rake.

Qual seria o valor dessa vida que ela estava livre para moldar para si mesma sem ele?

CAPÍTULO VINTE E CINCO

Foi só ao ouvir pela terceira vez passos abafados passando apressadamente pela porta fechada do seu quarto que Rake forçou os olhos a se abrirem.

E mesmo assim, foi um olho que se apertou para verificar as horas no relógio de cabeceira.

Sete e meia.

Observou o sol espreitando pelas bordas das cortinas de veludo bem fechadas contra o mundo exterior. Deitou-se e esfregou os olhos para afastar o sono. Pelo sexto dia consecutivo, ele estava na cama depois do amanhecer. Podia tentar se convencer de que estava cumprindo o horário londrino — e estava, se beber e jogar todas as noites no Brooks's contassem como horário londrino. Mas a verdade nua e crua era que, todas as manhãs, ele se deitava na cama e lutava para encontrar um bom motivo para se levantar.

De qualquer forma, ele não deveria estar em Londres. Mas Artemis não conseguira retornar a Somerton depois da Two Thousand Guineas, e Rake não podia permitir que ela vagasse sozinha pela mansão em Grosvenor Square, tendo apenas a mãe como companhia — não que sua mãe fosse de alguma ajuda. Ela se mantinha estritamente dentro de seus próprios horários e de sua agenda, e como seus filhos nunca estavam agendados, eles não eram recebidos por ela.

O que era uma bênção.

Ela ouvira atentamente a tragédia que se abatera sobre Dido e, ao final, dissera: "É um cavalo, Artemis".

E esse foi o fim de tudo para a mãe.

Mas Rake sentia que tinha uma motivação mais profunda e verdadeira para ter acompanhado a irmã a Londres.

Gemma.

Ela estaria em Londres.

Seu navio zarparia das Docas de Londres.

Hoje.

Do lado de fora da porta do quarto, o som contínuo de pés arrastando-se pelos corredores, acompanhado por vozes em tom abafado, não diminuía. Rake jogou os cobertores para longe e pegou seu robe. Como duque daquela mansão, supôs que precisava investigar o que estava acontecendo. Não seria a mãe, pois sua máscara de dormir de seda não saía do seu rosto um segundo antes do meio-dia, restando apenas uma ocupante.

Artemis.

O que raios sua irmã estava fazendo?

Ele escancarou a porta do quarto e perguntou exatamente isso ao primeiro criado que passou arrastando os pés. O criado engoliu em seco, sem muita vontade de invocar ainda mais a ira do duque. Rake tentou disfarçar a fúria. "Por acaso, meu bom homem", ele disse com uma aparência de paciência, "o senhor por acaso sabe o que está acontecendo?"

"É Lady Artemis, Vossa Graça", disse o criado.

Só então Rake notou que o homem segurava uma bolsa de couro em cada mão. "Ela está indo a algum lugar?"

Esta seria a primeira vez que ela saía de seus aposentos desde que eles chegaram.

Rake não sabia se aquilo era um bom sinal.

Ou um muito ruim.

Antes que o criado pudesse responder, Ártemis emergiu da porta de seu quarto no fundo do corredor, vestida da cabeça aos pés com um traje de viagem de veludo lilás. A testa de Rake franziu. "Vai a algum lugar?" ele gritou.

Ela diminuiu a distância entre eles. "Estou indo embora, Rake."

"Eu já tinha percebido", disse ele. "Mas por quê?"

Ela engoliu em seco e seu olhar mudou, provavelmente para supervisionar os criados que retiravam seus pertences dos aposentos. "Não posso ficar aqui", ela disse, as palavras simples, mas carregadas de um fardo de significado.

"Devo mandar preparar a carruagem para nosso retorno a Somerton?" ele perguntou.

Ele precisava sair de Londres. Não confiava em si mesmo para não fazer algo precipitado.

Como ir direto para as Docas de Londres, quando tinha um encontro com uma mulher muito diferente às dez horas.

Artemis encontrou seu olhar, o dela instável, mas seguro. "Vou embora sem você."

"Artemis", começou Rake, "não há nada que alguém possa fazer."

Uma profunda tristeza a envolveu. "Eu sei, Rake. Mesmo assim, não consigo suportar olhar para você agora." Ela engoliu em seco. "Eu também não consigo suportar olhar para mim mesma, aliás."

"É uma daquelas coisas que acontecem no hipódromo, Artemis. Ninguém consegue prever. Você sabe disso." Ele estava dizendo todas as palavras certas, mas podia ver que nenhuma delas era suficiente para penetrar o manto de luto que envolvia sua irmã. "Não é sua culpa."

"Ah, é?" Artemis retrucou, a raiva percorrendo a única sílaba. "Então de quem é a culpa? Você tentou me avisar. Gem tentou me avisar. Eu não dei ouvidos a ninguém." Ela fechou os olhos e balançou a cabeça. Quando os abriu novamente, estavam brilhando com lágrimas não derramadas. "Dido confiou em mim, e agora ela está —" Artemis engasgou, incapaz de dizer a última palavra.

Rake tentou um ângulo diferente. "Pelo menos me diga para onde você está indo."

Ela se endireitou em toda a sua altura esbelta e recuperou a compostura. "Para West Riding."

"Endcliffe Grange?" ele perguntou para esclarecer.

Ela assentiu firmemente.

"É necessário ir até Yorkshire?" Ele teve que perguntar. Preferia que ela fosse para Somerton, onde poderia ficar de olho nela.

"Vou, *hã*, encontrar uma amiga."

"Uma amiga?"

"Eu tenho algumas, sabia?"

"Em Yorkshire?"

"Além disso", ela falou. Seu maxilar assumiu a expressão combativa que sinalizava firme oposição a mais discussões. "A Grange é minha, pois a vovó a deixou para mim."

"O que isso tem a ver com alguma coisa?"

Ela colocou uma luva roxa de pelica em uma mão, depois na outra. "Não me siga nem tente entrar em contato comigo, Rake", ela disse. "Estou falando sério."

Um momento se passou enquanto Rake avaliava a determinação da irmã. O fato era que ele dificilmente poderia impedi-la. Mas se ele achava que ela não estava em condições de cuidar de si mesma, não a deixaria ir sozinha. Ela dificilmente conseguiria impedi-lo.

Eles sabiam disso um sobre o outro.

Mas o brilho resoluto que brilhava em seus olhos lhe dizia que ela ficaria bem sozinha.

Então, quando ela passou por ele e praticamente desceu as escadas correndo, ele falou: "Adeus, irmã", e a soltou.

Com os pés quase se arrastando pelo chão, ele voltou para o quarto e chutou a porta atrás de si. A tentação de cair de volta na cama o consumia, com força.

Mas não adiantou.

Ele precisava se preparar para fazer uma visita à mansão da Duquesa de Acaster na St. James's Square em algumas horas. Estavam marcados para se encontrar as dez horas.

Então, ele entraria na sala de estar dela e sugeriria que unissem seus destinos em casamento.

Era o único motivo da visita.

E ambos sabiam disso.

O casamento que você descreveu com a Duquesa de Acaster não o fará infeliz... Mas também não o fará feliz.

Palavras de Gemma.

Felicidade.

Uma ideia que seria melhor deixar para as classes mais baixas.

Não fora assim que sua mãe o ensinara a pensar?

Ele não havia, de fato, fracassado espetacularmente todas as vezes que tentara perseguir o ideal ilusório?

Ele não seria feliz com a Duquesa de Acaster — mas também não seria infeliz.

Com uma esposa como Celia, ele não sentiria a miséria absoluta que se instalara como um tijolo em seu peito na última semana.

Nem ascenderia às alturas que alcançara com Gemma.

Havia desejos e necessidades.

Gemma não lhe ensinara sobre isso?

Além disso, ela estava certa.

Naquele momento, ele estava cego pela sensação de traição que não conseguia ver a situação do ponto de vista dela. O fato era que ele nunca precisou se esforçar ou lutar pelo o que queria.

Não como Gemma.

Não como ela fora corajosa o suficiente para fazer.

Mas o que importava agora?

Ela estava embarcando em um navio com destino a Nova York.

E ele estava a caminho da mansão de uma duquesa para pedi-la em casamento.

Cada um tinha seus próprios planos e suas próprias vidas para levar.

Hoje era o início de sua vida perfeita, nada infeliz.

* * *

ST. JAMES'S SQUARE, 10 HORAS DA MANHÃ

Rake se ajeitou no sofá de seda rosa da sala de estar da Duquesa de Acaster e tentou se acomodar.

Mas nenhuma configuração de pernas cruzadas ou descruzadas — ou recruzadas, aliás — durava mais do que dez segundos.

Ele simplesmente não conseguia se sentir confortável.

A Duquesa de Acaster estava prestes a torná-lo o homem mais feliz — ou não o mais infeliz — do mundo, e ele não conseguia se acomodar.

Não importava.

Ele não precisava se sentir confortável ou acomodado.

Precisava tirar a pergunta da boca — e o resto de sua vida seguiria adiante.

A duquesa entrou na sala usando um vestido rosa coral, um tom diferente do restante da sala rosa. A mulher certamente gostava de rosa. Mas isso não vinha ao caso. Com os cabelos negros caindo em cascata sobre os ombros em ondas artísticas e o vestido acariciando suas curvas nos lugares certos, ela de alguma forma conseguia parecer tanto uma duquesa quanto a mulher dos sonhos de qualquer homem — refinada, porém voluptuosa.

Ele nunca tinha visto Gemma de vestido.

O pensamento só lhe ocorreu agora.

Ela não preencheria aquele vestido como Celia — todas as suas curvas exuberantes.

Mas ela não ficaria menos atraente nele.

Ele se sacudiu mentalmente. Gemma não tinha lugar naquela sala — principalmente considerando a pergunta que ele estava prestes a fazer à mulher que se aproximava.

"Rakesley", disse Celia, com um sorriso sedutor nos lábios. Seu lábio inferior carnudo brilhava, úmido como se ela o tivesse lambido, e suas bochechas brilhavam intensamente e frescas, como se ela as tivesse beliscado um momento antes de entrar na sala.

Quando ele tomasse aquela mulher como esposa, seria a inveja de todos os homens da Inglaterra.

"Celia", ele disse levantando-se e só voltando a sentar-se depois que ela se acomodou no sofá à sua frente.

Um silêncio nada desconfortável se passou. Foi o próximo instante de silêncio que causou o desconforto.

Isso fez Rake querer começar a cruzar, descruzar e cruzar as pernas novamente.

O que não seria possível.

"Acho que os parabéns são necessários", ele disse para ter algo a dizer.

Ela deu um sorriso satisfeito. "Você está falando de Light Skirt, presumo."

"Não é pouca coisa ganhar a One Thousand Guineas."

"Ela enfrentará o seu Hannibal na Corrida do Século", ela respondeu com um olhar desafiador.

Aqui, falando de cavalos, eles pisavam em terreno seguro.

Uma expressão de compaixão surgiu em seus olhos âmbar e luminosos. "Como Lady Artemis está se saindo após a perda de Dido?"

"Tão bem quanto se pode esperar."

Rake supôs que chavões eram para conhecidos e estranhos, e

certamente não para a futura esposa, mas não conseguia falar com aquela mulher de outra maneira. Além disso, não queria falar sobre Artemis. Se falasse sobre Artemis, pensaria em Artemis e então se veria na estrada, certificando-se de que ela chegasse a Yorkshire em segurança.

Talvez Gemma estivesse certa.

Talvez ele realmente não suportasse não ser o único no controle o tempo todo.

Gemma.

Ela tinha um jeito de se infiltrar em seus pensamentos a todo o momento.

"Quer que eu peça chá?" perguntou Celia, com uma ruga quase imperceptível de questionamento entre as sobrancelhas.

Rake balançou a cabeça.

Outro silêncio se estendeu entre eles.

Ele não tinha vindo tomar chá, e ambos sabiam disso.

Ele tinha vindo para fazer uma pergunta àquela mulher.

E ela tinha vindo para dizer sim.

Era tudo uma conclusão inevitável. E ainda assim...

A pergunta se recusava a sair de sua boca.

Ele pigarreou. "Na verdade, eu cheguei a..."

As palavras que a pediriam em casamento estavam tendo uma luta danada.

Ele tentou uma configuração diferente de palavras. "Cheguei à conclusão de que eu deveria pedir..."

As sobrancelhas dela se franziram.

Deveria? Como se fosse uma tarefa desagradável?

Você se casar comigo, deveria estar saindo de sua boca.

É no espaço intermediário que a magia da vida acontece.

Mais palavras de Gemma.

E Rake percebeu algo: ele jamais experimentaria aquela magia com aquela duquesa perfeita que não o faria infeliz.

E percebeu algo mais: ele queria aquela magia.

Ele *precisava* daquela magia.

E havia apenas uma mulher com quem ele poderia experimentá-la.

Uma urgência e impaciência repentinas o invadiram.

Ele estava no lugar errado — falando com a mulher errada.

Mas primeiro, precisava tentar apaziguar as coisas com a mulher errada. Ela o encarava como se de repente lhe tivessem nascido chifres.

"Acontece", começou ele, "que vim perguntar se você se importaria muito se eu *não a pedisse* em casamento."

Um silêncio assustado se seguiu à sua pergunta, que não era bem uma pergunta.

Então, as sobrancelhas de Celia se afrouxaram e uma risada dura escapou dela. Parecia que ele não conseguia evitar provocar aquela reação em todas as mulheres que encontrava. Ainda assim, não esperava isso daquela mulher.

Agora que pensava nisso, não sabia que resposta esperaria.

Ele se inclinou para frente, quando o que realmente queria era se levantar e sair daquela sala. Mas não conseguiu até que a duquesa se levantasse primeiro. Ele ainda possuía algumas de suas maneiras. "Está muito decepcionada?" ele perguntou. Parecia uma pergunta natural, dadas as circunstâncias.

Seu olhar se ergueu em direção ao teto branco. *"Decepcionada?"* ela zombou. "Ah, você não tem ideia."

"Você não está... *não estava...* apaixonada por mim, espero", ele disse. A resposta dela o deixou na defensiva, para ser sincero, então o uso do verbo no passado parecia apenas justo.

Outra risada dura irrompeu dela. "Claro que não."

Rake não conseguiu conter a onda de alívio.

"Decepcionada?" ela zombou. "Ah, você não tem ideia."

A duquesa, no entanto, não havia terminado. "Por que você imaginaria uma coisa dessas?"

"Sua reação, para começar."

"Ah, definitivamente não é a sua perda que vai me fazer chorar no travesseiro essa noite", ela disse com as palavras transbordando de desprezo. "Será a perda do seu..." Ela interrompeu o resto da frase e se levantou de um salto, dando a Rake a desculpa de que ele precisava para se levantar.

"Estábulos", ele completou por ela.

Seus olhos ficaram completamente sérios. "Algo assim."

O que estava acontecendo, afinal?

Mas Rake não tinha tempo nem disposição para insistir na pergunta.

Por sua vez, a duquesa bufou. Possivelmente o primeiro bufo a sair de seu nariz refinado em toda a sua vida. "Homens", foi tudo o que ela disse, como se isso dissesse tudo. Seus olhos, que sempre o fitaram suavemente, endureceram. "E eu ficarei com Silky Sadie."

A testa de Rake formou uma ruga profunda. "Agora, não vamos nos empolgar."

Ela arqueou uma única sobrancelha. Seu protesto não teve chance de se firmar naquele terreno pedregoso.

"Claro", ele reclamou. Era uma tremenda desonra.

Mas ele não podia culpá-la.

Ela pensara que não haveria risco em usar Silky Sadie como isca, porque, com o casamento, seus estábulos se uniriam.

E havia o fato de que ele pretendia sair dali e imediatamente procurar outra mulher.

A duquesa poderia ficar com sua égua.

Ele teria algo muito mais valioso.

Uma vida com Gemma.

Se ela o quisesse.

Ele disse apressadamente: "Desejo-lhe tudo de bom", e seus pés se apressaram pelo salão. Outro escárnio pétreo encontrou suas costas ao sair.

Lá fora, ele desceu os degraus da frente, dois de cada vez, e gritou para seu cocheiro: "As Docas de Londres".

Ele alcançaria Gemma antes que ela zarpasse e proclamaria

seus sentimentos — se conseguisse encontrar uma maneira de reuni-los em frases coerentes.

E se ela ainda quisesse ir embora depois disso, então...

Na verdade, ele não conseguia pensar em mais nada *depois disso.*

Ele não tinha certeza se conseguiria continuar sem ela.

Soaria piegas — se não parecesse tão verdadeiro.

* * *

MEIA HORA DEPOIS

O que Rake não contava em sua pressa e correria para as Docas de Londres eram hordas e hordas e *hordas* de pessoas.

Pessoas de todos os tipos. Capitães e tripulantes... vendedores ambulantes... soldados... homens e mulheres de todos os níveis sociais, do mais baixo ao mais alto. Eles andavam e corriam, apressavam-se e se aglomeravam, disparavam e andavam de um lado para o outro, se apressavam e se moviam em todas as direções.

E havia uma miríade de navios de todos os tipos e tamanhos — barcas, escunas, brigues, saveiros... Ah, a variedade e a quantidade de embarcações marítimas eram infinitas.

Sobrecarregado, Rake firmou os pés e olhou ao redor. Teria pensado em chegar e simplesmente ver Gemma?

Certamente esse não seria o caso.

Frenético, ele começou a perguntar a todos que se encontravam num raio de três metros se poderiam lhe indicar a direção do navio com destino a Falmouth naquele dia, depois para a América. A maioria evitou seu olhar e passou direto. Outros lhe deram a cortesia de um dar de ombros indiferente.

E se ela já tivesse partido?

Ele não conseguia pensar nesse *"e se".*

Ele precisava de respostas definitivas e não pararia até tê-las. Só conseguia pensar em três possibilidades.

O navio dela, de fato, havia partido.

Ela estava ali — e o ouviria e responderia com um firme não.

Ou... responderia com um *sim*.

Uma chance em três de ser dele para sempre.

Com essas probabilidades, ele tinha que continuar procurando.

Sentiu um puxão e olhou para baixo, encontrando uma mãozinha suja segurando seu sobretudo. Um moleque de rua o encarou com um brilho astuto. "Você está procurando o *Morgana?*"

"Não tenho certeza", disse Rake, lentamente.

"Aquele que vai para Falmouth?"

O alívio percorreu Rake. Finalmente, ele estava chegando a algum lugar. "Deve ser esse."

O garoto inclinou a cabeça e estendeu a mão.

Uma linguagem universal, aquela.

Rake procurou no bolso até que, finalmente, seus dedos encontraram uma moeda emergindo, brilhante e reluzente. Sem um momento de hesitação, o rapaz arrancou a moeda entre o indicador e o polegar de Rake. Rake só pôde agradecer que os pés do rapaz fossem mais lentos que suas mãos quando Rake o agarrou pelo colarinho antes que ele pudesse desaparecer na multidão. "O navio?"

O garoto apontou para o rio.

Tudo o que Rake viu foi água. "Afundou?"

"Claro que não", zombou o rapazinho. Ele apontou novamente.

E Rake entendeu.

O rapaz não estava apontando para o rio, mas para o navio que navegava nele.

Inconscientemente, a mão de Rake soltou a gola do rapaz, e ele aproveitou a oportunidade para desaparecer na multidão.

O navio estava a uns bons cem metros no rio abaixo. Longe demais para fazer qualquer coisa.

Gemma havia sumido.

Um buraco, negro e sem fundo, abriu-se dentro de Rake, e ele se sentiu repentinamente sem fôlego, tendo até que colocar as mãos nos joelhos para se apoiar.

Ele a havia perdido.

Havia perdido de verdade.

Estranhamente, ele não havia considerado isso uma possibilidade real.

Ela tinha tomado uma decisão.

E ele não tinha escolha a não ser respeitá-la.

Respeitar?

Não, se ela tivesse ficado na Inglaterra, ele não teria conseguido se manter longe dela.

Mas quando uma mulher insistia em colocar um oceano entre ela e um homem, bem, isso enviava uma mensagem.

Uma com a qual ele teria que tentar encontrar uma maneira de conviver.

Ele só tinha a si mesmo para culpar.

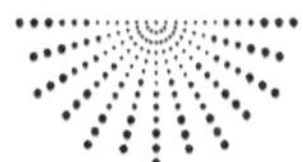

ake apoiou os antebraços na viga superior da cerca da pista e observou, ao lado de Julian, cavalo e cavaleiro passarem em disparada, cascos batendo no chão com um baque surdo.

Julian olhou para o relógio de bolso. "Oito segundos mais rápido que a última vez."

"Filthy Habit vai precisar de um bom galope cerca de uma hora antes do Derby para se aquecer", disse Rake.

Julian concordou com a cabeça e guardou o relógio no bolso. Juntos, eles observavam os cavalos em seus treinos matinais. Embora o Derby ainda estivesse a uma semana de distância, Epsom já fervilhava com a energia frenética que dominava todas as pistas da Inglaterra na semana anterior a uma corrida.

"Little Wicked está em ótima forma para o Oaks", observou Julian.

"É, ela é uma ótima competidora", respondeu Rake. "Bom traseiro."

Ele mal conseguia pronunciar as palavras com os dentes cerrados. Sempre o irritaria saber que Little Wicked pertencia a Deverill.

Ele afastou os pensamentos sobre o homem da mente. Tudo o que fizeram foi levá-los a...

Gemma.

"Acho que resolvemos o problema principal do Filthy Habit", continuou Julian.

"Que problema?"

"Não tanto com o próprio Filthy Habit, mas com o jóquei dele."

"Muito chicote?"

Julian balançou a cabeça. "Muito pouco, na verdade."

Uma risada seca soou pelo nariz de Rake. "Nunca deixe..." O resto da frase morreu na boca de Rake.

Nunca deixe Gemma ouvir você dizer isso.

Claro, Gemma não conseguiria ouvir. Ela não estava aqui.

Ela nem estava na Inglaterra.

Ou deste lado do Oceano Atlântico, aliás.

"Não que ele deva ser chicoteado", disse Julian, alheio ao ciclo interminável de pensamentos de Rake nas últimas duas semanas. "Mas Filthy Habit reage a um leve toque no papo em momentos cruciais. Ele pode se distrair. Isso evita que seu foco se desvie."

Como se para ilustrar o ponto, Filthy Habit passou trotando, seu jóquei em processo de resfriar o animal. Era um potro lindo e bem constituído. Rake não tinha dúvidas de que ele conquistaria a coroa do Derby em uma semana e daria trabalho a Hannibal no final de setembro na Corrida do Século.

"Preciso dizer a Smithwick para dar a ele mais três quilômetros de resfriamento", Julian gritou por cima do ombro enquanto pulava a cerca.

Rake observou seu amigo se distanciar e pensou em Artemis, que não se juntaria a eles na Corrida do Século. Ela ainda sentia profundamente aquela perda.

Incapaz de se conter, ele havia enviado um bilhete para Endcliffe Grange uma semana antes, apenas para se certificar de que ela não havia sido atacada por salteadores na Great North Road. Ontem, ele recebeu uma resposta concisa de três palavras.

Deixe-me em paz

Ele deveria ficar longe. Ela não poderia ser mais clara.

O que era difícil de aceitar. Seu instinto era tentar consertar a situação. Mas ele entendia que controle não era o que precisava. Artemis precisava de tempo. O tempo curava tudo.

Ou alguma bobagem assim.

Ele não tinha realmente descoberto que isso era verdade para si mesmo. Todos os dias, era uma luta para ele não reservar passagem com destino à América e vasculhar cada centímetro de Nova York até encontrar Gemma.

Ele começaria pelos estábulos.

Um cavalo e um jóquei passaram em disparada, chamando a atenção de Rake.

Mas o que o prendeu foi uma vaga sensação de reconhecimento.

Ele conhecia o cavalo — o *Good Sir Longshanks* —, mas não o jóquei. No entanto, havia algo familiar no rapaz. A maneira como ele montava o cavalo levemente. A chama de cabelo ruivo-dourado ondulando sob o boné.

Não era Gemma, é claro. Esse jóquei era mais alto, mais magro... um homem.

Então ele fez uma curva, e o reconhecimento percorreu Rake.

Ele era um dos dois homens que Gemma se encontrara no The Running Horse.

Não Deverill.

O outro.

O irmão dela.

Liam.

O súbito turbilhão da mente de Rake desfez um fio tênue de

lógica. Liam estava ali, o que só podia significar que Gemma também estava...

Com o coração martelando contra as costelas, Rake girou lentamente, absorvendo cada centímetro do percurso e do terreno. Ele a reconheceria em um instante, pois conhecia as linhas e os ângulos de sua figura melhor do que os seus.

Nada.

Sua testa se franziu profundamente.

Liam estava... *aqui...*

Na Inglaterra.

Mas...

Onde diabos estava Gemma?

Seus pés se moviam sem que ele os mandasse, indo em direção aos estábulos. Liam acabaria lá com o *Good Sir Longshanks*.

Meia hora depois, Liam estava no bloco de montaria e desmontando do cavalo. Assim que terminou de conversar com o treinador e receber algumas instruções, Rake se colocou em seu caminho. Quando os pés de Liam pararam cambaleando, foi o arregalar dos olhos que o denunciou. Ele reconheceu Rake à primeira vista.

Rake apontou o queixo em direção a um local onde pudessem conversar sem a intrusão de curiosos. Em voz baixa, que não passaria dos ouvidos de Liam, ele foi direto ao ponto. "Você não deveria estar em Nova York?"

Liam abriu bem os pés e cruzou os braços sobre o peito, os olhos da mesma tonalidade verde-dourada salpicada dos da irmã, encarando Rake. O mesmo olhar naqueles olhos, também. *Teimoso... obstinado...* O homem estava se mantendo firme. Sua cabeça se inclinou. "O que isso tem a ver com você?"

"Você sabe quem eu sou?"

Liam estava avaliando Rake, isso era certo, e como sua irmã, ele não estava muito impressionado com o título de duque. "Sim."

Os dois homens sabiam o que Rake não estava dizendo. Ele só tinha tudo a perder se não perguntasse... "E Gemma?"

"Ela não está aqui."

Uma raiva inexplicável tomou conta de Rake. "Você a deixou ir para Nova York sem você?" Ele perguntou... *exigiu*. "Uma jovem sozinha em um lugar que ela não conhece? É assim que você retribui tudo o que ela fez por você?" As palavras não paravam de jorrar. Talvez não fossem para Liam, mas sim para si mesmo. "Que tipo de irmão você é, afinal?"

Liam observou Rake com uma expressão curiosa no rosto, deixando as acusações de Rake o dominarem, sem se importar muito. "Acabou?"

A pergunta pegou Rake de surpresa. Esses gêmeos Cassidy... Eles não eram como ninguém que Rake já tivesse conhecido. "Ainda não tenho certeza."

"O que eu disse", começou Liam, pronunciando cada palavra com clareza, "foi que Gemma não estava aqui, em Epsom. Eu não disse que ela estava do outro lado do Atlântico."

Um sentimento começou a se expandir dentro de Rake — um sentimento que ele precisava reprimir...

Esperança.

Se ela não estava do outro lado do Atlântico, então...

Onde ela estava?

Liam ainda não tinha terminado. "Claro, que eu não abandonei minha irmã. Que tipo de homem você acha que eu sou?"

Rake entendeu o que ele precisava dizer em seguida, principalmente se quisesse alguma informação útil daquele homem, que por acaso era irmão do amor de sua vida. "Minhas desculpas", ele disse sincero.

Liam avaliou a situação antes de assentir brevemente, relutantemente apaziguado.

"Onde ela está?" perguntou Rake com uma voz rouca e reveladora de emoção. "Ela sabe que não precisa mais se esconder."

"É, ela sabe." Liam se mexeu. "E eu gostaria de agradecer por isso."

"Agradecer?" Rake ficou perplexo. "Por quê?"

"Por tirar Bolton do nosso pé", disse Liam. "Por uma chance de viver a vida que queremos."

Rake viu sua sinceridade. "É tudo o que estou pedindo, Liam." Ele não tinha certeza se já havia se mostrado tão humilde com outra alma viva. "Uma chance."

Com Gemma, ele não precisava dizer.

Ambos ouviram.

Por fim, Liam cedeu. "Uma senhora fez uma oferta para ela trabalhar em Yorkshire."

"E você deixou?"

"*Se eu deixei?*" Isso provocou uma boa e longa risada. "Você conheceu minha irmã. Não há como deixá-la fazer nada. Ela não espera permissão."

Na verdade, Rake sabia disso sobre Gemma.

Era uma das coisas que ele mais gostava nela.

Liam bufou, e um brilho de cumplicidade surgiu em seus olhos. "Achei que pudesse ser esse o caso."

Agora, era a cabeça de Rake inclinando-se para o lado. "Que caso?"

Liam bufou novamente.

Era toda a resposta de que Rake precisava. Suas intenções com Gemma eram tão óbvias?

Provavelmente.

Com certeza.

"Em Yorkshire, você disse?" perguntou Rake, as palavras só agora se encaixando. "Com uma dama?"

Claro...

"Que tipo de trabalho?", ele perguntou.

"Ajudar cavalos", disse Liam. "Que outro trabalho a faria ir até o norte?"

Uma amiga...

Artemis disse que ela e uma amiga estavam partindo para Endcliffe Grange.

Gemma era essa amiga.

Ele deveria ter percebido antes.

Ele precisava ir...

Agora.

Mas, primeiro, ele tinha algo a dizer. "Obrigado."

Liam ficou muito sério. "E suas intenções com a minha irmã?" perguntou. "Ela não vai se contentar com a vida que nossa mãe teve."

Liam era um bom irmão. Rake percebeu isso. "Eu a farei duquesa, se ela permitir."

"Esse não é o título — ou a vida — com o qual ela se importa."

"Eu a farei minha esposa... minha companheira... meu amor."

O momento se estendeu enquanto Liam ponderava a sinceridade de Rake. Então ele assentiu, satisfeito.

Embora seus pés coçassem para partir, Rake tinha outra pergunta para Liam. "E você?"

Um sorriso surgiu nos lábios do outro homem. "Aqui, por enquanto", disse ele. "Não posso me afastar de um estábulo ou de um hipódromo."

Rake bufou. "Eu já imaginava." Este era um terreno firme e agradável. "Você tem o jeito da sua irmã com cavalos?"

"Sim."

"Se você algum dia se encontrar perto de Somerton", disse Rake. Agora seus pés estavam realmente em movimento. "Você terá sempre um lugar."

A risada de Liam encontrou as costas de Rake. "Desejo-lhe toda a sorte."

Rake lançou um grunhido por cima do ombro e continuou andando. Ele instruiu um rapaz do estábulo a entregar uma mensagem de despedida a Julian, e em poucos minutos ele estava a caminho do norte. Ele poderia estar em Yorkshire em dois dias, se partisse agora.

Então ele diria todas as palavras que já deveria ter dito para Gemma.

E fazer a pergunta que ele já deveria ter feito.

E se ela o recusasse...

Não.

Ele a conquistaria.

Perder nunca foi uma opção — não sem luta.

E isso não mudaria com o momento mais importante de sua vida.

* * *

ENDCLIFFE GRANGE, DOIS DIAS DEPOIS

Sob o céu cinzento de Yorkshire, com um denso manto de nuvens, Gemma levou Snip — nome criativo em homenagem ao corte em seu focinho — até o campo ao leste, onde ele poderia pastar e se espreguiçar durante a tarde. Um robusto baio cinzento de Cleveland, que servira como líder de uma carruagem por três anos, o sujeito certamente merecia o descanso.

Uma semana antes, um estalajadeiro da vila mais próxima havia colocado um aviso oferecendo o animal a qualquer fazendeiro interessado. Esse era o ciclo de vida de um cavalo de carruagem. Eles trabalhavam até não conseguirem mais manter a velocidade e a resistência necessárias para puxar carruagens de passageiros por longas distâncias, depois eram vendidos a fazendeiros para trabalho no campo. Esses animais eram trabalhavam e trabalhavam até que a última gota de sua força fosse extraída deles e, eventualmente eles se quebravam completamente.

Não esse velho cavalo de carruagem, Gemma e Lady Artemis decidiram quando viram o aviso.

E foi assim que elas adquiriram seu primeiro cavalo para Endcliffe Grange.

Embora os moradores locais observassem a nascente

operação animal na Grange, animais de todos os tipos começaram a aparecer na longa viagem até a mansão. Além de Snip, elas também se apossaram de um bode mal-humorado de um chifre, uma gata malhada laranja e seus filhotes, e um cão pastor de três patas e um olho que Artemis imediatamente chamou de Bathsheba, e a moça e o cão se deram bem instantaneamente. Bathsheba até dormia no quarto de Artemis à noite.

Estava claro que todos os moradores locais achavam Gemma e Artemis um pouco loucas, mas estavam se conformando o suficiente. Afinal, Artemis era uma lady, e as ladies tinham seus próprios — e estranhos — costumes.

Gemma sabia que era assim que Artemis estava curando o dano em seu próprio coração após a morte de Dido. E Gemma não conseguia pensar em uma maneira melhor de fazer isso do que fornecer abrigo e recuperação aos animais. Ela admirava Lady Artemis por adotar uma abordagem que a impulsionava para frente, em vez de se deixar levar pela tristeza e culpa — sentimentos que Gemma compreendia muito bem.

Na verdade, era exatamente isso que ela estava fazendo quando um Bow Street Runner [1] apareceu nos aposentos dela e de Liam em Londres — um *casebre*, mais precisamente. Seu primeiro pensamento foi que o homem fora enviado por Bolton — e seu primeiro instinto foi correr.

Mas o investigador não fora enviado por Bolton, mas sim por Lady Artemis Keating, com a mensagem de que chegaria às oito horas da manhã seguinte para transportar Gemma para

---

1. Os Bow Street Runners eram os policiais do Tribunal de Magistrados de Bow Street, na Cidade de Westminster. Eles foram chamados de a primeira força policial profissional de Londres. A força policial era composta originalmente por seis homens e foi fundada em 1749 pelo magistrado Henry Fielding. Seu assistente, irmão e sucessor como magistrado, John Fielding, transformou os policiais em uma força policial profissional e eficaz. "Bow Street Runners" era o apelido dado pelo público aos policiais, embora os próprios policiais não usassem o termo e o considerassem depreciativo. O grupo foi dissolvido em 1839 e seu efetivo se fundiu com a Polícia Metropolitana, formada dez anos antes.

Yorkshire, caso ela estivesse interessada em fundar com ela um santuário de animal.

Gemma não precisou pensar no instintivo "sim" que enviara em resposta.

No entanto, ela sabia que seus dias ali estavam contados.

Era apenas uma questão de tempo até que a notícia chegasse a Rake.

E ela teria que ir embora.

Ela tinha acabado de trancar o portão do pasto quando Bathsheba correu até ela com seus passos trêmulos de três patas, o focinho empurrando a mão de Gemma em busca de um carinho. Artemis não estava muito atrás. "Como está nosso camarada hoje?" ela perguntou. Gemma viu um pouco de o seu antigo rubor retornar às suas bochechas.

Gemma apoiou o cotovelo na cerca e olhou para Snip, que mastigava grama distraidamente. "As feridas na cernelha dele estão sarando."

Artemis assentiu. "Nunca mais ele receberá selas ou arreios."

"Sim."

Artemis ergueu um quadrado de papel branco. "Acabei de receber isso."

"O que é?"

"Um convite para jantar com Sir Abstrupus Bottomley. Na verdade, não é bem um convite, mas sim uma convocação."

"Esse não pode ser o nome do homem."

"Ah, mas com certeza é", disse Artemis, em tom de conversa. "As terras dele ficam ao lado da Endcliffe Grange, na fronteira norte. A vovó não suportava o homem. Chamava-o de velhote excêntrico." Artemis revirou os olhos para o céu. "A vovó estava com setenta e seis anos quando faleceu, há dez anos. Então, se ela o conhecia — e achava que ele era velho — bem, não vejo como ele poderia ter menos de noventa anos."

"Você não pode recusar, nem que seja para saciar sua curiosidade."

"Verdade", disse Artemis, pensativa. "Acho que me lembro de que ele batizava todos os seus cavalos com nomes de ervas e raízes. Havia uma Salsa e um Coentro. Cenoura — ou seria Nabo? —, colocados em Doncaster há alguns anos, se não me falha a memória. Todos descendiam da linhagem Darley."

"Você parece..." A boca de Gemma se fechou bruscamente.

Rake.

Ela não conseguia se sentir à vontade para dizer o nome sem que sua voz se partisse em duas.

Artemis não pareceu notar. "Meu irmão? É, acho que sim." Sua boca se curvou em um pequeno sorriso distante. A antiga Artemis teria rido. Mas não essa Artemis. Essa Artemis era sombria e séria. Como os animais que acolhera, precisava de tempo e cuidado para se curar. Aquele sorriso era, pelo menos, um começo.

O olhar de Gemma se fixou em uma figura à distância. *Alta... magra...*

Uma figura familiar...

Uma figura dotada de uma magnificência específica.

Ela piscou. Estava vendo fantasmas. Só que não eram fantasmas, pois, até onde sabia, Rake estava bem vivo.

E era ele, no entanto, que estava ali em Endcliffe Grange.

Artemis olhou para a figura e chegou a uma conclusão diferente, pois franziu a testa e imediatamente gritou: "Rake!" com um tom inconfundível de irritação na voz.

Gemma semicerrou os olhos, arregalando-os no instante seguinte.

A figura era, de fato, Rake.

Uma torrente de emoções conflitantes a percorreu.

Rake... aqui.

"Eu disse para você ficar longe!" gritou Artemis. Ao seu lado, Bathsheba deu um latido alto e leal.

Rake não diminuiu o passo.

Agora, ele estava perto o suficiente para Gemma ver onde seu foco estava centrado — diretamente nela. E naqueles olhos que antes lhe eram tão inescrutáveis, ela detectou determinação.

Um arrepio quente percorreu seu corpo. Ela nunca se importou muito em ser o objeto da determinação dele, se fosse para ser totalmente sincera.

Por sua vez, Artemis abriu a boca para dizer mais alguma coisa ao irmão, mas Rake ergueu a mão, contendo as palavras. "Não estou aqui por você, irmã."

Artemis olhou de Rake para Gemma, depois mais uma vez para garantir, e seus olhos se arregalaram com uma compreensão repentina. "Ah", ela disse. "Certo."

E mesmo assim o olhar de Rake não se desviou de Gemma. "Agora, deixe-nos."

Artemis não precisou que lhe dissessem duas vezes. "Bathsheba", ela disse, enquanto dona e cachorro se afastavam.

O que deixou Gemma com Rake.

Sozinhos.

Vários segundos se passaram, o silêncio constrangedor até que Rake disse: "Você não está em Nova York."

Uma declaração óbvia.

"Não", ela disse. Outra declaração óbvia. "Eu nunca quis ir." Sua garganta se fechou de emoção. "Obrigada por tornar possível que eu ficasse na Inglaterra."

Ele passou a mão pelos cabelos despenteados, com um ar de frustração. "Pode parar de me agradecer. Não quero seus agradecimentos nem gratidão eterna. Quero seu..." Sua boca se fechou bruscamente.

"O que você quer?" Gemma mal conseguia sussurrar, seu coração batendo forte no peito. Sabia o que esperava que ele quisesse.

"Podemos conversar sobre isso depois."

Mais alguns instantes de silêncio constrangedor se passaram. Gemma teve que se conter para não arrastar os pés. "Como você me encontrou?" ela finalmente perguntou.

"Vi seu irmão em Epsom."

"Ah", ela disse assentindo lentamente. "Seu cabelo ruivo não seria muito difícil de identificar."

Rake permaneceu totalmente sério. "Ele é um ótimo jóquei."

"É."

"Eu ofereci emprego a ele em Somerton."

Instintivamente, Gemma zombou. "Você não pode oferecer emprego ao meu irmão."

"Eu posso." Rake deu de ombros. "Sim, eu posso."

Às vezes, ela conseguia esquecer o duque arrogante que ele era.

Então, ela se lembrou.

"Você veio até aqui para me dizer isso?" ela perguntou irritada.

"Não."

A irritação dela desapareceu, substituída por uma sensação estonteante de expectativa.

Ele olhou ao redor. "Você gosta de Yorkshire?"

"Está um pouco frio, mas sim."

Seu olhar se moveu e pareceu realmente absorvê-la. "Você está fazendo o que sempre quis."

"Sim."

"Você parece bem."

"Estou bem."

Embora estivessem falando sobre a vida dela, parecia superficial. Como se outra conversa estivesse se esforçando sob a superfície desta, ansiando por sair.

Então ela se deu conta — a aparência de Rake. Barba por fazer de três dias no rosto... A cabeça sem chapéu, o cabelo desgrenhado pelo vento... Um arranhão de lama na manga do sobretudo...

Em suma, ele parecia desgrenhado.

Rake nunca parecia desgrenhado — nem mesmo quando acabava de sair da cama.

Uma pergunta lhe ocorreu. Uma pergunta que ela precisava fazer — uma pergunta que exigia coragem.

Bem, isso nunca lhe faltara.

"E qual é o motivo de você ter vindo até o norte?" ela perguntou suavemente, quase sem fôlego.

Ah, o galope do seu coração... Ia sair do peito a qualquer segundo.

E Rake... Ele parecia tão intenso e sério quanto ela jamais o vira — e algo mais. *Irritado*. Como se seus nervos zumbissem sob a pele.

Nervoso e desgrenhado... Quem era esse Rake?

"Vim em busca de magia", ele disse, baixo e sério.

A respiração congelou no peito de Gemma e se recusou a ceder.

"Vim em *sua* busca."

Ele estendeu a mão e segurou a mão fria dela. Um calor a percorreu. O calor *dele*. E, oh, como ela queria entrar completamente nele. Mas...

Ela precisava dizer algo que pudesse destruir aquele momento.

No entanto, se houvesse um futuro — se houvesse magia... se houvesse *eles* — ela precisava dizer.

A única saída era atravessar.

As corridas de cavalo lhe ensinaram isso.

"Mas eu..." Ela respirou fundo. "Eu te traí."

"Você fez o que tinha que fazer pela sua família. Por você e pelo Liam. Você fez isso pela pessoa que você amava."

"Mas eu fiz, Rake." Ela precisava dizer mais alguma coisa. "E eu faria de novo."

Ele precisava entender isso nela.

O eco de um sorriso se curvou em sua boca. "É isso que eu amo em você."

Ela piscou.

Amor?

E ocorreu-lhe que, sim, *amor.*

Era de amor que eles estavam falando.

"Você ama com ferocidade e proteção", ele disse. "Não consigo pensar em nenhuma honra que me deixaria mais orgulhoso do que ser o homem que você ama."

Ela engoliu em seco e piscou para conter as lágrimas repentinas, mesmo quando seu coração ameaçava explodir.

Esse negócio de amor certamente colocava um coração à prova.

"Gemma, você pode parar de fugir agora."

"Mas eu parei", disse ela. "Bolton não mais —"

Rake balançou a cabeça lentamente. "Não de Bolton."

Suas sobrancelhas se franziram. "De quem, então?"

"De você mesma."

Era possível que ela nunca mais respirasse. Foi assim que aquelas duas palavras simples a atingiram. Embora ditas com delicadeza, atingiram-na como um instrumento contundente.

Enquanto sua mente queria rejeitá-las, cada célula de seu corpo sabia que eram verdadeiras.

"Você só viu o amor destruir, Gemma."

Ah.

"Mas e um tipo diferente de amor?" Ele pegou a mão dela. "E um amor que constrói? O amor não precisa ser destrutivo. O amor pode ser... é... lindo. Nosso amor é..."

"Mágico", ela completou por ele.

"Você é uma necessidade e um desejo, Gemma, e eu não posso viver sem nenhum dos dois. Estou pedindo. *Estou implorando."*

E, assim, as nuvens em sua mente se dissiparam.

Era seguro enlouquecer de amor por este homem magnífico e terno.

Ele a puxou, e toda a resistência desapareceu quando ela se deixou levar pelo abraço. Sua cabeça se inclinou para trás para que pudesse sustentar seu olhar sombrio. "Eu te amo, Rake", ela disse. Todos os seus desejos e vontades começaram a transbordar. "Quero que você *seja* meu marido. Quero que você *seja* pai dos meus filhos. Quero que você *seja* meu amante. Quero que você *seja* meu. Preciso que você *seja* meu."

Um sentimento novo e efervescente floresceu dentro dela. Era seguro expressar esses desejos e necessidades, porque esse homem honraria cada um deles.

Porque ele era dela — e ela era dele.

Ele acariciou sua bochecha e colocou um cacho rebelde atrás da orelha dela. "Você nunca mais precisará correr."

Ela envolveu os braços em volta do pescoço dele e se apoiou na ponta dos pés. "Só para os seus braços", ela disse contra a boca dele.

E quando as mãos dele encontraram a parte inferior de suas costas e a puxaram para perto, ela se derreteu em seu beijo. Todo o calor, o desejo, a necessidade, a paixão e o amor, um turbilhão de emoções, emprestando uma magia ao beijo de uma forma nunca antes expressa.

O que ela e Rake compartilhavam...

Era especial.

Era *deles*.

Não havia duas outras pessoas na terra que compartilhassem *isso*.

Ele afastou um fio de cabelo. "Aquela vida que vamos construir juntos?", murmurou contra a boca dela.

"Sim?" ela perguntou, apertando os braços em volta do pescoço dele. Não estava pronta para o beijo terminar. Estava apenas começando.

"Podemos começar a construí-la amanhã."

"Eu estava pensando que *agora* seria ideal."

Ela soltou a gravata dele com um toque de brincadeira e uma intenção séria. Fazia muito tempo que ela não passava as mãos pelo peito nu dele.

Um sorriso malicioso se formou em sua boca. "Gretna Green [2] fica a apenas um dia de cavalgada."

"Não podemos viver em pecado por alguns dias primeiro?"

Ele balançou a cabeça lentamente. "Você será minha duquesa quando eu a tiver novamente."

A frustração tomou conta de Gemma quando ela olhou diretamente nos olhos dele e viu que seu futuro marido estava completamente, terrivelmente sério.

Parecia que ele não a deixara sem escolha.

"Se isso significar ter você na minha cama novamente", ela suspirou. "Acho que me tornarei sua duquesa."

---

2. Gretna Green é possivelmente o lugar mais romântico da Escócia, se não do Reino Unido. Esta pequena vila escocesa tornou-se sinônimo de romance e de amantes fugitivos. Em 1754, uma nova lei, a Lei do Casamento de Lord Hardwicke, entrou em vigor na Inglaterra. Essa lei exigia que os jovens tivessem mais de 21 anos para se casar sem o consentimento dos pais ou responsáveis. O casamento deveria ser uma cerimônia pública na paróquia do casal, presidida por um oficial da Igreja. A nova lei era rigorosamente aplicada e acarretava uma pena de 14 anos de deportação para qualquer clérigo que a violasse. Os escoceses, no entanto, não mudaram a lei e continuaram com seus costumes matrimoniais seculares. A lei na Escócia permitia que qualquer pessoa com mais de 15 anos se casasse, desde que não tivesse parentesco próximo e não estivesse em um relacionamento com outra pessoa.

EPÍLOGO

UM MÊS DEPOIS

No fim, Rake havia fornecido à *alta sociedade* fofocas picantes o suficiente para manter seus salões agitados por um ou dois dias.

É claro que a história de um duque que fugiu para Gretna Green com sua jóquei e se casou com ela seria inevitavelmente a grande fofoca dos salões.

Se ele era motivo de chacota, era um destino que aceitava com alegria.

Afinal, ele havia ganhado o prêmio — Gemma.

Sentados lado a lado no parapeito da janela da casa, ele pegou a mão dela e se moveu ligeiramente para poder observar seu perfil enquanto ela olhava para o vale que se estendia abaixo.

Completamente apaixonado.

Foi assim que Artemis o descrevera com um aceno de cabeça perplexo quando ele e Gemma a pediram para servir de testemunha em seu casamento em Gretna Green.

"Oh, como os poderosos caíram", riu Artemis. "Nunca pensei que veria isso, irmão. Daqui a pouco, você estará recitando poesia."

E Rake descobriu que sua irmã não estava nem um pouco

errada. Seu coração parecia possuir uma poesia inesperada e estranhamente bem-vinda.

Ele não lutaria contra isso.

Ele estava farto de lutar contra seu coração.

Contemplar sua esposa era sentir a poesia até a essência de sua alma.

A essência de sua alma...

Lá estava de novo — a poesia.

Seus cabelos, o vermelho-dourado das folhas de outono, cachos soltos descendo pelas costas.

Seus olhos verdes salpicados de âmbar — diretos, inteligentes, brincalhões, compassivos...

Seus olhos continham o mundo.

O único mundo que importava.

Oh, como os poderosos haviam caído, de fato.

A cabeça de Gemma se inclinou e ela encontrou seu olhar, um sorriso suave nos lábios, uma pergunta nos olhos. "Sim?"

Ela o pegou olhando fixamente. Ele não se importava. Ele a faria saber a cada minuto de cada dia o que ela significava para ele.

O que soava bastante próximo da poesia.

De novo.

Na verdade, ele tinha uma pergunta baseada no mundo real e não no mundo da poesia... "Quando foi a última vez que você montou o Hannibal no circuito de treino?"

Ela bateu o dedo no queixo, pensativa. "Duas semanas atrás?"

Como ele havia pensado. "Sabe, você não precisa parar de montar o Hannibal só porque o Liam assumiu como jóquei dele."

"Ah, mas eu o levei para um passeio agradável esta manhã."

"Estou falando do hipódromo."

"Ah", ela respondeu, completamente despreocupada.

"Ainda acho que você deveria montá-lo em setembro. Você e o Hannibal venceriam", ele insistiu. "O Jóquei Clube não tem regras que determinem explicitamente que uma mulher não pode ser jóquei."

"Que tal uma duquesa?" ela perguntou, com os olhos brilhando de diversão. Ela não estava levando aquela conversa tão a sério quanto ele queria.

"Uma duquesa pode fazer o que bem entender."

"E o que agrada ao marido dela?" ela perguntou acariciando a coxa com os dedos leves e brincalhões, dando ideias para o seu pênis.

Embora a distração o atraísse — ele poderia possuí-la ali e agora... de novo —, ele não cederia... *ainda*.

"Gemma..."

A mão dela parou, mas não se moveu da coxa dele. *A atrevida.*

"É que setembro está tão longe", ela começou despreocupadamente, "e até lá eu posso estar um pouco cambaleante na sela."

Rake balançou a cabeça, certo. "Isso é impossível. Ninguém — nem homem nem mulher, nem mesmo Liam — monta numa sela tão bem quanto você."

Ela jogou a cabeça para trás e se rendeu ao riso que brilhava em seus olhos. "Ah, marido."

Marido.

Um calor invadia Rake cada vez que sua esposa dizia essa palavra. Ele era marido para ela.

De todos os seus títulos, esse era o seu favorito.

Ela pegou a mão dele na sua — ah, como se ela tivesse se levantado da coxa dele — e a colocou na parte inferior da barriga. Em seus olhos, ele viu um sorriso ao mesmo tempo secreto e revelador. *"É por isso."*

Só agora, Rake notou o arredondamento suave e sutil da barriga dela. "Gemma..."

Uma emoção repentina o inundou, sufocando as palavras em sua garganta.

Os olhos dela brilharam com lágrimas não derramadas. "Eu sei."

Ele estendeu a outra mão, seus dedos encontrando a nuca dela, passando por entre os cachos soltos, puxando-a para frente. No instante antes de sua boca tocar a dela, ele disse: "Você me fez o homem que não é o mais infeliz na Terra."

Ao puxá-la para seu abraço, suspeitou que algumas lágrimas não derramadas também pudessem estar brilhando em seus olhos.

Julian certa vez o chamara de inteligente por escolher aqueles que ele amava.

Julian certa vez o chamara de inteligente por escolher aqueles que ele amava.

Mas esta vida com Gemma não era uma mera escolha. Não tinha nada a ver com algo tão frágil ou superficial quanto a escolha da mente, mas sim com a necessidade do coração.

A necessidade que fazia uma vida valer seus anos na Terra.

Amor.

Sem amor, a vida não poderia ser melhor do que *infeliz*.

E essa vida com Gemma era totalmente, alegremente e descaradamente *feliz*.

SOBRE A AUTORA

A paixão da premiada autora de best-sellers Sofie Darling por romance histórico começou no ensino médio, no momento em que ela abriu *O Morro Dos Ventos Uivantes* (Wuthering Heights) de Emily Bronte. Um caso de amor instantâneo e duradouro nasceu.

Sofie passou grande parte dos seus vinte anos criando dois meninos e lendo todos os romances que conseguia colocar as mãos. Quando percebeu que simplesmente precisava escrever os livros que amava, terminou seu curso de inglês e começou a escrever. (Ticonderoga #2 é seu lápis preferido).

Quando não está escrevendo heróis que a fazem desmaiar, Sofie gosta de fazer uma boa caminhada no fim de semana, visitar um castelo medieval em ruínas sempre que tem oportunidade e ter um relacionamento ligeiramente codependente com seu beagle, Bosco. Visite seu site